KB051475

2024 여름 | 통권 제 82호

표지 일러스트 ⓒ 시우시우 〈Babylon〉

시우시우_그래픽 디자이너로 활동하고 있습니다. 어둡고 차가운 분위기의 2D, 3D 디지털 아트워크를 하고 있습니다. 눈으로 보기에 멋지고 아름다운 것을 만들어내는 게 목표입니다. @siwsyu

계간 미스터리
2024 여름호

2024년 6월 17일 발행 통권 제82호

발행인 이영은
편집장 한이
편집위원 김재희 윤자영 조동신 한수옥 홍성호 황세연
교정 오효순
홍보마케팅 김소망
디자인 조효빈
제작 제이오
인쇄 민언프린텍
발행처 나비클럽
등록번호 마포, 바00185
등록일자 2015년 10월 7일
출판등록 2017. 7. 4. 제25100-2017-0000054호

주소 (04031) 서울 마포구 동교로22길 49, 2층
전화 070-7722-3751 팩스 02-6008-3745
메일 nabiclub@nabiclub.net
홈페이지 www.nabiclub.net
페이스북 @nabiclub
인스타그램 @nabiclub
ISSN 1599-5216
ISBN 979-11-94127-00-0(03810)

2024 여름호를 펴내며

초등학교 5학년 때로 기억합니다. 제가 다니던 도서관은 허름하고 낡은 공원 꼭대기에 있어서, 버스 정류장에 내려서도 한참을 올라가야 했습니다. 녹슨 회전목마, 똥으로 범벅이 된 원통형 비둘기 집, 귀신도 진작 떠났을 것 같은 폐허가 된 귀신의 집을 지나면, 거짓말처럼 피자 조각을 세워 놓은 모양의 도서관이 나타납니다.

일층은 어린이실이었고, 이층은 문헌정보실로 중학생 이상만 책을 보거나 빌릴 수 있었습니다. 그날도 학교에 가는 대신 아침부터 도서관으로 간 저는 무작정 이층에 가보기로 결심했습니다. 어린이실에 있는 책들은 거의 다 읽기도 했고, 1층은 같잖게 보는 지적 허영심도 작용했을 겁니다. 그리고 왠지 2층에 있는 책들은 더 많은 세상의 비밀을 품고 있을 것 같았습니다. 두근거리는 마음으로 두꺼운 책들이 가득한 이층 서가 사이를 거닐고 있을 때, 어딘지 무섭게 생긴 사서 선생님이 나타나서 여긴 중학생 이상만 들어올 수 있다고 말했습니다. 중학생인데요, 라는 대답은 제가 들어도 씨알도 안 먹힐 말이었습니다. 학생인데 학교에 안 갔어? 개, 개교기념일이에요. 어디 학교니? 그, 그런 곳이 있어요. 그 말을 끝으로 세상의 비밀에 접속하고자 했던 저의 첫 번째 시도는 달음박질과 함께 허망하게 실패하고 말았습니다.

인간은 생득적으로 비밀을 파헤치고 싶어 합니다. 불가해하고 미스터리한 것을 만났을 때, 이해할 수 있는 무엇인가로 변환시키지 않으면 불안하고 초조합니다. 조너선 케이Jonathan Kay는 《트루서 사이에서Among the Truthers : 미국의 점증하는 음모주의자 지하 세계로의 여정》에서 이렇게 말했습니다. "인간은 패턴을 추구하는 동물이기 때문에 음모주의는 완고한 신념이다. 별이 가득한 하늘을 보여주면 우리는 별을 동물과 거대한 숟가락으로 배열할 것이다. 무작위적인 불행으로 가득 찬 세상을 보여주면 우리는 같은 수법으로 점을 비밀스러운 음모로 연결할 것이다." 세계는 점점 이해할 수 없는 일들로 가득 차고 있습니다. 강대국의 지도자들은 저런 자질로 어떻게 자리에 앉은 건지 한심스럽기 그지없고, 시시각각 죄어오는 기후 위기는 한 치 앞을 모를 정도의 폭탄을 수시로 던져댑니다. 종말론 주장이 그 어느 때보다 힘을 얻고 있습니다. 인류는 이 거대한 미스터리를 어떤 스토리텔링으로 풀어내야 할까요?

이번 여름호는 "세상의 비밀에 접근할 때 필요한 감각"이란 부제를 달고 미스터리와 호러의 컬래버를 특집으로 준비했습니다. 삶의 비밀은 우리의 시선이 닿지 않은 곳, 어쩌면 나라는 자아를 벗어난 곳에 웅크리고 있을지도 모릅니다. 이번 호에 실린 단편소설들을 보면 좀 더 직관적으로 이해될 것입니다. 한새마의 〈메리〉는 "사내들의 씨암소였던 여자, 늙은 주인의 젖소였던 여자, 동네 잡종견의 이름으로 불렸던 여자, 메리"가 처절한 복수에 나서는 내용입니다. 박건우의 〈환상통〉은 두 팔이 모두 잘린 남자가 밤마다 스스로 목을 졸라 죽어가는 기이한 이야기를 담고 있습니다. 박소해의 〈저수지〉는 물을 뺀 저수지에서 깨진 주술단지가 발견된 다음 벌어지는 몽환적인 이야기를 믿을 수 없는 화자의 목소리를 통해 들려줍니다. 김인영의 〈고스트 하이커: 부랑〉은 산티아고 순례길에서 벗어나지 못하고 평생을 떠도는 영혼들의 이야기입니다. 스스로 만든 죄와 속죄의 링반데룽ringwanderung을 헤매는 수연은 우리의 모습과 닮아 있습니다.

…러한 의미로 이번 호 신인상으로 장유남의〈탁묘〉를 뽑은 것은 잘한 일이었다는 생각이 듭니다. 학창 시절부터 인연을 이어온 효진과 애희가 카페에 앉아 대화를 나누는 단순한 구도이지만, 일상을 뒤흔드는 불가사의한 사건을 촘촘히 배열해 서늘한 느낌을 줍니다. 층간 소음 때문에 윗집 고양이를 훔친 치기 어린 행동이 굳건해 보였던 현실을 어떻게 파괴하는지 담담한 대화 속에 효과적으로 풀어냈습니다.

특집 르포르타주는 도저히 이해할 수 없는 인간의 악의에 관한 이야기로,〈당신 옆의 가해자 - 딥페이크 업체 추적기〉라는 제목입니다. 지인의 얼굴을 합성해 포르노 사진이나 영상을 만들어 놓고 사디즘적인 역할 놀이를 하며 즐기는 텔레그램의 '지인능욕방'을 취재한 것입니다. 왜 자신이 잘 아는 여자, 전 여자 친구나 동창, 심지어 자기 여동생의 얼굴을 합성해 성적인 조롱거리로 만드는 걸까요? 어떤 뒤틀린 심리가 초등학생들까지 이런 짓에 가담하게 만든 것일까요? 원고를 편집하며 수없이 물었던 질문에 대한 제 대답은, 그저 '할 수 있으니까, 할 수 있는 기술이 있으니까'였습니다. 두 번째 특집은 창작자를 위한 취재와 리서치 컨퍼런스에 참석했던 참관기입니다. 세상의 비밀을 각자의 장르로 풀어내려는 창작자에게 가장 선행되어야 할 것은, 현실을 명확히 파악하는 것입니다. 웹툰, 웹소설, 미스터리, 영화, 드라마 등 다양한 장르에 종사하는 발표자들이 작품 속에 리얼리티를 구현하는 자신만의 비법을 풀어냈습니다.

인터뷰는 최근 미스터리 오컬트 장편소설《수호신》을 발표한 청예 작가를 만났습니다. 십이지신과 일맥상통하는 열두 개 종파와 소를 숭배하는 우교를 통해 죄와 원한, 그리고 해원에 대해 쓰게 된 이유에 대해 솔직한 이야기를 나눴습니다. 미스터리 영상 리뷰에서 다룬 작품은 공교롭게도 미스터리 장르의 창시자인 에드거 앨런 포의〈어셔가의 몰락〉을 현대적인 감각으로 풀어낸 동명의 드라마입니다. 오리진과 변주에 대한 흥미로운 분석을 담았습니다. 박인성 교수의〈한국 미스터리를 읽는 네 가지 키워드: ② 욕망과 갈등의 논리〉에서는 배상민의《아홉 꼬리의 전설》과 정세랑의《설자은, 금성으로 돌아오다》를 통해 한국적 역사 미스터리의 가능성과 현대적 적용에 대해 보여줍니다.

닉 빌튼Nick Bilton이 2009년에 발표한 내용에 따르면, 2008년 미국인은 평균적으로 하루 10만 단어의 정보를 소비한다고 합니다. 레프 톨스토이의《전쟁과 평화》가 약 46만 단어밖에 되지 않으니, 그 두꺼운 책을 5일이면 다 읽을 수 있는 겁니다. 문제는 "우리가 하루에 10만 단어를 읽는다는 게 아니라 24시간을 주기로 10만 단어가 우리 눈과 귀를 거쳐 간다"는 것입니다. 2024년에는 매일매일 더 많은 단어가 의미 없이 우리를 통과해가겠죠. 우리는 이런 좀비 상태에서 깨어나야 합니다. 세계의 비밀을 우리만의 이야기로 풀어내야 합니다. 공통의 합의를 끌어낼 수 있는 이야기를 짓는 것, 그리고 그것을 읽는 것. 어쩌면 그것이 인류의 생존을 좌우할지도 모릅니다.

- 한이 · 계간 미스터리 편집장

차례

당신 옆의 가해자

- 딥페이그 업체 추적기

최희주/팩트스토리

1

지영이 누나 (8:12pm)

가지마요 (8:12pm)

저랑 놀아줘요. (8:12pm)

일방적인 메시지였다. 말풍선 옆에 읽음 표시가 떴다. 상대가 읽고 있다는 사실을 확인하자 도발이 이어졌다.

누나 직접 오셨네요 (8:13pm)

그래도 달라질 건 없어요 (8:13pm)

여기서 누나는 아무것도 못해요 (8:14pm)

그냥 받아들이세요 (8:14pm)

누나 많이 화나셨어요? (8:14pm)

누나 탈퇴할려고요? (8:15pm)

그제야 말이 없던 상대가 답했다.

저기 (8:15pm)

어떤일인지 말해주실수있나요 | (8:15pm)

대답 대신 사진 여덟 장이 도착했다. 비키니 수영복과 속옷을 입은 지영(가명)의 사진이었다. 진짜 사진과 딥페이크 포르노를 이용해 만든 합성물이 섞여 있었다.

누가 이런 사진 올리고 (8:15pm)

신상 뿌렸어요 (8:16pm)

그리고 누나 영상있다던데 (8:16pm)

* 메시지 속 띄어쓰기와 맞춤법은 원본 그대로 사용했다.
** ( )는 필자가 덧붙인 것이다.

영상이 있다는 말 때문이었을까. 이번엔 바로 답장이 올라왔다.

누구인가요? (8:16pm)
무슨영상이요? (8:16pm)

ㅅㅅ영상이요 (8:16pm)
영상은 안 보여줬어요, 얼굴가리고있는 사진만 보여주고 지웠어요 (8:18pm)
누나 진짜면 어떻게해요 (8:19pm)
여기서 퍼지면 야동사이트까지 한 순간인데 (8:19pm)
어떡하죠...ㅜㅜ (8:19pm)

김지영의 어떻게 하면 좋겠냐는 말을 기다린 듯 긴 메시지가 연이어 전송됐
다. 문장에는 은근한 협박이 배어 있었다.

리벤지포르노 당해서 (8:19pm)
자살한 여자들 많이 봤는데 (8:19pm)
저 방장한테 한번 물어봐요 (8:19pm)
이대로가시면 더 퍼질거 같아요 (8:20pm)
저 방 방장이 방에다가 (8:21pm)
며칠뒤에 텔레접으면서 보낸다고 해서 (8:22pm)
설득해야할거 같아요 (8:22pm)

상대방은 더 이상 답하지 않았다. 맞춤법과 띄어쓰기가 엉망인 대화는 그대
로 끊겼다. 피해자 김지영을 불러낸 사람은 일명 제보자 K로 이 대화를 캡처해
텔레그램 '지인방'(지인능욕방)의 방장에게 넘겼다.

"제보받음) 젖소 김지영 왔다감."

캡처 사진을 올린 사람의 닉네임은 이수연. 피해자의 영상을 가지고 있다는
'방장'으로 4064명이 입장해 있는 '지인방'을 운영했다. 이름만 보면 여자 같지

만, 지인방에서는 여성 BJ나 피해자의 사진을 자신의 프로필로 사용하는 경우가 많았다. 이수연도 마찬가지였다. 'X쳤다'며 자위행위를 뜻하는 비속어를 사용하는 것으로 보아 남자일 가능성이 높았다.

"전하는 말) 지영아 다시 안오면 ㅅㅅ영상 뿌릴게."

이수연의 협박이 이어졌다. 이 방에 피해자는 없다. 그렇다면 목적은 다른 데 있다. 바로 참여자들의 관심과 환호, 그리고 그 과정에서 느끼는 우월감이다. 곧이어 흥분에 찬 메시지들이 하나둘 올라오기 시작했다.

"와 상황 꼴리네. 지영이 벌벌 떨고 있으려나."
"조금만 더 강하게 해서 노예로 만들었어야제."

잠시 후 김지영이 인스타그램에 변호사를 선임할 것이라는 글을 올렸다. 이 글 역시 캡처되어 지인방에 올라왔다. 그러나 누구도 고소를 걱정하지 않았다. 가해자들은 오히려 "문재인이나 노무현을 변호사로 부르라"며 '일베'식 조롱을 이어가기 바빴다. 텔레그램 지인능욕방의 흔한 일상이었다. 딥페방(딥페이크방), 지능방(지인능욕방), 합사방(합성사진방), 겹지인방 등 이름만 다를 뿐 벌어지는 일은 똑같았다. 딥페이크로 만들어진 허위 합성물이 게재되고 유희를 위해 허무맹랑하고 불쾌한 성희롱이 1월부터 3개월 동안 이루어진 잠입 취재 기간 내내 끝없이 이어졌다.

이 이야기는 현재 진행형이다. 지금도 최소 세 개의 텔레그램 방(각 4064명, 292명, 997명)에서 비슷한 일이 실시간으로 벌어지고 있다.

2

2020년 2월 한 여성단체로부터 N번방의 존재를 듣고 처음 텔레그램 잠입 취재를 시작했다. N번방과 박사방 사건이 세상에 조금씩 알려지기 시작하던 무렵이다. 당시만 해도 수사기관과 언론의 관심은 온통 그쪽에 쏠려 있었다. 지인능욕의 경우 그보다 앞선 2016년부터 텔레그램과 트위터를 포함한 SNS에서 기승을 부리고 있었으나 간헐적으로 언론에 보도될 뿐 심각하게 받아들여지지 않았다. 생각해보면 이런 부류의 성범죄는 소라넷이 존재하던 2000년대부터 있었다. 나 역시 초등학생 시절 사촌오빠의 MP3에서 여성 연예인들의 합성사진을 발견하고 충격을 받았던 경험이 있다. 이후 해당 연예인을 보면 그 사진들이 떠올라 한동안 TV를 보지 못했다.

2024년 1월.
N번방 운영자 문형욱과 박사방 운영자 조주빈이 검거되고 조금은 달라졌을 것이라는 기대도 있었고, 2020년에 피해자 중심으로 취재를 해본 적이 있으니, 이번엔 구조를 중점적으로 취재하자는 생각으로 다시 텔레그램을 깔았다.
딥페이크 범죄가 이뤄지는 대화방을 찾는 건 쉽기도 하고 어렵기도 하다. 누군가는 지인의 초대를 받아 손쉽게 입장할 수 있지만 대개는 보안을 위해 비밀로 운영해서 대화방에 입장할 수 있는 링크 없이는 들어가지 못한다. 가장 먼저 찾아야 하는 건 방 주소가 공유되는 링크 공유방, 소위 말하는 링공방을 찾아야 한다. 일베, 디씨, X(구 트위터)를 뒤져 링공방에 입장했다. 며칠 뒤, '이곳이 파라다이스'라는 말과 함께 딥페이크 방으로 연결되는 주소가 떴다. 그리고 3년 만에 목격한 현실은 전보다 더 참담했다.

"XX대 다니는 22학번 이름 ○○○, 어떻노?"
"이름 ○○○, 서울, 인스타그램 아이디 XXX"
"신상이랑 합사(합성사진) 드릴테니깐 텔레or라인으로 능욕하고 인증해주실수 있는 분"

하루에도 수없이 많은 일반인 여성들의 사진과 신상정보가 올라왔다. 사진은 비교해보라는 듯 원본 사진과 합성물이 나란히 붙어 있었다. 딥페이크 기술로 만든 영상물은 불과 몇 년 만에 진위 여부를 가리기 힘들 정도로 진화했다. 가해자들은 피해자의 카카오톡 프로필이나 인스타그램 사진을 가져와 딥페이크로 만들었다. 누군가는 "카톡 프사와 인스타 사진 크롤링(데이터를 추출하는 것)하는 방법 없냐"고 물었다. 매번 일일이 가져오기 귀찮다면서 말이다.

"야밤에 수영장에서 저러면 대놓고 XXX 달라는 거 아님?"

"곧 술 잔뜩 취해서 XXX 될 예정"

사진이나 영상이 올라오면 본격적인 품평회가 시작됐다. 호텔 수영장을 배경으로 한 평범한 사진도 오로지 유희를 위해 더해진 허무맹랑한 가정과 인격 살인과 다름없는 구체적인 묘사를 더한 성희롱이 이어졌다. 죽이 잘 맞는다 싶으면 한 명이 남성 역할을, 다른 한 명이 피해자 역할을 맡아 상황극을 벌이기도 했다. 차마 눈 뜨고는 볼 수 없는 상스러운 말들이 한참이나 오고 갔다. 그들은 이걸 "능욕한다", "조련한다"고 표현했다. 가해자의 경우 반드시는 아니지만 높은 확률로 피해자와 지인 혹은 겹지인 관계에 있었다. 딥페이크에 사용할 사진을 구해야 하므로 최소한 피해자의 연락처나 인스타그램 아이디를 알아야 했기 때문이다. 따라서 처음에는 SNS 활동이 활발한 20대 남성이 많을 것으로 생각했다. 실제로 지인이라며 올라오는 피해자 중에는 20대 여성이 많았다. 피해자와 가해자 모두 20대가 대부분일 것이라는 예상은 취재 며칠 만에 보기 좋게 빗나갔다.

"11년생, 이름 ○○○, 여사친 같이 능욕해 줄 초중고 ㄱㅌ〔갠탤: 개인 탤레그램〕"

2011년생이면 열세 살. 초등학교 6학년이다. 사진 속 여자아이는 앳된 얼굴에 체액을 묻힌 채 다리를 벌리고 있었다.

"79년생, 미씨〔기혼 여성을 칭하는 신조어〕○○○, 결혼하고도 정신 못 차림."

애당초 가해자든 피해자든 특정 연령대는 존재하지 않았다. 모든 여성이 표적이 됐다. 미성년자방, 고딩방, 성인방, 기혼방, 연예인방, BJ방 등 처음부터 하위 카테고리별로 방을 나눠놓은 곳(합사방)도 있었다.

아무리 그렇다고 해도 초등학생이 도대체 어디서 딥페이크 사진을 만들어 온단 말인가. 반대로 마흔다섯 살의 중년도 딥페이크 영상을 만들 수 있을 정도로 접근이 쉽단 말인가. 도무지 이해되지 않았다. 그러나 얼마 지나지 않아 이유를 알게 되었다.

"나 아는 형이 만든 건데 퀄 좋으니까 많이 써줘~"(링크)

항상 말이 많던 A였다. 이전까지는 관심을 주지 않아 몰랐는데 그는 홍보 링크를 자주 올리곤 했다. 각 방에는 A 외에도 딥페이크 업체 홍보책들이 돌아다녔다. 이유는 하나. 딥페이크 사진을 만들 수 있는 포인트를 모으기 위해서다. 딥페이크 업체들은 텔레그램이나 트위터 등 온라인 이곳저곳에 링크를 뿌리고 홍보하는 회원들에게 돈 대신 쓸 수 있는 포인트를 지급했다. 만약 그 링크를 통해 가입하는 사람이 포인트 충전을 하면 글 작성자에게 인센티브를 주기도 한다. 다단계식 영업과 다를 바 없다.

A가 보낸 링크를 눌렀다. 곧바로 챗봇이 있는 방으로 연결됐다. 인공지능을 이용한 기술이라고 해서 영화에 나오는 해커처럼 복잡한 코드는 아닐지라도 최소한 명령값 정도는 입력해야 할 줄 알았는데 그것조차 필요 없었다. 챗봇은 방에 사진이나 영상을 전송하면 몇 분 안에 바로 결과물을 받아볼 수 있다고 했다. 번거롭게 외부 사이트로 나가지 않아도 되었다. 가격은 업체마다 천차만별이었다. 최저가라고 내세운 한 업체는 사진은 한 장당 300원, 영상의 경우 20초에 2천 원, 69달러에 7일 동안 무제한으로 사용할 수 있다고 했다. 신용카드 결제부터 문의 사항까지 전부 텔레그램 안에서 해결되는 편리한 시스템이었다. 가해자의 나이 따위는 문제가 되지 않을 수밖에 없었다.

한 업체는 아예 API 액세스도 팔았다. API는 특정 프로그램의 기능이나 데이터를 다른 프로그램이 접근할 수 있도록 미리 정한 통신 규칙이다. API 접근 권한을 얻게 되면 오픈된 데이터를 활용해 또 다른 앱을 개발할 수 있다. 그렇게 되면 딥페이크 업체에 의뢰하지 않고도 개인이 무한으로 합성물을 생성해낼 수도 있고 아예 자신이 새로운 사이트를 만들어 운영하는 것도 가능했다. 가령 구매자가 인스타그램과 같은 이미지를 많이 보유한 플랫폼의 API 접근 권한을 함께 구매할 경우, 해당 플랫폼의 이미지를 활용해 제한 없이 딥페이크를 생성할 수 있게 된다. 기존에는 업체가 운영하는 앱이나 사이트에 사진을 올리고 업체로부터 결과물을 전달받는 방식이었다면, API를 구매하면 중간 과정을 건너뛰고 직접 딥페이크를 만들 수 있었다. 쉽게 말해 딥페이크를 만들어달라고 하는 것이 아니라 딥페이크 기술을 사는 것이다. 실제로 이름만 다른 업체들이 하루가 다르게 우후죽순으로 생겨나고 있었다.

기술이 이렇게 악한 쪽으로 쓰일 수도 있는 걸까. 피해자들이 눈물을 흘리는 사이, 누군가는 돈을 벌고 있었다.

3

한 달 뒤인 2024년 2월 딥페이크 업체의 다단계식 운영과 홍보책으로 이용되는 미성년자들에 관한 기사를 보도했다. 딥페이크 업체가 몸체를 불리기 위해 회원들에게 포인트를 미끼로 업체 홍보를 권유하고 이 과정에서 해외 결제를 할 수 없는 미성년자들이 자신이 만든 딥페이크 합성물을 온라인 이곳저곳에 올리며 적극적으로 딥페이크 범죄 홍보에 나서고 있다는 것, 결국 이들의 지인인 10대 여성들이 타깃이 되고 있다는 내용이었다. 이후 많은 딥페이크 방이 부지불식간에 폭파되고 다시 생성되기를 반복했다. 새로운 방으로 가는 링크는 몇 분간 띄워져 있다가 자동으로 삭제됐다. 종일 대화방을 들여다보거나 다른 참여자에게 개인적으로 링크를 전달받는 게 아니고서야 대중없이 바뀌는 방 주소를 알 수 없었다. 업체를 상대로 API를 팔던 방도 그 무렵 사라졌다. 취재가 끝나지 않았기에 몇 번이고 방을 찾으려 했으나 쉽지 않았다.

그러던 2월의 어느 날, 밤 10시 50분쯤이었다. '띵' 소리와 함께 휴대폰이 진동했다. 의아했다. 시도 때도 없이 도착하는 메시지 때문에 단체 대화방의 알림은 늘 무음으로 해놓은 상태였다. 소리에 진동까지 울렸다는 건 단체 대화방이 아니라는 뜻이었다.

"자료 웬만한 거 다 있어요."

프로필이 눈에 익었다. 당시 나는 취재를 위해 꽤 많은 방에 입장해 있었는데 그때마다 보이던 놈이었다. 닉네임은 '난'. 여러 방에 상주하며 딥페이크 봇을 홍보하는 꾼 중 한 명이었다. 프로필을 눌러 함께 속해 있는 방을 확인했다.

역시 겹치는 방이 많았다. 난 역시 내가 딥페이크에 관심이 많다고 판단했는지 말을 이어갔다.

"수지봇 아시나요"
"여기가 영상 교체도 되고 사진도 됩니다"

난에게 'API 팔던 방 링크를 아느냐'고 물었다. 2분 뒤 답변이 왔다.

"그런건 사라진지 오래라네요"

역시 그 방은 사라졌구나. 차라리 잘되었다는 생각도 들었다. 사이트 자체가 없어지진 않았겠지만, 접근성 좋은 텔레그램에서만큼은 팔리지 않았으면 하는 바람이었다.

"대신 4시간 정도 영상 만들 수 있는 거 추천해드릴게요"

갑자기 자기 마음대로 링크를 줄줄 보내기 시작했다. 역시나 맞춤법은 엉망이었다. "사진은 더 훨씬 싸게 되고", "아래 깊숙히 있는 거 가져왔는데", "아래가 더 싸고 좋은거에요", "위에거는 더 비싸고". 저 혼자서 각 업체의 장단점을 나열하더니 대뜸 알 수 없는 말을 했다.

"아 근데 뽀찌같은건 없나요ㅠ"
"1~2콩만"

'콩'은 불법 토토를 하는 사람들이 쓰는 은어로 1콩은 1만 원을 뜻했다. 즉 난은 고작 1만~2만 원을 벌자고 피해자들을 사지로 몰아넣는 짓을 종일 하고 다니는 거였다. 울컥 화가 치밀었다. "제대로 찾은 것도 없으면서 돈을 달라고 하냐"며 역정을 내고 그대로 대화방을 나와버렸다.

평소라면 절대 그러지 않았을 것이다. 그러나 그 무렵 나는 정신적으로 망가지고 있었다. 하루에 적게는 수백 많게는 수천 개의 합성물과 성희롱을 봐야 했으니 당연한 일이었다. 가장 먼저 생긴 증세는 무감각이었다. 기괴하게 뒤틀린 신체, 가슴 위에 뿌려진 정액, 비정상적으로 강조된 음부 등. 처음에는 역겹기만 했는데 이젠 어떤 사진을 봐도 아무런 생각이 들지 않았다. 한번은 대중교통 이용 중인 사실도 잊고 기계적으로 사진을 보다가 주변 시선을 느끼고 뒤늦게 휴대폰을 닫기도 했다. 홍콩의 고층빌딩 창문처럼 나열된 수백 개의 신체 사진들이 마치 프랜시스 베이컨의 작품에 묘사되는 고깃덩어리처럼 보였다.

때로는 이유 모를 불안에 시달렸다. 어느 날 갑자기 신분이 탄로 나거나 텔레그램 아이디를 해킹당해 여자라는 사실이 들통 나면 어떡하나 두려웠다. 실제로 일부 방에는 종종 본보기식으로 사기꾼의 IP 주소나 전화번호가 올라왔다. 나는 수시로 텔레그램 설정 창에 들어가 전화번호가 '비공개'로 되어 있는지 몇 번이고 확인하곤 했다. 퇴근길에 문득 10년 전 지하철에서 성추행당한 기억이 떠올랐다. 일종의 연쇄작용이었다. 모니터링을 하는 사람의 고통이 이 정도인데 피해자는 말할 필요도 없을 것이다.

'슬슬 그만둬야 하나.'

고민이 다짐으로 굳어질 무렵이었다. '띵.' 휴대폰이 울렸다. 불현듯 이틀 전 난과 나눈 대화가 떠올랐다. 혹시 찾았다는 연락일까.

"삭제됐다네요. 2달 전에."
"진짜 뽀찌 조금만 안됩니까."

잠깐이나마 무언가를 기대한 자신에게 실망하고 반성했다. 동시에 꺼져가던 의지를 되살리는 계기가 됐다. 난이 거짓말을 하고 있었기 때문이다. 두 달 전이면 해당 업체가 텔레그램에 있던 때였다.

텔레그램을 벗어나 AI 개발자들이 많이 모인다는 온라인 커뮤니티에서 정보를 찾아보기로 했다. 각 커뮤니티를 돌며 딥페이크 관련 키워드에 API를 붙여 검색하기 시작했다. 쉽지는 않았다. 딥페이크 서비스를 제공하는 업체는 많았으나 API까지 판매하는 곳은 찾기 힘들었다.

어느새 3월. 첫 번째와 두 번째 커뮤니티에서 별다른 소득 없이 세 번째 커뮤니티를 뒤지고 있을 때였다. 검색어를 치고 엔터를 누르자 이번에는 API 글자가 진하게 나타났다. 검색어에 해당하는 결과물이 있다는 뜻이었다.

4

업체 측은 API를 구매하고자 하는 사람은 자사 매니저에게 따로 연락해야 한다고 했다. 하단에 첨부된 링크를 누르자 아니나 다를까, 텔레그램 프로필 페이지로 이동했다. 상대의 닉네임은 다이아나Diana. 밝은 갈색의 단발머리 백인 여성이었다. 정말 외국인일까. 영어로 API를 구매하고 싶다는 메시지를 보내자 곧바로 "Hello!"라며 밝은 답장이 도착했다.

"Have you already connected our api to your project?"

다이아나는 자사 API를 우리 프로젝트에 연결했냐고 물었다. API를 구매하고자 연락한 건데 연결했냐니. 질문 자체가 이해되지 않았다. 코딩 쪽 지식이 없는 것이 문제였다. 그러나 메시지 옆에는 벌써 읽음 표시가 뜬 상태였다.

"(웃는 이모티콘)?"

답이 늦자 다이아나는 재촉하듯 메시지 하나를 더 보냈다. 텔레그램에서 떳떳하지 못한 일을 하는 사람들은 상대방이 수상한 낌새를 보이면 바로 대화 내용을 지우고 방을 없애버리곤 했다. 다이아나도 상황을 살피는 것이다. 급하게 개발자 지인 B에게 도움을 청했다. 대화 내용을 훑어본 B는 "딥페이크 포르노 사이트 개설이 어느 정도 진행됐는지를 묻는 것 같다"고 했다. 다시 대화방으로 돌아왔다. "아직 준비 중이고 그전에 가격을 알아보려고 한다"고 핑계를 대자 곧바로 읽음 표시가 떴다.

"I see:) How many generations are you planing to use per month?"

이번에는 '한 달에 몇 건의 이미지를 생성할 것이냐'라는 질문이었다. 다시 말문이 막혔다. 항상 낱장으로 올라오는 사진만 봤지 한 업체에서 총 몇 건을 만드는지는 생각해본 적이 없었다. 몇백? 몇천? 단위조차 가늠되지 않았다. 고민 끝에 "첫 달에는 300건 정도를 생각한다"고 보냈다. 혹시나 수상히 여길까 봐 사이트 개설은 처음이라 미숙하다는 점을 재차 강조했다.

이후 이런저런 대화를 이어가며 다른 업체들의 동향을 파악했다. 다이아나는 많은 딥페이크 업체가 자신들의 API를 받아서 사이트를 운영하고 있다고 했다. 그러면서도 회사에 대한 정보를 드러내는 것은 꺼리는 눈치였다. 그렇다면 다른 업체는 한 달에 몇 건이나 생성하는지 물었다. 핵심 질문이었다.

"Depends on our partners…"

메시지 작성 중임을 뜻하는 … 표시가 떴다.

"They use from 1000 to 100000 generations."

딥페이크 포르노 업체 따위를 협력사라고 지칭하는 것도 놀라웠지만, 그 뒤는 더 말이 나오지 않았다. 한 업체에서만 10만 장. 장사치의 허풍이 섞여 있다고 해도 쉽게 와닿지 않는 숫자였다. 우선은 '알겠다'고 했다. 사진은 한 장당 0.17달러, 10만 건이면 우리 돈으로 약 231만 원이다. 매달 10만 건을 계약하는 곳도 있는데 300건을 운운했으니 반드시 잡아야 하는 손님은 아니었던 걸까. 다이아나는 더 이상 답변하지 않았다.

3월 말 강남의 한 카페에서 AI 기업 모피어스 컴퍼니의 김건희 CMO를 만났다. 모피어스 컴퍼니는 콘텐츠가 딥페이크에 이용되지 않도록 예방하고 탐지하는 기술을 제공한다. 그는 2월에 보도된 딥페이크 기사를 보고 피해자를 위해 도움이 될 만한 일이 있을까 싶어서 연락했다고 했다. 기술 담당자와 함께 여러 딥페이크 사이트를 살펴본 그는 "버튼 색깔만 바꾼 수준이다. 사실상 다 같은 사이트나 마찬가지이고 생성형 AI도 기본형이라 기술력이라고 할 것도 없다"고 비판했다.

그렇다면 딥페이크 성범죄를 기술적으로 막을 수 있냐고 물었다. 김 CMO는 이론적으로는 가능하다면서도 씁쓸하게 웃었다.

"다들 기술이 발전하는 속도에만 눈이 멀어 기술의 약점과 악용 가능성 그리고 이를 막기 위한 정책을 마련하는 데는 관심이 없습니다."

그의 마지막 말이다.

5

앞서 밝혔듯 이 글의 결말은 시시하다. 딥페이크 기술을 이용한 성범죄는 현재도 진행 중이다. 오히려 매년 늘어나고 있다. 방송통신심의위원회에 따르면 국내 딥페이크 기반의 성적 허위 영상물에 대한 시정 요구 건수는 2020년 473건, 2021년 1913건, 2022년 3574건, 2023년 5996건을 기록했다.

누가 왜 이토록 집요하게 딥페이크 성착취물을 만들고 유통하는 것일까? 전문가들은 뒤틀린 성적 욕망을 해소하기 위해서라고 분석한다. 2년 만에 검거된 서울대 딥페이크 성범죄 피의자 일당을 검거한 서울경찰청 사이버수사과 관계자의 말에 따르면 "이들의 범행 목적은 영리가 아닌 '성적 욕망 해소'였다." 실제로 박씨 등의 주범은 피해자들에게 금전 요구 등을 하지 않았다. 다만 피해자를 성적으로 압박함으로써 느끼는 정복욕과 쾌감을 위해 위험을 감수하면서까지 피해자들에게 접근한 것이다.

이에 반해 처벌 수위는 미미하다. 2020년 3월 성폭력범죄의 처벌 등에 관한 특례법에 딥페이크 처벌 규정이 신설됐다. 법에 따르면 사람 얼굴·신체 등을 대상으로 허위 영상물을 제작·배포하면 5년 이하 징역 또는 5천만 원 이하의 벌금을 부과한다. 영리 목적이었다면 7년 이하 징역으로 가중 처벌을 받는다. 그러나 가해자들 대부분은 실형이 아닌 집행유예를 받았다. 피고인 D는 딥페이크 앱을 이용해 전 여자친구와 대학 동기, 친구의 전 여자친구 등의 성교 장면을 허위로 합성했고, 2022년 법 개정 이후 받았는데, 초범이라는 이유로 집행유예였다.

실제로 음란물 합성만으로 실형이 선고된 건수는 성폭력범죄의 처벌법 개정 이후 5건 이내에 불과하다. 실형은 피해자가 미성년자일 때 내려졌다. 2023년 3월 미성년 피고인 E는 같은 학원에 다녔지만, 친분은 없는 여성의 얼굴에 나체를 합성해 SNS에 배포한 혐의로 징역 장기 2년, 단기 1년 8개월을 선고받았다.

피고인 F는 텔레그램에서 딥페이크를 의뢰받아 3년 2개월에 걸쳐 61명의 아동·청소년 얼굴 사진을 성행위 사진에 합성·유포하는 등의 범죄를 저질렀다. 그는 2022년 법 개정 이후 징역 5년의 실형을 선고받았다. 이렇게 보면 지인능욕이라는 단어가 얼마나 애매한지 알 수 있다. 피해자들에게 F는 직접적인 지인이 아니다. F에게 딥페이크 합성을 의뢰한 자들도 처벌을 받았는지는 알 수 없다.

법은 허술했고 수사기관은 사건의 무게를 따지고 들었다. 경찰서 문턱을 넘는 것도 힘들어 좌절한 피해자가 적지 않다. 2020년 처음 피해 사실을 알게 된 C씨 역시 경찰에 신고했으나 범인을 잡지 못했다. C씨는 "가장 힘들었던 건 나는 가해자가 누군지 모르는데 그는 내 주변에 있다는 사실이었다. 그런데도 아무 도움을 받을 수 없다는 것. 다들 이 정도는 큰일 아니라고 해서 억지로 괜찮은 척 일상을 살아야 했던 것이 너무나 힘들었다"라고 말했다.

뻔한 결말에도 취재를 이어가는 이유는 가해자들이 두려워하고 있기 때문이다. 텔레그램에는 마약, 성범죄, 불법 토토 등과 관련된 기사가 따로 올라오는 방이 있다. 그만큼 신경 쓰고 있다는 이야기다. 관련 기사가 나오면 가해자들은 짐짓 아무렇지 않은 척하면서도 며칠 뒤엔 방을 없앴다.

지인능욕은 더 이상 피해자가 모른다고 해서 마음껏 저질러도 괜찮은 범죄가 아니다. 감춘다고 감추어지는 범죄도 아니다. 누군가는 피해자와 함께 끊임없이 싸우고 있다.

글을 마친 2024년 4월 21일 오후. 4069명이 있던 지인방이 폭파됐다. 원래 딥페이크 성범죄 방은 경찰 수사를 피해 주기적으로 삭제되었다가 며칠 뒤에 다시 생성되곤 했다. 이번에도 마찬가지인 모양이었다. 몇 분 뒤 방을 없앤다는 말에 나는 황급히 공기계부터 찾았다. 방이 사라지기 전에 증거 일부는 남겨야 했다. 방장 이수연은 자신의 대화방 내용을 캡처하거나 사진을 저장할 수 없도록 해놓았다. 몇 년 전까지만 해도 텔레그램에 없던 기능이 그사이에 생긴 것이다.

나는 예전에 쓰던 휴대폰으로 그동안 이 방에서 일어난 만행들을 천천히 영상으로 기록했다. 언젠가는 피해자들을 위해 쓰이길 바라는 마음이었다. 그렇게 2분 정도 지났을 무렵, 딥페이크 성범죄 방은 사라졌다.

곧 돌아오겠다며 새로운 방의 주소까지 남겨두었던 방장 이수연은 21일 밤 어떤 이유에서인지 자신의 프로필에 "영업 중단한다. 갠텔하지마"라고 적어둔 채 자취를 감췄다. 한 달이 지난 지금까지도 그는 돌아오지 않았다. 누군가는 이수연이 검거되었다고 했고, 또 누군가는 닉네임을 바꿨을 것이라고 했다. 확실한 건 딥페이크 성범죄를 취재하는 동안 새로 생긴 방보다 사라진 방이 더 많다는 것이다.

이수연. 그는 어디 사는 누구일까. 그가 다시 돌아올까. 다시 돌아온다고 해도 달라질 것이 없을 것이다. 이수연이 아닌 그 누구라도.

최희주 "망가지는 것들은 아무 소리도 내지 않는다. 조용히 오래오래 망가져 간다. 다 망가지고 나서야 누군가에게 발견이 되는 것이다." (김소연 〈손아귀〉)
조용히 망가져 가는 것들을 취재한다. 뒤늦게 발견되지 않도록 자세히 들여다보고 귀 기울여 누구도 사라지지 않는 세상을 목표로 글을 쓴다. 2018년 일요신문에 입사하여 줄곧 사건·사고를 담당하고 있다.

팩트스토리 인생과 직업은 스토리로 가득하다. 직업물 범죄스릴러, 실화 모티프 웹툰 웹소설 기획사다. 대표작은 논픽션 《악의 마음을 읽는 자들》이며, 같은 제목의 드라마로 제작되었다.

'오싹해졌다. 나는 상대방을 모르지만, 상대방은 나를 알고 있다.
일방적 알고 모름이 이렇게나 무서운 것이라니.
저 여자, 요괴인 걸까? 마음을 읽는 요괴 사토리?"
1928년 부산에 등장한 경성 제일의 사건 오따꾸,
유령 같은 병약한 여성 탐정의 탄생

마담 홈즈는 곤란한 이야기를 청한다

나비클럽 소설선

nabiclub

STORY & REALITY

창작자를 위한 취재와 리서치 컨퍼런스

한이

사진 제공-팩트스토리
좌측부터 김효은(사회자/웹툰 작가), 이종범(웹툰 작가), 이진숙(영화 <밀정> 제작자)

모던 호러의 거장인 딘 R. 쿤츠는 《베스트셀러 쓰는 법》에서 배경 묘사와 관련해서 이런 말을 했다. "극히 제한된 범위의 사람밖에 알지 못하는 전문적인 지식이라 해도 (예를 들자면 필리핀의 민속 광주리를 엮는 방법이라든가, 오리너구리의 사육법, 모로코 탄자니아 市의 재판소 평면도, 또는 칼리시니코프 소총의 내부 구조 등) 잘못 묘사하면 세상 어디엔가 반드시 그걸 알아차리는 사람이 있기 마련이다." 쿤츠가 이 책을 출간한 지 30년이 훌쩍 넘었지만, 여전히 철저한 취재와 조사는 창작의 필수 요소다.

프로파일러 권일용 교수와 함께 《악의 마음을 읽는 자들》을 집필한 고나무 대표는 몇 년 전 다니던 신문사를 그만두고 실화 소재 스토리를 기획·개발하는 팩트스토리라는 회사를 차렸다. 한때 고전하기도 했지만 지금은 드라마, 영화, 웹툰, 웹소설, 내러티브 논픽션 등 실화를 기반으로 한 다양한 콘텐츠를 내놓으며 자리를 잡았다. 팩트스토리에서 개발한 대표 콘텐츠인 《어제, 도망자 잡고 왔음》(자유형 미집행자를 검거하는 검찰 수사관을 소재로 한 전문가물 웹소설)에서도 알 수 있는 것처럼, 이제 콘텐츠는 철저한 취재와 조사 없이는 대중의 마음을 사로잡지 못한다. 하지만 취재와 조사라는 시대적 요구에도 불구하고 '어떻게?'란 질문의 답을 찾는 것은 쉽지 않았다. 그것이 팩트스토리가 주최한 〈STORY & REALITY 창작자를 위한 취재와 리서치 컨퍼런스〉에 100여 명에 이르는 사람이 몰린 이유이며, 나 역시 발표자이자 참관자로 함께 한 이유다.

컨퍼런스를 기획한 고나무 대표가 〈리얼리티 픽션 장르의 현황과 전망〉이란 주제로 첫 번째 발표자로 나섰다. 하나의 실화를 스토리로 개발하는 과정에서 이야기성을 가장 극대화할 수 있는 장르가 무엇인가를 고민한다는 말과 함께, 하나의 원천 소스가 어떻게 웹소설, 웹툰, 르포, 논픽션, 드라마, 영화 등으로 변용되는지 실례를 들어 설명했다. 이어서 스토리와 팩트가 결합한 콘텐츠가 웹소설과 웹툰, 드라마와 영화 시장에서 어떻게 독자적인 영역을 구축하면서 성장하고 있는지 사례를 들었다. 무엇보다 로버트 맥기의 《스토리》에서 인용한 문구가 인상적이었다. "연구하라, 재능에 영양을 공급하라. 연구 조사는 상투성과의 전쟁에서 살아남는 길일 뿐 아니라 작가의 공포와 그것의 사촌인 우울증을 극복할 수 있는 유일한 방법이다."

　　다음 발표자는 최장 연재 기록을 갈아치우고 있는 웹소설《이것이 법이다》의 자카예프 작가로, 〈직업 소재 웹소설 취재와 리얼리티〉라는 주제를 다루었다.《이것이 법이다》는 불리한 소송을 맡았다가 살해당한 주인공이 사이코메트리 능력을 장착하고 과거로 회귀해 각종 사건을 해결하는 내용이다. 작가는 에피소드 중 하나였던 양로원 사건이 어떤 실화를 기반으로 했고 어떻게 취재했는지 실제 경험을 털어놓았다. 그리고 실제로 군대 내에서 벌어진 가혹 행위 사례를 어떻게 재해석해서 작품에 녹였는지에 대해서도 설명했다. 자카예프 작가는 사석에서《이것이 법이다》연재가 끝나면 본격적인 미스터리 소설을 써볼 생각이라면서, 웹소설적으로 구성하는 버릇이 생겨 밀도를 높이기가 힘들다는 고민을 털어놓았다.《이것이 법이다》를 40권 이상 읽은 나로서는 귀여운(!) 투정처럼 느껴졌다. 곧 멋진 미스터리 작품을 선보이리라 믿는다.

　　현직 의사이자 웹툰 스토리 작가로 활약하고 있는 김응수 작가는 〈체험이 스토리가 되는 순간〉이란 주제로 발표를 이었다. 1세대 웹툰 작가로 유명한 정훈이와 협업한 경험을 주로 이야기했는데, 〈청년의사〉에 연재한 〈쇼피알〉에서 다양한 사례를 들었다. 의사가 암에 걸렸을 때 주변에 알리지 않고 은밀하게 치료를 받거나 해외 연수 핑계를 대기도 한다는 것, 대학병원 시절에 의사들이 겪는 치열한 하루와 복사도 응급으로 처리한다는 것, 제주에서 환자를 대할 때 사투리를 못 알아들어서 겪은 웃지 못할 에피소드 등은 현직 의사의 실제 경험이기에 가능한 디테일이었다. 아이러니하게도 의사와 병원을 둘러싼 경험을 진솔하게 다루며 975편까지 연재된 〈쇼피알〉은 정훈이 작가의 백혈병 진단과 사망으로 연재가 종료되었다.

　다음에 이어진 발표는 김경찬 작가의 〈실화 기반 영화의 취재와 리얼리티〉였다. 〈1987〉, 〈카트〉, 〈빵반〉, 〈파이프라인〉 등 시나리오 작가로 이름을 올린 작품들에서 알 수 있는 것처럼, 역사적 사건이나 실제 범죄 수법 등을 치열하게 취재해서 탄생한 작품들인 만큼 귀담아들을 만한 다양한 경험을 들려주었다. 먼저 작가는 서양의 영웅 서사와 한국의 영웅 서사가 어떤 부분에서 결정적인 차이가 있는지를 설명하면서, 한국인의 '인정 욕구'를 충족시키는 것이 콘텐츠의 성공과 어떤 밀접한 관계가 있는지 보여주었다. 특히 역사적 사건을 시나리오로 개발할 때, 인과와 맥락에 맞으면 자유로운 변용이 가능하다는 주장이 인상적이었다. 그러면서 실존 캐릭터를 재창조한 예로 하정우, 여진구 주연의 〈하이재킹〉을 들었는데, 2024년 6월 말 개봉 예정이라니 오랜만에 극장을 찾아보는 것도 좋겠다.

　김경찬 작가의 발표를 끝으로 점심 겸 휴식 시간이 주어졌다. 간단히 김밥 한 줄 먹을까 싶어 컨퍼런스 장소인 동대문역사문화공원역 근처 뒷골목으로 들어가 익숙한 지명의 우동집을 찾았다. 같은 상호의 본점에는 버젓이 있는 김밥이 없고 면 종류만 있었다. 어쩔 수 없이 우동 한 그릇을 후룩거리며 먹고 있는데, 옆 테이블에 앉은 젊은 여자 두 명의 대화가 들렸다. 컨퍼런스 참가자였다. 어떤 분야든 창작을 업으로 삼는다는 것은 고단한 일이라는 생각이 미끄러운 면발과 함께 식도를 타고 넘어갔다.

　오후 프로그램의 시작은 주로 교양 만화를 그리는 김태권 작가의 〈지식 교양 만화의 취재〉였다. 김태권 작가는 《김태권의 십자군 이야기》, 《르네상스 미술 이야기》, 《히틀러의 성공시대》 등을 그린 만화가인데, 당시의 분위기를 표현하기 위해 당대의 유물이나 포스터를 적극적으로 활용한다고 밝혔다. 특히 팩션 만화와 교양 만화의 결정적 차이를 설명한 부분이 인상적이었다. 팩션은 작가가 전하고 싶은 메시지를 선정하고 그것을 강화하는 사실만 선택하면 되지만, 교양은 메시지와 사실이 충돌할 때 사실을 우선해서 메시지를 수정하고 수정된 메시지로 사실을 재해석하는 과정이 필요하다는 것이다. 누구나 쉽게 읽을 수 있는 교양 만화에 얼마나 많은 취재와 자료 조사가 필요한지 느낄 수 있었다. 이러한 작가의 노력에 비해 시장성 확보가 어려운 현실이 안타깝다.

다음 프로그램은 영화 〈밀정〉을 기획한 엔젤그라운드 이진숙 대표와 〈닥터 프로스트〉의 이종범 작가의 대담이었다. 진행은 웹툰 작가이기도 한 김효은 아나운서가 맡았고, 주제는 〈현실 소재를 스토리화하는 노하우와 철학〉이었다. 이종범 작가는 〈닥터 프로스트〉를 연재하게 된 계기가 2011년 당시 네이버 웹툰 김준구 대표가 던진 '전문 소재 만화가 없으니 해보겠느냐'는 한 마디였다고 한다. 그 말을 듣고 대학에서 심리학을 전공했으니 심리 상담사를 소재로 하겠다는 막연한 생각으로 뛰어들었다가 곧 자료와 취재 부족에 시달리게 되었던 경험을 털어놓았다.

이진숙 대표는 〈밀정〉을 기획하게 된 모티프가 '황옥 사건'이었다고 했다. 황옥이 기존에 알려진 것처럼 일본의 밀정이 아니라, 의열단원이었다는 논문을 발견한 것이 계기가 되었다고 말했다. 실제로 임시정부의 이동 경로를 따라 중국까지 가서 자료를 수집하고 기획을 다듬었던 일화를 재밌게 풀어냈다.

내가 다음 발표자였다. 주제는 〈미스터리 스릴러 소설의 취재와 리얼리티〉였는데, 30분이란 시간 안에 준비한 것을 모두 말하기에는 역부족이었다. 주요 내용은 미스터리 장르를 구분하는 세 가지 유형(후더닛, 하우더닛, 와이더닛)과 각 유형에 따라 어떤 취재와 자료 조사가 필요한지, 어떻게 활용할 수 있는지에 관한 내용이었다.

다음은 〈소방서 옆 경찰서 그리고 국과수〉를 연출한 신경수 감독이 〈역사 & 직업 소재 드라마의 취재와 리얼리티〉라는 주제로 발표했다. 특히 자신이 겪은 다양한 경험을 재밌게 풀어냈는데, 지금도 고증과 관련해서 호사가들의 입에 오르내리는 드라마 〈연개소문〉 촬영 당시 다섯 명의 역사 자문 위원들을 모셨던 이야기, 전봉준과 동학혁명을 그린 〈녹두꽃〉 촬영 당시 사투리 때문에 작가와 얼굴을 붉혔던 일과 임병찬 의병장의 후손들이 제기한 역사 왜곡 논쟁 등 역사 소재 드라마를 만들 때 겪는 어려움을 유머러스하게 풀어냈다. 2024년 5월에 세월호 사건을 다룬 〈목화솜 피는 날〉을 개봉한다면서, 꼭 보러 와달라고 청하기도 했다. 여전히 그날의 비극을 영화로 볼 자신이 없기는 하지만, 신경수 감독이 연출 소회를 담아 말한 '세월호 직시하기'라는 말처럼 언젠가는 보겠다는 다짐을 해본다.

〈동네변호사 조들호〉의 해츨링 작가가 〈전문직 소재 웹툰 작가의 취재와 리

영화 〈1987〉 등의 시나리오를 쓴 김경찬 작가

2024 STORY&REALITY
창작자를 위한 취재와 리서치 컨퍼런스

얼리티〉라는 주제로 다음 발표를 이어받았다. 유용한 팁은 자문을 구할 때, 두루뭉술한 질문은 하지 말라는 것이다. 모호한 질문을 하면 원론적인 답변이 돌아올 확률이 높고, 따라서 그것을 실제 이야기로 녹여내는 건 쉽지 않다. 해츨링 작가의 조언은 자문해주는 전문가도 스태프의 한 명으로 초대하라는 것이다. 웹툰의 전체 스토리를 구체적으로 설명하고 정확한 자문을 얻는 것이 불필요한 시간 낭비를 줄이는 지름길이다. 변호사(〈동네변호사 조들호〉), 도핑 전문가(〈디자이너〉), 법의학자(〈네크로맨서〉) 등 전문가를 주인공으로 한 웹툰을 그려온 작가의 실용적인 조언이었다.

　　마지막으로 팩트스토리 고나무 대표와 스튜디오S의 이슬기 CP가 〈실화 모티브 스토리의 특징과 트랜스미디어〉라는 주제로 대담을 나누었다. 두 사람은 드라마 〈악의 마음을 읽는 자들〉의 원작자와 기획 피디로 함께 일한 인연이 있다. 권일용 프로파일러의 이야기가 드라마로 제작되면서 특히 쟁점이 된 부분은, '전 국민이 결말을 알고 있는 이야기인데 과연 흥미를 끌 수 있을까?'였다고 한다. 쟁점을 해소하기 위해 초창기 프로파일러라는 직업적 사명감과 기존 체제의 저항을 그려내고, 원작에 없는 메인 빌런을 등장시키면서 성장 서사를 도울 캐릭터를 설정하는 등 다양한 변화를 모색했다. 원천 소스가 다양한 미디어로 이동할 때, 각 매체에 가장 잘 맞는 방식으로 변용하는 과정이 꼭 필요하다는 점을 다시금 느낄 수 있었다.

〈창작자를 위한 취재와 리서치〉라는 주제로 처음 시도된 컨퍼런스인지라 다소 미흡한 부분이 있었지만, 전체적으로 만족스러운 시간이었다. 발표자가 많고 할당된 시간이 짧아 충분한 논의를 나누지 못한 것은 아쉬운 부분이지만 차차 개선하면 될 것이다. (컨퍼런스 현장에서 발표자마다 시간이 부족하다는 푸념을 늘어놓았더니, 주최 측에서 전자책으로 《재미진 리얼리티 - 창작자를 위한 취재 리서치 매뉴얼》(가제)을 준비한다고 한다.)

앤드리아 캠벨의 "활자화된 실수는 씻어낼 수 없다"는 말이 떠오른다. 독자들의 세계에는 각 분야의 전문가가 수두룩하다. 사소한 디테일일지라도 대충 인터넷 검색으로 때우려는 시도는 작가의 성실성에 대한 의문만 남길 뿐이다. 특히 장르가 미스터리라면 더욱더 용서받기 힘들다. 힘들고 어렵더라도 치열하게 취재하고 조사하려는 창작자만이 끝까지 살아남을 것이다.

2024 ST×RY & REAL×TY
창작자를 위한 취재와 리서치 컨퍼런스

계간 미스터리 한이 편집장

"연구하라, 재능에 영양을 공급하라. 연구 조사는 상투성과의 전쟁에서 살아남는 길일 뿐 아니라 작가의 공포와 그것의 사촌인 우울증을 극복할 수 있는 유일한 방법이다."

― 로버트 맥기,《스토리》

신인상

수상작

탁묘 ✦ 장유남

심사평

수상자 인터뷰

탁묘

장유남

장유남

애희는 검은색 가죽 장갑을 끼고 약속 장소에 나타났다.

"미안, 내가 좀 늦었지?"

날 바라보는 작고 둥근 얼굴에 쩔쩔매는 듯한 미소가 번졌다. 기름진 얼굴은 땀으로 번들거렸다.

"아니야. 내가 좀 일찍 왔어. 그나저나…?"

난 말끝을 흐리며 애희 손을 바라봤다. 이렇게 푹푹 찌는 한여름 날씨에 가죽 장갑이라니. 게다가 장갑은 오른손에만 끼워져 있었다. 내 시선을 느꼈는지 애희가 난처한 얼굴로 말했다.

"집에 장갑이 이것밖에 없어서… 실은 손가락을 좀 다쳤거든."

"어쩌다?"

난 딱히 관심이 없는데도 놀란 표정을 지으며 물었다. 애희가 막 입을 열려는 찰나, 왼손에 쥐고 있던 진동 벨이 요란하게 울렸다. 카페에 들어오기 전 키오스크로 주문한 음료가 준비됐다는 알람이었다. 애희는 작고 통통한 몸을 뒤뚱거리며 카운터로 가 음료를 가져왔다. 휘핑크림이 잔뜩 올라간 딸기라떼였다. 나라면 절대 선택하지 않을 메뉴다. 난 아이스 아메리카노를 홀짝거리며 굵은 빨대로 지방 덩어리를 흡입하는 애희를 바라봤다. 애희는 민망한지 변명조로 말했다.

"단 게 당기네. 지난 몇 주 동안 정말 힘들었거든. 힘든 정도가 아니라 정말 지옥 같았어…."

애희는 뭘 떠올리는지, 잠시 멍한 눈빛이 되었다. 그러고 보니, 못 보던 새에 뺨이 홀쭉해진 것 같다. 그렇다고 청초한 느낌이 든다는 건 전혀 아니다. 오히려 탄력을 잃고 늘어진 볼살이 볼썽사나웠다.

"손가락은 왜 다친 거야? 무슨 일 있었니?"

"그게 말이지. 실은 그 이야기를 해주려고 만나자고 한 거야."

애희가 상체를 내 쪽으로 기울이며 말했다. 비릿한 땀 냄새가 코끝을 찌르자 슬쩍 짜증이 치밀었다. 이렇게 더운 날씨에 고작 손가락 다친 걸 하소연하려고 불러낸 건가? 그런 얘기라면 얼마든지 전화로 해도 될 텐데 말이다.

"들어봐. 효진아. 넌 작가잖아?"

내 감정을 읽어내지 못한 애희가 입술을 핥으며 말했다. 딸기라떼는 어느새 반이나 비어 있었다.

"응."

"늘 멋있다고 생각했어. 고등학생 때부터 말이야. 효진이 넌 공부도 잘하고 글도 잘 쓰고…. 그때부터 난 네가 뭔가 대단한 일을 해낼 거란 걸 알고 있었어."

"너무 거창한데? 그냥 책 몇 권 낸 게 고작인걸, 뭐."

"그게 대단한 거지! 참, 내가 말했나? 네가 쓴 소설, 내가 전부 읽은 거?"

"어머, 정말?"

난 놀란 듯 눈썹을 치켜세우며 말했다. 그렇다고 별다른 감흥이 인 건 아니었다.

나와 애희는 고등학교 동창이다. 어쩌다 어울리는 무리가 겹쳐서 친하게 지냈을 뿐, 우리 사이에 딱히 공통분모가 있었던 건 아니다. 성격은 물론 성적까지 애희는 나와 정반대의 영역에 있었다. 다만 애희가 날 동경

한다는 것만은 똑똑히 알 수 있었다. 그렇다고 그게 나 역시 애희를 좋아
해야 할 이유는 되지 못했다.

고등학교를 졸업하자마자 애희는 머릿속에서 금세 지워진 존재가 됐
다. 나는 대학교를 나와 7년 가까이 직장 생활을 한 후, 소설가로 전향했
다. 국내에서 꽤 공신력 있는 소설 공모전에 당선된 것이 천운이었다. 그
덕택에 지금껏 큰 경제적 어려움 없이 소설가로서의 경력을 탄탄히 쌓아
오고 있다.

그러다 1년 전쯤인가? 작업하기 좋은 조용한 동네를 까다롭게 골라 이
사 왔는데, 하필이면 애희가 살고 있었다. 마트에서 우연히 애희와 마주
쳤을 때 내가 느낀 감정은 반가움보단 피곤함이었다. 물론 먼저 연락처를
물어본 쪽은 애희였다. 그 후로 만나자는 연락을 해오는 쪽도 늘 애희였
고. 난 서너 번 거절하다가, 어쩌다 한 번 만나주곤 했다.

"그래서 아까 하려던 얘기가 뭐야? 손가락 말이야. 많이 다쳤니?"

"아아, 미안. 내가 또 옆길로 샜네. 넌 이런 거 싫어하는데."

"미안해할 것까진 없고."

말은 그렇게 했지만, 순서가 뒤죽박죽인 대화에 벌써 지루해지고 있었
다. 카페의 냉방이 빵빵하지 않았더라면 진즉에 적당한 핑계를 대고 일어
났을 것이다.

"오늘은 좀 참아줘. 네가 혹할 만한 이야기를 가지고 왔거든."

"내가 혹할 만한 이야기?"

"너, 다음 작품이 안 써져서 힘들다고 했잖아?"

내가 애희한테 그런 말까지 했던가? 요즘 슬럼프에 빠진 건 사실이었
다. 반년 정도 열을 올리던 작품이 있는데, 도통 진도가 나가지 않아 아예
소재를 바꿀까, 고민 중이었다.

"그런데 네 마음에 들진 모르겠어. 넌 주로 학생을 주인공으로 한 성장
소설을 쓰니깐 말이야. 내 이야기는 뭐랄까. 좀 기이하고 소름 끼치는 면
이 있거든. 미리 마음의 준비를 해두는 게 좋을 거야."

대체 무슨 이야기를 하려고 이렇게 뜸을 들이는 걸까? 그렇다고 딱히 기대감이 생기는 건 아니었다. 그동안 내게 소재를 주겠다고 나서는 지인은 많았다. 하지만 막상 호기심을 가지고 들어보면 시시하거나 뻔한 얘기뿐이었다.

애희가 목소리를 가다듬더니, 말을 시작했다.

"시작은 층간 소음이었어. 이건 우리 부부가 직접 겪은 이야기야. 참, 너우리 지욱 씨 알지?"

애희의 남편과 처음 인사를 나눴던 건 애희의 반찬 가게에서였다. 흰 피부에 큰 키. 마른 체형임에도 꽤 근육질이라는 인상을 받았었다. 작고 통통한 애희와는 상반된 분위기라 위화감이 들었던 기억이 난다.

"그러고 보니까 남편 이야기를 먼저 해야겠네!"

애희는 아주 중요한 것을 깜빡했다는 듯 눈을 동그랗게 떴다. 이야기가 시작되자마자 또 산만해진 기분이다.

"내가 우리 지욱 씨를 어떻게 만났는지 말했나?"

난 간신히 하품을 참으며 고개를 끄덕였다.

"했지. 그것도 여러 번."

애희는 '우리 지욱 씨'를 영화 촬영 현장에서 처음 만났다. 전문대에서 호텔조리학과를 졸업한 애희는 패밀리 레스토랑 몇 군데를 전전하다가 대학 선배가 운영하는 밥차 업체에서 일하게 됐다. 처음엔 한 달만 도와주기로 했는데, 선배가 일손이 없다며 놔주질 않아 한 달이 1년이 되었다. 밥차는 일종의 출장 뷔페로 야유회나 촬영 현장 등 요청이 들어온 곳에가서 가성비 좋은 음식을 제공하는 서비스다.

애희는 지욱 씨를 본 순간 첫눈에 반했다고 한다. 그는 영화 촬영 감독이었다. 지적인 외모에 신사적인 말투도 멋있었지만, 그런 이미지와는 상반되게 먹성 좋은 것이 제일 마음에 들었다고. 지욱 씨는 끼니때마다 식판을 두 번씩 갖다 먹었는데, 늘 감탄사를 연발했다고 한다. "이 제육볶음 양념이 기가 막힌데?", "가지튀김에서 육즙이 느껴져!" 하는 식이었다. 이를 앞치마와 위생 모자를 착용한 채 멀리서 지켜보던 애희는 어느새 그에게 폭 빠지고 말았다. 하지만 감히 넘을 수 없는 산이라고 생각해 마음만 졸였다. 결국 고백은커녕, 말도 걸어보지 못한 채 촬영이 끝났다.

"누가 나 같은 사람을 좋아해주나, 자신감이 없었던 거지. 너처럼 인기 많은 앤 절대 이해 못할 거야…. 아아, 혹시 내 말이 기분 나빴다면 미안해."

"아니, 괜찮아. 계속해."

"고마워. 난 지욱 씨를 다시 만나게 되리라곤 정말 꿈에도 상상 못했어."

안타까운 짝사랑을 끝내고 얼마 후, 애희는 밥차 업체를 그만뒀다. 길을 가다가 문득 자기 장사를 해야겠다는 생각이 들었기 때문이다. 그동안 알뜰살뜰 모은 돈을 탈탈 털어 작은 상가에 월세를 얻어 반찬 가게를 시작했다. 애희의 가게는 열자마자 입소문이 났고, 순식간에 단골이 늘었다. 준비한 음식들이 그날그날 팔려나가 유통기한을 걱정할 일이 없었다.

"지욱 씨가 우리 가게 문을 열고 들어왔을 때, 운명이라는 생각이 들었어."

"운명?"

나도 모르게 피식 웃음이 새어나왔다. 마흔 살 먹은 여자 입에서 그런 단어가 튀어나오다니. 애희는 내 반응에 아랑곳하지 않고 말을 이었다.

"지욱 씨도 날 알아보고 놀라는 거 있지? 난 그 사람이 나를 기억한다는 사실에 또 한 번 놀랐어. 지욱 씨는 밥차에서 먹었던 음식들이 정말 맛있었다는 칭찬을 늘어놨어. 그렇게 시작하게 된 거야. 아아, 지금 생각해도 가슴이 떨린다. 어떻게 나 같은 사람이 지욱 씨처럼 멋진 남자와 결혼한 건지."

애희가 손으로 턱을 괴며 소녀 같은 미소를 지었다. 또 웃음이 튀어나오려는 걸 간신히 참았다. 고등학교 시절이 떠올랐다. 그때만 해도 무상 급식 제도가 없었다. 학교에서 점심과 저녁을 해결하려면 도시락 두 개를 준비해서 다녀야만 했다. 식사 시간이면 애희의 주변은 항상 아이들로 북적였다. 애희가 가져온 반찬을 한 젓가락이라도 맛보기 위해서였다. 김치볶음, 부각튀김, 동그랑땡, 콩자반…. 맛없기도 힘들지만 맛있기는 더 힘든 평범한 음식들. 애희는 반찬을 빼앗아 먹는 아이들에게 야박하게 굴지 않았다. 오히려 여럿이 먹을 양을 싸왔다. 누군가의 생일이 되면 그 아이가 좋아하는 반찬을 정성스레 만들어 오기도 했다. 애희의 마음 씀씀이를 아이들은 좋아했다. 한 친구는 이렇게 말했다.

"부모님도 안 계시는데, 참 대단해. 애희는 항상 밝고 긍정적이잖아."

하지만 난 애희의 반찬에 손을 대지 않았다. 물론 애희가 만든 음식들은 맛있었다. 솔직히 우리 엄마가 만든 것보다 더. 지금 생각해도 군침이 돌 정도다. 그래도 당시엔 싫은 마음이 더 컸다. 어쩐지 음식으로 아이들의 환심을 사려 하는 것 같았기 때문이다. 내 생각에 아이들은 애희를 좋아하는 게 아니라, 애희의 요리 솜씨를 좋아하는 것이었다. 물론 이런 말을 입 밖에 낸 적은 한 번도 없다. 행여나 내가 애희를 질투한다는 오해라도 사면 곤란하니까.

"우린 연애한 지 5개월 만에 결혼했어. 결혼식은 따로 올리지 않았고. 시부모님과 레스토랑에서 식사하는 것으로 대신했어. 너도 알지? 우리 부모님 다 돌아가신 거?"

난 고개를 끄덕였다. 기억이 맞다면 애희의 부모님은 교통사고로 돌아가셨다. 상대편 운전자가 음주 운전을 했다지, 아마. 정확히 기억나진 않지만, 그 정도의 비극성을 안고 있는 사건이었다.

"알지. 그래서 넌 할머니 할아버지랑 같이 살았잖아? 지금도 잘 계시지?"

애희의 얼굴이 딱딱하게 굳어졌다.

"두 분 다 돌아가셨어. 할아버지는 내가 대학 다닐 때, 할머니는 내가 첫 취업 하고 얼마 안 돼서…."

"그러셨구나. 힘들었겠다."

난 뭐라고 위로해야 할지 몰라 그냥 입을 다물었다. 애희가 이내 웃으며 말했다.

"지금은 괜찮아. 두 분 다 나이가 많으신 데다 지병이 있으셨거든. 그에 비하면 큰 병치레 없이 돌아가셨어. 호상이었지, 뭐."

"그래, 다행이다."

"참, 넌 비혼주의라고 했나?"

"응. 어디에 얽매이는 건 질색이거든."

"멋있다. 왠지 여유 있어 보여. 넌 마음만 먹으면 언제든지 연애할 수 있을 것 같아."

난 굳이 아니라고 부정하지 않았다. 그나저나 언제까지 이런 지겨운 이야기를 들어줘야 하는 걸까? 한숨이 절로 나왔다.

"미안. 서론이 길었네. 지금부턴 서두를게. 나도 시간이 없으니까. 지금 돌이켜 보면 결혼하고 한 달간이 제일 행복했던 것 같아. 내 인생의 황금기라고 할까? 반찬 가게도 장사가 잘돼서 새로 지점을 하나 더 내볼까 고민할 정도였어. 난 영원히 그런 날이 계속될 줄 알았지. 오늘 같은 일이 생기리라곤⋯."

애희는 말끝을 길게 끌더니, 또 멍한 표정을 지었다. 마치 영혼이 이곳을 떠나 다른 곳으로 옮겨간 것 같았다. 그렇게 1분이 흘렀다.

"왜 그래? 괜찮아?"

의아함을 느낀 내가 상체를 기울여 그녀에게 손을 뻗는 순간이었다. 시큼하고 역한 냄새가 코끝을 찔렀다. 뭐지? 난 코를 막으며 미간을 찌푸렸다. 냄새의 근원지를 찾아 주위를 두리번거리는데, 그제야 정신을 차린 애희가 말을 이었다.

"어디까지 얘기했더라? 아아, 맞다, 그래⋯. 인생이 그렇잖아? 늘 좋은 일만 생길 순 없는 법이지. 나랑 연애할 때도 그렇고, 결혼하고 나서도 그렇고, 지욱 씨한텐 일이 없었어. 촬영 감독이란 직업이 그렇더라. 너도 비슷한 일을 하니까 잘 알려나? 프리랜서라서 바쁠 땐 엄청 바쁜데, 일이 없을 땐 또 기약 없이 한가해지고…. 거기다 영화 산업이 위축돼서 제작 편수가 줄었다나 뭐라나. 하지만 난 우리 지욱 씨가 금방 다시 일을 시작할 거라고 믿었어. 정말 실력 있는 촬영 감독이니까 말이야. 너도 우리 지욱 씨가 찍은 영화 봤지? 어땠어? 아직 안 봤다고? 아니, 괜찮아. 그럴 수도 있지, 뭐. 실제로 몇 군데에서 제안이 들어오기도 했어. 하지만 전부 돈이 안 되는 저예산 영화였고, 지욱 씨가 보기에 형편없는 시나리오였나 봐. 그 사람이 겉으로는 순해 보여도 고집이 좀 센 편이거든."

"그래?" 난 심드렁하게 대꾸했다.

"나중에 지욱 씨가 술기운에 하는 말을 들어보니까, 마지막으로 참여했던 영화 현장에서 감독이랑 사이가 안 좋았었나 봐. 몸싸움까지 한 것 같더라고. 그 일로 업계에 소문이 안 좋게 난 건지도 모르겠어. 사실 지욱 씨가 좀 욱하는 면이 있거든. 몰랐냐고? 결혼하기 전엔 나도 몰랐지. 하지만 사람이 완벽할 순 없잖아? 나도 그렇고 말이야. 지욱 씨는 종종 내가 웃을 때 짓는 표정이나, 평소에 쓰는 말투를 지적하곤 했어. 호들갑 떠는 게 보기 싫다면서. 지식 좀 쌓으라고 가끔 인터넷으로 책도 주문해줬고. 하지만 왜들 그렇게 어려운 말만 적혀 있는지, 나한텐 정말 고역이 아닐 수 없었어. 책만 폈다 하면 졸음이 쏟아졌거든…."

애희가 무의식적으로 오른팔을 휘저었다. 그때, 가죽 장갑 사이로 뭔가가 쭈욱 기다랗게 줄을 그리며 흘러내리는 게 보였다. 끈적하고 검붉은 액체였다.

"윽!"

나도 모르게 신음을 토하며 코를 막았다. 조금 전에 맡았던 것보다 한층 더 역겨운 냄새가 내 얼굴을 정면으로 강타했다. 애희는 잠시 당황하더니, 허둥지둥 테이블에 있던 물티슈로 희고 통통한 팔뚝에 흘러내린 액체를 닦아냈다. 걱정보단 불쾌함이 앞선 내가 말했다.

"병원에 가봐야 하는 거 아니니?"

"갈 거야. 너랑 얘기 끝나면." 애희가 오른손을 몸 쪽으로 바짝 끌어당기며 말했다.

"상태가 많이 안 좋은 거 같은데? 당장 가보는 게 좋지 않아?"

"걱정하지 마. 이렇게 보여도 전혀 아프지 않으니까. 이야기나 마저 끝내자."

애희가 고집스럽게 날 바라봤다. 도무지 이해할 수 없었다. 병원에 가는 것보다 나한테 이야기를 들려주는 게 더 중요하단 말인가?

뒤늦게 카페 매장을 둘러보았다. 다른 사람이 이 지독한 냄새를 맡은 건 아닌지 걱정됐다. 다행히 번화가 2층에 자리 잡은 카페는 넓은 편이었다. 한적한 오후 시간대라 혼자 온 손님들이 뜨문뜨문 떨어져 앉아 노트북에 집중하고 있었다.

아그작. 소리에 고개를 돌리니, 애희가 유리잔에 남아 있던 얼음을 씹고 있었다. 내가 불만 섞인 눈초리로 쏘아봤지만 눈치채지 못하고 다시 말을 이었다.

"그 후로도 지욱 씨는 오랫동안 일을 하지 못했어. 지욱 씨는 크게 낙담했어. 입맛도 사라졌는지, 늘 두 그릇을 비우던 밥도 한 그릇으로 줄어들었어. 난 너무 놀란 나머지 지욱 씨한테 말했어. 조급해할 필요 전혀 없다고. 진심이었어. 당시엔 반찬 가게에서 나오는 수입만으로도 우리 부부가 생활하기에 넉넉했거든. 게다가 지욱 씨는 예술가잖아? 이 기회에 느긋하게 시간을 가지면서 영감을 얻는 것도 장기적으로 보면 도움이 될 거라고 생각했지. 지욱 씨는 내게 고맙다고 하더니, 뭔가 할 말이 있는 사람처럼 머뭇거렸어. 왜 그러냐고 물어보니까, 나만 괜찮다면 이 기회에 시나리오를 써보고 싶다는 거야. 작가가 되고 싶은 거냐고 물으니까, 연출이 하고 싶대. 자기가 하고 싶은 이야기를 직접 써서 직접 찍겠다는 얘기였어. 말만 들어도 정말 굉장해 보이더라! 지욱 씨라면 충분히 해낼 거라고 믿었지. 난 당장 그렇게 하라고 격려해줬어. 지욱 씨가 기운을 차리는 걸 보니까 내가 다 신나더라. 그렇게 지욱 씨는 집에 틀어박혀서 시나리오를 쓰기 시작했어. 그런데…."

애희는 말을 멈추더니, 길게 한숨을 토해냈다.

"넌 누구보다 잘 알 거야. 글을 쓴다는 게 얼마나 어려운 일인지."

난 대꾸 없이 고개를 끄덕였다.

"어려운 정도가 아니라, 사람을 미치게 만들 수도 있더라고."

순식간에 애희의 얼굴에 짙은 먹구름이 드리워졌다.

"지욱 씨는 장장 6개월 넘게 심혈을 기울여 시나리오를 썼어. 그리고 매우 뿌듯해하며 영화를 전공한 지인들에게 보여줬지. 그런데 안타깝게도 평가가 좋지 않았나 봐. 지욱 씨는 그 일로 크게 좌절했어. 난 첫술에 배부를 수 없는 게 당연한 일이라며 위로했어. 지인들의 평가를 잘 되새겨보라고 조언해줬지. 분명 참고할 만한 점들이 있을 거라고. 요리도 그렇잖아? 누가 짜다고 하면 소금의 양을 줄이면 되고, 누가 달다고 하면 설탕의 양을 줄이면 되는 건데. 모르긴 몰라도 글 쓰는 것도 비슷할 거라고 생각했지. 그런데 내 말을 들은 지욱 씨는 불같이 화를 냈어. 뭘 안다고 무식한 소릴 하냐면서. 난 그때 처음 알았어. 지욱 씨처럼 착한 사람도 욕을 할 수 있다는 걸."

"그 사람이 너한테 욕을 했다고?" 내가 놀라서 물었다.

"술에 취한 상태였으니까 이해해."

"아무리 그래도 그렇지. 뭐라고 욕했는데? 그게 처음이자 마지막이었니?"

"효진아. 그런 건 중요하지 않아. 난 지욱 씨가 너무 안쓰러웠어. 안 그래도 지인들한테 혹평을 듣고 자존심이 상했을 텐데. 그런 사람한테 내가 또 상처를 준 거잖아? 난 주제넘게 아는 척했던 걸 반성하고, 지욱 씨한테 사과했어. 물론 지욱 씨도 나한테 욕한 걸 사과했고. 지욱 씨는 다시 힘을 내서 시나리오 작업에 몰두했어. 가뜩이나 예민한 사람인데, 시간이 갈수록 점점 더 예민해졌지. 기분이 좋은 날보다는 나쁜 날이 많아졌어. 난 그 사람의 심기를 건드리지 않으려고 최대한 노력했어. 보통 반찬 가게를 정리하고 집에 가면 밤늦은 시간인데, 그럴 때마다 지욱 씨는 거실 소파에 앉아서 시나리오를 쓰고 있었어. 서재가 따로 있는데도 거실에서 작업해야 집중이 잘된다는 거야. 지욱 씨는 낮 동안엔 뭘 하는지 주로 밤에 작업했어. 역시나 집중이 잘된다는 게 이유였고. 너도 그러니?"

"난 낮에 일해. 예전에 회사 다니던 버릇이 남아서."

"지욱 씨도 그랬다면 얼마나 좋을까⋯. 하루 종일 음식 만들고 손님 상대하느라 녹초가 된 나는 퇴근 후에도 지욱 씨의 눈치를 봐야 했어. 거실 소파에 편하게 누워서 드라마를 보고 싶은데도 그럴 수가 없었지. 씻을 때도 조심해야 했어. 난 샤워기에서 떨어지는 뜨거운 물에 몸을 지지는 걸 좋아하거든. 그래야 하루의 피로가 씻겨 내려가는 기분이 들어서. 그런데 물 떨어지는 소리가 5분 이상 들리면 지욱 씨가 짜증을 냈어. 하루는 말도 없이 보일러 온수 기능을 꺼버리는 바람에 찬물에 덜덜 떨면서 샤워를 마쳐야 할 때도 있었어. 작가들은 청각에 특히 예민한가 봐?"

애희가 어깨를 축 늘어뜨리며 한숨을 내쉬었다. 남편의 예민함에 시달렸을 그녀가 측은하게 느껴졌다.

"그러다 일이 터진 거야. 층간 소음 말이야."

마침내 먼 길을 돌아 다시 제자리로 돌아온 기분이었다.

"우리 집은 3층인데, 바로 위층에 누가 새로 이사를 온 거야."

"기억나. 근데 할머니 한 분이 이사 왔다고 하지 않았나?"

"내가 그 얘기를 너한테 했어?"

애희가 고개를 갸웃거리며 날 쳐다봤다.

"응. 기억 안 나? 몇 주 전에 나한테 전화해서 그랬잖아."

"내가?"

"그럼. 너 아니면 내가 그걸 누구한테 들었겠니?"

"아아, 그랬던 것 같다⋯. 아무튼 할머니가 이사 온 첫날부터 지욱 씨가 시끄러워 못 살겠다는 거야. 근데 난 아무리 귀를 기울여도 잘 모르겠더라고. 발소리가 들리긴 하는데, 참을 만했어. 그 정도 발소리도 안 내고 사람이 어떻게 살아?"

"그전엔? 할머니가 이사 오기 전엔 충간 소음이 없었어?"

"그땐 남자 혼자 살았는데, 창백한 피부에 빼빼 마른 직장인이었어. 늘 새벽같이 나가서 밤늦게 돌아오니까 인기척을 느낄 틈이 없었던 거지. 지욱 씨가 계속 집중을 못하겠다고 하니까, 내가 4층에 올라가 보겠다고 했어. 밤늦게 낯선 남자가 집으로 찾아오면 좀 그렇잖아? 게다가 지욱 씨는 화가 많이 난 상태였거든. 대화로 좋게 끝낼 수 있는 일을 괜히 크게 키우고 싶지 않았어. 그래서 내가 갔던 건데…."

애희는 당시 일을 회상하는 게 힘든 듯 손으로 이마를 문질렀다. 뭔가를 말할 듯 말듯 입술을 달싹거렸다.

"왜? 4층에서 무슨 일 있었어?"

"어떻게 말해야 좋을지 모르겠어. 이럴 때 내가 작가라면 얼마나 좋을까? 그러면 그때 보고 느꼈던 걸 정확히 묘사할 수 있을 텐데 말이야. 402호 앞에 서는 순간에 난…."

"402호가 그 할머니 집이니?"

"맞아. 우리 집이 302호니까, 그 할머니의 집은 402호…. 그 집 앞에 서는 순간, 등골이 오싹한 기분이 들었어. 왜냐고? 그건 나도 설명할 길이 없어. 그냥 그랬다고밖엔…. 굳이 표현하자면 누가 뒤에서 내 머리채를 잡아당기는 느낌이었다고 할까? 초인종을 누르기까지 얼마나 갈등했는지 몰라. 그냥 집에 돌아가고 싶은 마음이 굴뚝같았거든. 난 얼른 해치우자는 생각에 겨우 용기를 쥐어짜서 초인종을 눌렀어. 문은 금방 열렸어. 안에서 할머니 한 분이 나왔는데…."

"나왔는데?"

어느새 난 애희의 이야기에 집중하고 있었다.

"할머니는 꼬불꼬불한 흰 머리카락을 어깨까지 풀어 헤치고 있었어. 살집이 꽤 있어 보였지. 할머니는 거동이 불편한지 문손잡이를 꽉 붙잡고 서서 날 바라봤어. 근데 참 이상하지, 효진아?"

"뭐가?"

"기억이 안 나."

"갑자기 무슨 소리야?"

"오늘도 4층 할머니를 만나고 왔는데, 기억이 안 나. 얼굴이 어떻게 생겼는지."

난 이해가 되지 않아 고개를 갸웃거렸다.

"맞아. 효진아. 나도 이해가 잘 안 돼. 왜 이렇게까지 4층 할머니의 얼굴이 머리에 각인되지 않는지. 아무래도 표정 때문인 것 같아."

"표정?"

"그래. 표정. 몇날 며칠 고민한 끝에 내린 결론이야. 내 생각에 우리 얼굴을 만드는 건 표정 같아. 우린 어떤 감정을 느낄 때마다 얼굴 근육을 움직여. 어느 글에서 읽은 적이 있는데, 사람은 무표정일 때조차 근육에 힘을 주고 있대. 결국 무표정도 표정이라는 소리야. 그런 표정들, 즉 근육의 움직임들이 쌓이고 쌓여서 우리의 얼굴을 만든다고 생각해. 왜 그런 말이 있잖아? 오래 같이 산 부부의 얼굴이 비슷한 건 서로의 표정을 따라 하기 때문이라고."

"그래서 할머니의 표정이 어땠는데?"

"없었어. 하나도. 어떤 감정도, 생각도 읽어낼 수 없는 얼굴이었어."

"어떻게 그럴 수가 있어?"

"정말이야. 4층 할머니는 마치 가면을 쓴 것 같았어. 사람이 죽으면 그런 얼굴일까 싶었지. 어쩐지 섬뜩한 생각이 들었어. 그동안 어떤 인생을 살아왔기에, 표정 없는 얼굴을 가지게 된 건가 하고."

속으로 생각했다. 표정 없는 얼굴이야말로 진정한 공포로군. 그런 인물을 주인공으로 소설을 써도 괜찮겠는데? 그런데 잠깐, 지금 내가 애희의 이야기를 진지하게 듣고 있는 건가? 난 부정하듯 머리를 세게 흔들었다.

"다시 이야기로 돌아갈게. 넋을 놓고 쳐다보는 내게 4층 할머니가 말했어."

"찾아왔으면 용건을 말해."

"난 먼저 죄송하다고 말한 뒤에 발소리를 줄여달라고 부탁했지. 그 짧은 문장을 말하는데도 입안이 사막처럼 말라서 쩍쩍 갈라졌어. 할머니는 날 머리부터 발끝까지 찬찬히 훑어보기 시작했어. 그사이에 난 반쯤 열린 문틈으로 집 안을 엿볼 수가 있었어. 먼저 시큼한 향냄새가 코를 찔렀는데, 어릴 때 할아버지를 따라 절에 갔을 때 맡았던 그런 종류의 향냄새와는 달랐어. 뭔가 이국적이랄까? 난 태어나서 한 번도 해외여행을 가본 적이 없어. 신혼여행도 제주도로 다녀왔거든. 그러니 그 향냄새의 국적이 어딘지는 정확히 몰라. 단지 한국적인 것은 아니구나, 짐작할 뿐이었지. 이런 내 생각을 집 안의 장신구들이 뒷받침해줬어. 가장 먼저 선반 위에 놓여 있던 목각 인형이 눈에 들어왔어. 허리 아래에 짚 같은 걸 치마처럼 두르고 있었어. 그 또한 한국적이라고 말할 순 없었지. 이어서 벽으로 시선을 돌렸는데, 뭔가 희끄무레한 게 걸려 있었어. 자세히 보니까… 맙소사!"

애희는 당시의 장면이 눈앞에 펼쳐지기라도 한 듯 눈을 크게 떴다.

"벽에 뭐가 있었는데?"

"그건, 그건 해골이었어!"

"뭐? 해골?"

나도 모르게 목소리 톤이 높아졌다. 다른 손님들이 이쪽을 힐끔거리는 게 느껴졌다. 난 목소리를 낮춰서 물었다.

"지금 사람 해골을 말하는 거야?"

"나도 처음엔 그렇게 생각했어. 그런데 뭔가 달랐어. 눈구멍이 사람 것보다 몇 배는 더 크고, 코 부위가 앞으로 쑤욱 튀어나온 게 마치… 원숭이 해골처럼 보였어."

애희의 말이 사실이라면 정말 기이한 일이다. 물론 집에 사람 해골이 있는 것도 이상하겠지만, 원숭이 해골이라니?

"내가 입을 벌리고 원숭이 해골을 쳐다보는데, 집 안에서 뭔가가 나를 향해 어슬렁거리며 걸어 나오는 게 보였어. 실루엣으로 봐서 고양이 같았어. 반려동물을 키우는 건가? 어쩐지 할머니 이미지와는 어울리지 않아 보였지. 할머니는 고양이가 가까이 오지 못하게 다리로 밀어내더니, 앞으로 조심하겠다고 말하고 문을 쾅! 닫았어. 난 도망치듯 집으로 돌아왔어. 지욱 씨가 어떻게 됐냐고 묻기에, 잘 해결됐다고 말해줬어. 그리고 나서 씻지도 않고 침대에 쓰러져 잠이 들었던 것 같아."

"층간 소음은 없어졌어?"

내 물음에 애희가 힘없이 고개를 저었다.

"아니. 다음 날에도, 그다음 날에도 지욱 씨는 발소리가 난다며 괴로워했어. 내 귀엔 거슬리지 않는 아주 작은 소음이 그 사람한테는 천둥처럼 들리는 모양이야. 귀마개를 권해봤지만, 소용없다며 들은 척도 하지 않았어. 가뜩이나 청각이 예민한 사람이니, 음악을 들으면서 작업을 하는 건 아예 선택지에 없었지."

"글 쓰는 장소를 바꿔보지 그랬어?"

"나도 그렇게 말했어. 예상대로 지욱 씨는 완강히 거부했어. 도서관은 일찍 문을 닫고, 스터디카페는 사람들이 부스럭거려서 시끄럽긴 마찬가지라는 거야. 게다가 남이 주는 피해 때문에 왜 자기가 생돈을 써야 하는지 모르겠다며 화를 냈어. 결국, 지욱 씨는 그렇게 또 폭발하고 말았어. 머리를 쥐어뜯으며 나한테 소리쳤어."

"진짜 돌겠네. 넌 저 소리가 안 들려?"

"난 모르겠는데…."

"넌 둔한 거야? 아니면 귀가 먹은 거야?"

"진짜 내 귀엔 안 들려서 그래."

"저게 안 들린다고? 지금도 쿵쿵거리잖아? 너 일부러 그러는 거지? 나 예민한 놈 만들려고! 니가 자꾸 이러니까 나만 이상한 사람 되는 거 아냐!"

"지욱 씨는 내가 말릴 틈도 없이 4층으로 뛰어 올라갔어. 난 따라가지 않고 거실에 꼼짝도 하지 않고 서 있었어. 도저히 그 할머니를 다시 볼 엄두가 나지 않았거든. 그런데 시간이 한참이나 지났는데도 지욱 씨가 돌아오지 않는 거야. 난 불안해지기 시작했어. 혹시 지욱 씨한테 무슨 일이 생긴 건 아닐까 하고. 우스운 생각이지? 굳이 따지자면 안 좋은 일이 생기는 쪽은 4층 할머니일 확률이 더 높은데 말이야. 지욱 씨는 성인 남자인 데다, 몸이 안 좋은 할머니보다 힘도 셀 테니까. 하지만 어찌 된 영문인지 난 지욱 씨가 무슨 일을 당할까 봐 걱정됐어. 불안을 견디다 못한 내가 현관문을 나서려는데, 지욱 씨가 돌아왔어. 시뻘겋게 상기된 얼굴로 씩씩거리면서. 얘기를 들어보니까, 4층 할머니가 문을 열어주지 않았대. 아무리 초인종을 누르고 문을 두드려도 대답이 없었다는 거야. 나중엔 옆집 아저씨가 나와서 지욱 씨한테 화를 냈나 봐. 계속 소란을 피우면 경찰을 부르겠다고. 그 말에 어쩔 수 없이 집으로 돌아온 거지. 난 천만다행이라는 생각에 가슴을 쓸어내렸어. 지욱 씨가 4층 할머니를 만나지 않은 게 말이야. 그 대신 분이 풀리지 않는지, 지욱 씨가 밤새 나한테 화풀이했지만."

"뭐? 어떻게?"

"그건 중요한 게 아니니까 넘어가자…. 다음 날 출근하기 전에 정성스레 쓴 쪽지를 402호 문 앞에 붙였어. 간밤에 남편이 소란 피운 걸 대신 사과하고, 발소리를 줄여달라는 부탁도 잊지 않았지. 후우. 내가 할 수 있는 건 그게 전부였어."

한숨을 내쉬는 애희의 얼굴이 무척 지쳐 보였다. 조금 전에 보였던 소녀의 미소는 온데간데없고, 그새 10년은 늙어버린 것 같았다. 난 카운터에서 생수 두 잔을 받아왔다. 물잔을 건네받은 애희는 고맙다고 말했지만, 마시진 않았다. 걱정과 불안이 갈증마저 휘발시켜버린 것 같았다.

난 애희의 손을 바라보았다. 가죽 장갑을 낀 오른손이 헐렁하게 느껴지는 건 기분 탓일까? 장갑 속이 몹시 궁금해졌다.

애희가 짧은 침묵을 깨고 다시 입을 열었다.

"그날은 일이 손에 잡히지 않았어. 사실 손님도 별로 없었고, 지욱 씨한 테 말하지 않았지만, 그 무렵 반찬 가게 사정이 좋지 않았거든. 단골들의 발길이 끊어지면서 매출도 반 토막 났어."

"왜? 경쟁 업체라도 생긴 거야?"

"그런 건 아니야. 처음엔 내 손맛을 의심했어. 반찬이 예전보다 맛이 없 어졌나 하고. 하지만 아무리 맛을 봐도 내 요리 솜씨엔 변함이 없었어. 다 음으로 내 혀가 잘못된 건가, 의심했지. 그런데 나중에 알고 보니까, 누가 안 좋은 소문을 퍼트린 모양이야. 반찬 가게에 대해서."

"소문? 뭐라고?"

"반찬에서 머리카락이 나왔다는 둥, 손톱이 나왔다는 둥."

"그게 진짜야?"

"응?"

"정말 반찬에서…."

내 말이 채 끝나기도 전에 애희가 두 눈을 부릅뜨고 고개를 저었다. 심 한 모욕이라도 당한 듯한 얼굴이었다.

"맹세컨대 내 가게의 위생과 청결엔 아무 문제가 없어! 돌아가신 부모 님, 아니, 할머니와 할아버지를 걸고 맹세해."

"그럼 누가 일부러 그런 악의적인 소문을 퍼트렸다는 거야? 대체 누 가?"

"그 이야기는 조금 나중으로 미뤄도 될까? 순서상 그게 좋을 것 같아…. 고마워. 어쨌든 그날은 손님도 없고 몸도 피곤해서 일찍 가게 문을 닫았 어. 집에 돌아오니, 지욱 씨는 글은 쓰지 않고 소파에 누워 휴대폰만 만지 작거리고 있었어. 탁자 위엔 위스키 병과 얼음 통이 놓여 있었고. 낮엔 계 속 이러고 있었던 건가 싶어서 한숨이 나왔지. 지욱 씨는 내가 왔는데도 눈길 한번 주지 않고, 누군가와 문자를 주고받으며 키득거리느라 바빴어. 난 그러려니 하고 안방으로 걸어갔어. 술에 취한 지욱 씨한테 괜히 잘못 말을 걸었다간 나만 피곤해진다는 걸 알았거든. 무거운 다리를 질질 끌며 거실을 가로지르는데, 이상한 느낌이 들었어. 난 걸음을 멈추고 주위를 둘러봤어. 집안 분위기가 출근할 때와는 묘하게 달라져 있는 거야. 그런 걸 위화감이라고 표현하나? 아무튼 기분 나쁜 감각이었어. 분명 가구나 집기들의 위치는 그대로인데, 뭔가 크게 잘못됐다는 느낌이 들었지. 난 위화감의 정체를 찾아 계속 집 안을 두리번거렸어.

그러다 내 시선이 서랍장 위에서 멈췄어. 거기엔 지욱 씨와 내가 제주도로 신혼여행 갔을 때 찍은 커플 사진 액자가 있었어. 늘 있던 그 위치에 말이야. 그런데 액자 옆은 달랐어. 비어 있어야 할 공간에 뭔가가 놓여 있었지. 아니, 앉아 있었다는 표현이 더 정확할 거야. 잿빛 털 뭉치 같은 게 날 향해 두 눈을 깜빡거리고 있었어. 순간, 머리털이 쭈뼛 서는 기분이었어. 나와 시선을 마주친 그것이 천천히, 아주 천천히 몸을 일으켰어. 난 귀신이라도 본 것처럼 핏기가 가셨어. 대체 저런 게 왜 우리 집에 있는 거지? 금세 식은땀이 흘러내렸어. 난 허공에 손을 저으며 애타게 지욱 씨를 불렀어. 지욱 씨는 내 말을 못 들은 건지, 대답하기 귀찮은 건지 반응이 없었어. 그 사이 서랍장 위에 있던 그게 툭! 하고 바닥으로 떨어졌어. 어슬렁어슬렁 나에게 다가왔지. 그제야 그것의 정체를 파악할 수 있었어. 아니, 처음 보자마자 난 그것의 정체를 알고 있었어. 다만 믿고 싶지 않았을 뿐이지.”

“대체 그게 뭐였는데?” 호기심이 극에 달한 내가 물었다.

“고양이였어.”

“뭐? 고양이?”

“응. 4층 할머니 집에 있던 그 고양이. 나는 그게 왜 우리 집에 있는지 지욱 씨에게 물었어. 남편 말로는 4층 할머니가 자기한테 맡겼다는 거야. 난 그 말을 믿지 않았어. 믿을 수가 없었지. 촉을 발휘할 필요도 없이 그건 새빨간 거짓말이었어. 내가 솔직히 말하라며 몇 번 추궁하니까, 지욱 씨는 변명하기도 귀찮다는 듯 실토했어. 내가 출근한 뒤에 4층에서 또 소음이 들렸나 봐. 화가 난 지욱 씨가 끝장을 볼 작정으로 뛰어 올라갔던 모양이야. 그런데 402호 현관문이 살짝 열려 있었던 거지. 지욱 씨가 슬쩍 안을 들여다보니까, 할머니가 방금 배달된 택배 상자를 끙끙거리며 안으로 옮기는 모습이 보였대. 할머니는 등을 돌리고 있어서 지욱 씨가 온 걸 몰랐고. 잘됐다 싶어 안으로 들어가려는데, 갑자기 고양이가 쏜살같이 밖으로 튀어나왔대. 4층 할머니는 전혀 눈치채지 못했고 말이야."

"그래서 고양이를 훔친 거야?"

내 물음에 아무 잘못도 없는 애희가 죄 지은 표정을 지었다.

"나도 지욱 씨한테 대체 왜 그런 짓을 했냐고 따졌어. 지욱 씨 말로는 그게 최고의 방법이었대. 층간 소음을 해결하는 방법. 말로 하면 못 알아먹는 게 인간이라나 뭐라나. 상대방이 당한 고통을 똑같이 느끼게 해줘야 잘못을 깨달을 거라는 게 지욱 씨의 논리였어."

잠시 머릿속으로 계산했다. 층간 소음에서 받는 고통과 반려동물을 잃었을 때의 고통이 등가일까? 아무리 생각해도 치졸한 복수 같다.

"난 당장 고양이를 돌려주라고 말했어. 지욱 씨는 물론 반대했지. 적어도 나흘은 데리고 있어야 한대. 왜 나흘이냐고 따지니까, 자기가 층간 소음으로 고통받은 시간이래. 난 어이가 없었어. 지욱 씨가 하지 않으면 내가 직접 돌려줘야 한다고 생각했지. 고양이 쪽으로 다가갔어. 고양이는 위협을 느꼈는지, 재빨리 거실 탁자 아래로 기어들어 갔어. 무릎을 꿇고 고양이를 꺼내려고 손을 뻗었지. 간신히 고양이를 붙잡아 밖으로 끌어당겼는데, 내 손에 한가득 쥐어진 건… 잿빛 털 뭉치였어! 난 너무 놀라서 고양이를 쳐다봤지. 하지만 고양이는 아픈 기색 하나 없이 좁은 공간에 가만히 웅크리고 있었어. 털이 빠진 자리를 보니까, 맨살이 그대로 드러나 있었어. 마치 썩은 것처럼 거무튀튀한 맨살이."

순간, 한기가 느껴지는지 애희가 몸서리쳤다.

"그리고 거기서 심한 악취가 났어."

"고양이한테 무슨 병이라도 있었던 거야?"

"병이라… 그럴 수도 있겠다. 그래, 그게 아니면 달리 설명할 길이 없으니까."

애희는 혼잣말하듯 중얼거리더니, 말을 이었다.

"걱정돼서 고양이를 유심히 살펴보니 옆구리를 가로질러 지그재그로 실이 꿰매져 있더라고. 아무래도 큰 사고를 당했던 모양이야. 근데 뭔가 이상했어. 고양이 살을 이어 붙이고 있는 굵고 하얀 실은 의료용이 아닌 그냥 실처럼 보였거든. 이불이나 인형을 꿰맬 때 쓰는 그런 실 말이야. 자세히 보니까, 고양이 털은 군데군데 얽히고 뭉쳐서 몹시 지저분했어. 마치 감지 않아서 떡 진 머리카락처럼. 집고양이치곤 전혀 관리되지 않은 느낌이었지. 4층 할머니가 고양이를 학대한 건가? 그런데 생각해보면, 길고양이 중에도 그렇게 털이 엉망인 건 못 봤던 것 같아. 대학생 때 같은 과에 친하게 지냈던 여자애가 있었거든. 그 친구가 학교 앞에서 자취하면서 고양이를 길렀었어. 그 친구 집에 자주 놀러 갔는데, 그 덕에 나름 고양이에 대한 지식이 생겼지. 그루밍이라고 들어봤어? 고양이가 혀로 제 몸을 다듬는 거 말이야. 그런데 4층 고양이는 그루밍을 전혀 하지 않았어. 그 뒤로도 며칠 동안 관찰했는데, 그루밍하는 걸 한 번도 보지 못했어. 고양이가 그루밍을 하지 않는 이유는 아프거나 우울할 때뿐이라던데."

"사고 후유증 때문이 아닐까?"

"나도 그렇게 생각했는데… 그런데 말이야…."

"응?"

"동공은 어떻게 된 걸까? 고양이 동공은 빛에 민감한 편이거든? 어둠 속에선 유리구슬처럼 커지고, 빛을 받으면 좁쌀처럼 작아지고. 그런데 4층 고양이는 그렇지 않았어. 빛에 전혀 반응이 없었어. 늘 동공이 일정한 크기였다면 내 말을 믿겠어? 그걸 깨달은 순간, 4층 고양이를 더더욱 우리 집에 두고 싶지 않았지. 난 다시 탁자 밑으로 손을 뻗어 간신히 고양이의 앞발을 잡았어. 그런데 갑자기 손가락에 날카로운 통증이 느껴진 거야. 비명을 지르면서 손을 빼니까, 오른손 약지와 새끼손가락에 고양이 발톱에 긁힌 상처가 나 있었어. 다행히 피가 흐를 정도는 아니었는데."

내 시선이 자동으로 애희의 장갑 낀 오른손으로 향했다. 겨우 고양이한테 긁혔다고 저렇게 된 건가? 설마 고양이한테 이상한 병균이라도 옮은 건 아니겠지? 난 인상을 찌푸리며 상체를 뒤로 젖혔다.

"난 얼른 화장실로 달려갔어. 상처가 심하진 않았지만 깨끗이 씻어냈지. 그리고 비상 약통에서 알코올 솜을 꺼내 소독하고 밴드를 붙였어. 지욱 씨는 날 보고 왜 그렇게 호들갑을 떠느냐며 비웃었어."

"뭐?" 난 어처구니가 없었다.

"사실 지욱 씨 말도 맞지. 그동안 반찬 만들면서 더한 상처도 많이 입었으니까. 칼에 베인 적도 몇 번 있었고."

"아니, 아무리 그래도 어떻게 다친 사람한테 그런 식으로 말하니? 더군다나 자기가 훔쳐온 고양이 때문에 그렇게 된 건데?"

"그래도 거기까진 괜찮았어. 하지만 내가 또 고양이를 탁자 아래에서 빼내려고 하니까, 지욱 씨가…."

"그 사람이 또 뭘 어쨌는데?"

"그만두라며 소리 지르더니, 내 허리를 붙잡아 번쩍 들고는 옆으로 내동댕이쳤어."

"뭐?"

내 격한 반응에 애희는 당시의 감정이 북받치는지 고개를 떨구었다.

"알아…. 네 눈엔 내가 답답하고 한심해 보이겠지…. 나도 너처럼 독립적인 성격이면 얼마나 좋을까? 나도 언제부턴가 지욱 씨를 떠나야 한다는 걸 알고 있었어…. 하지만 지욱 씨가 없어진다는 건 하나뿐인 가족이 없어진다는 뜻인데…. 효진이 넌 모르겠지만 난 어릴 때부터 외로움을 많이 탔어. 그게 의존적인 성격을 만들었는지도 몰라. 하지만 의존적인 게 꼭 나쁜 건 아니잖아? 그 사람 잘못도 아닌데…. 자라온 환경에 따라 각자의 성격이 형성된 이유가 있을 텐데 말이야. 그런데 사람들은 절대적인 기준만 들이대려고 해. 남자한테 경제적으로, 혹은 정신적으로 의존하는 여자를 한심하게 생각하지. 마치 패배자라도 되는 것처럼 취급해. 누군가

에겐 쉬운 일이 다른 누군가에겐 죽기보다 어려운 일일 수도 있는데 말이
야."

"애희야. 넌 네가 생각하는 것보다 훨씬 더 독립적이고 강한 사람이야.
혼자 힘으로 장사를 시작한 것만 봐도 알 수 있잖아? 나라면 꿈도 못 꿀 일
이야."

"뭐? 그게 진심이니?"

"그래."

내 말에 감격했는지 애희의 눈이 떨렸다.

"진짜로 그렇게 생각해?"

"그렇대도."

"고마워. 다른 사람도 아니고 네가 그렇게 말해주니, 더 용기가 나는 것
같아."

"그런데 고양이 얘기는 진짜니?"

내가 애써 밝아진 분위기를 깨며 말했다.

"역시 믿기 힘들지? 하지만 믿어줘. 이런 이야기를 만들어내는 재주는
나한테 없으니까."

애희의 얼굴이 다시 급격하게 어두워졌다. 늘 생글생글 웃는 낯이기에
이런 표정은 매우 낯설다. 표정의 큰 낙차 때문인지 애희를 둘러싼 주변
도 우중충해지는 느낌이었다.

"그렇게 난 고양이 돌려주는 걸 포기했어. 지욱 씨와 싸우고 싶지 않았
거든. 그날 밤은 신기하게도 위층에서 아무 소리도 들리지 않았어. 희미
한 인기척조차. 정말 지욱 씨의 해결책이 효과가 있었는지, 4층은 그야말
로 쥐 죽은 듯 조용했어. 오랜만에 평화로운 밤이 찾아왔어. 지욱 씨는 승
리감에 도취한 얼굴로 글쓰기에 집중했어. 난 그 사람의 눈치를 안 봐도
되니까, 숨통이 트이는 것 같았지. 그렇게 그날은 꿈도 안 꾸고 단잠을 잤
던 것 같아. 하지만 다음 날 아침, 난 내가 누렸던 평화가 얼마나 안일하고
이기적인 건지 깨닫고 수치심을 느꼈어. 가게로 출근하는 길에 4층 할머

니를 목격한 거야. 할머니는 전봇대에 전단지를 붙이고 있었어. 잃어버린 고양이를 찾는다는 내용이었지. 난 재빨리 몸을 숨겼어. 할머니의 몰골은 아주 엉망이었어. 할머니가 신고 있던 운동화는 흙이 잔뜩 묻은 채 밑창이 너덜거렸어. 그제야 간밤에 층간 소음이 들리지 않았던 이유를 알았지. 할머니는 밤새 고양이를 찾아 길거리를 헤맸던 거야. 한숨도 못 자고…. 난 죄책감에 눈물이 뚝뚝 떨어졌어. 할머니가 너무 가여워서 견딜 수가 없었지.

그날도 일이 손에 잡히지 않았어. 어떻게든 고양이를 돌려줘야 한다는 생각뿐이었지. 고양이를 지욱 씨 몰래 집에서 데리고 나오는 건 할 수 있을 것 같았어. 그 사람이 씻거나, 잠자는 시간을 노리면 되니까. 그 후에 지욱 씨가 보일 반응은 어떻게든 감당할 결심이 서 있었어.

진짜 문제는 할머니한테 어떻게 고양이를 돌려주느냐는 거였어. 훔쳤다는 사실을 들키지 않고 말이야. 우연히 길에서 주운 척 연기할까? 어떤 표정으로 무슨 말을 하면 될까? 서툰 거짓말이 도리어 의심을 사진 않을까? 4층 할머니를 감쪽같이 속일 깜냥이 나에게 있기는 할까?

고민과 시름이 깊어지는데, 손님이 왔어. 50대 워킹맘이었는데, 우리 가게에 관한 나쁜 소문을 알고도 꾸준히 찾아와주는 고마운 분이었지. 휴일이라 여유 시간이 생겼는지 나랑 수다를 떨고 싶어 하는 눈치였어. 응대할 기분이 아니었지만, 고맙게도 그 손님이 화제로 꺼낸 건 4층 할머니에 관한 거였어."

"참 안됐어요. 또 고양이를 잃어버리다니."

"그 할머니를 아세요?"

"잘 알죠. 그 할머니, 얼마 전까지 바로 옆 동네에 살았잖아. 나랑 같은 빌라에 살아서 가끔 마주쳤죠. 분위기가 뭐랄까. 좀 독특하잖아? 기억 못할 수가 없지."

"또 고양이를 잃어버렸다는 게, 무슨 말이에요?"

"아, 그게… 한 1년 됐지? 할머니가 고양이를 데리고 외출했었는데, 이 동장에 들어 있던 고양이가 갑자기 밖으로 뛰쳐나갔나 봐요. 빗장이 풀렸는지 어쨌는지. 그대로 도로에 뛰어들어서 그만, 택시에 치인 거지."

"네? 그게 정말이에요?"

"정말이지, 그럼. 내가 두 눈으로 직접 봤는데? 사고 났을 때 마침 근처를 지나고 있었거든. 사고가 바로 우리 빌라 앞에서 났었잖아. 아유! 끔찍해. 고양이 옆구리가 이만큼 찢어져서 안에서 내장이…! 근데 사장님 표정이 왜 그렇게 창백해요? 어디 아파?"

"아, 아니에요. 괜찮아요…."

"할머니가 참 안됐어. 전봇대에 붙인 전단지 보니까, 이번에 잃어버린 고양이가 그때 죽은 고양이랑 아주 똑같이 생겼던데."

"그 뒤에 손님이 하는 말은 귀에 들어오지 않았어. 난 직감할 수 있었어. 예전에 죽은 고양이가 바로 우리 집에 있는 그 고양이라는 걸!"

난 고개를 저으며 말했다.

"말도 안 돼. 그럴 리가 없잖아? 생김새가 비슷한 고양이는 얼마든지 있어. 할머니가 예전에 키우던 고양이를 못 잊어서 똑같이 생긴 고양이를 입양했을 수도 있고."

"나도 그렇게 믿고 싶었어."

"믿고 말고의 문제가 아니야. 두 고양이는 전혀 다른 고양이니깐. 그래서 4층 고양이는 돌려줬니?"

"아니, 도저히 그럴 수가 없었어. 손님이 가게를 나가기 전에 마지막으로 한 말이 마음에 걸렸거든."

"뭐라고 했는데?"

"그나저나 고양이 죽이면 재수 없다는 말이 맞나 봐요. 그 택시 기사 말이에요. 그 일 있고 일주일도 안 돼서 교통사고로 죽었다지 뭐예요? 신호가 빨간불일 때 무단횡단하려다 그랬다나? 아무튼 죽은 고양이랑 똑같이 옆구리가 쫘악 찢어져서…."

"우연일 뿐이야."

난 겁에 질린 애희에게 말했다.

"나도 그렇게 생각하려고 노력했어. 하지만 자꾸 할머니 집에서 봤던 이상한 물건들이 떠오르는 걸 어떡해? 목각 인형이며 원숭이 해골이며…. 아무래도 택시 기사가 죽은 건 4층 할머니 때문인 것 같았어."

"그 할머니가 택시 기사한테 저주라도 걸었다는 소리야?"

"달리 뭐라고 설명할 수 있겠어?"

"빨간불일 때 길을 건넜다잖아. 필연적인 사건이었어."

"그러니까 더 이상하다는 거야. 직업이 택시 기사인데 왜 그런 위험천만한 행동을 했던 걸까? 뭔가에 홀리지 않고서야…."

애희는 말도 안 되는 얘기를 진지하게 이어갔다.

"4층 고양이를 훔친 사실을 들키기라도 하는 날엔 나도 지욱 씨도 그 택시 기사처럼 될 것 같은 예감이 들었어. 불길함을 견딜 수 없어서 가게 문을 일찍 닫고 퇴근했어. 지욱 씨는 내가 출근할 때의 자세 그대로 소파에 누워 있었어. 무슨 일인지 잔뜩 화가 난 얼굴로 휴대폰을 마구 두드리면서 알아들을 수 없는 욕설을 지껄였어. 4층 고양이는 서랍장 위에 붙박이 인형처럼 앉아 있었고. 썩은 냄새는 시간이 갈수록 심해지는 것 같았어. 지욱 씨는 악취가 전혀 느껴지지 않는지, 육회를 배달시켜 먹은 모양이야. 탁자 위에 빈 위스키 병과 배달 용기가 널브러져 있었어. 냉장고에 내가 만든 반찬들이 가득 쌓여 있는데 말이야. 어느 순간부터 지욱 씨는 내가 만든 음식에 손을 대지 않았어. 난 뒤늦게 4층 고양이에게 밥을 한 번도 챙겨주지 않았다는 사실을 깨닫고 놀랐어."

"지욱 씨? 고양이 밥은 챙겨줬어?"

"…"

"고양이한테 뭐 좀 먹였어? 지욱 씨?"

"…"

"지욱 씨!"

"아, 왜 자꾸!!"

"고양이한테 먹이 줬냐고?"

"니가 안 줬어?"

"내가 왜? 지욱 씨가 데려왔잖아."

"아, 몰라. 귀찮아. 다시 데려다주든가!"

"뭐? 아니, 이럴 거면 대체 왜…!"

"아씨, 그만 좀 떽떽거려! 짜증나게. 니 맘대로 하라고!"

"순간, 뱃속 깊숙한 곳에서 형용할 수 없는 분노가 끓어올랐어. 지욱 씨한테 생전 처음 느껴보는 감정이었어. 사람이 어떻게 저리 무책임할 수있을까? 그의 충동적인 행동 때문에 우리가 얼마나 큰 위험에 처했는데? 난 지욱 씨한테 이젠 고양이를 돌려주고 싶어도 그럴 수 없다고 말했어. 왜냐고 묻기에 모든 걸 사실대로 말해줬지."

"뭐라고 했는데?"

"4층 고양이에 관해 모조리 다. 물론 택시 기사의 기이한 죽음도 빼놓지 않았지. 그때 날 보는 지욱 씨의 눈빛이라니…."

안 봐도 눈앞에 훤하다. 무시와 혐오가 가득한 눈빛이었겠지.

"지욱 씨는 내 얘길 무시하고 외출 준비를 했어. 급히 만날 사람이 있다면서. 난 가지 말라고 붙잡았지. 너무 무서웠어. 지욱 씨가 이대로 날 버리고 나가면 혼자 지옥에 떨어진 것처럼 외로울 것 같았거든. 하지만 지욱씨는 울며불며 매달리는 날…."

애희는 말을 멈추고 숨을 골랐다. 입술이 파르르 떨리는 게 보였다. 뒤에 무슨 말을 할지 예상이 됐다.

"지욱 씨가 날 밀쳐내더니, 뺨을 때렸어."

애희의 볼을 타고 눈물이 흘러내렸다. 난 조용히 가방에서 손수건을 꺼내 건네주었다. 애희는 이런 상황에서도 내게 고맙다고 말한 뒤 손수건으로 눈물을 닦았다.

"미안해. 이런 모습 보이고 싶지 않았는데. 효진이 너한텐 특히…."

"계속 얘기할 수 있겠니? 오늘은 그만하는 게 좋을 것 같은데."

"아니. 할 수 있어. 해야만 해. 너한테 꼭 내 이야기를 들려주고 싶어."

난 체념한 듯 고개를 끄덕였다.

"지욱 씨는 날 찢어진 종이처럼 버려두고 집을 나가버렸어. 난 뺨을 감싸쥔 채 제자리에 서 있었어. 비참하고 슬펐지. 그 상태로 얼마나 있었는지 모르겠어. 창밖으로 해가 저물고, 거실이 핏빛으로 물드는 게 보였지. 난 사방이 캄캄해진 뒤에야 정신을 차릴 수가 있었어. 헝클어진 머리를 쓸어 올리고 화장실로 가서 세수했어. 다시 거실로 나왔을 땐 고양이 밥을 챙겨줘야겠다는 생각이 들었지. 그 정신에도 말이야. 일종의 직업병인가?

난 가까운 마트로 가서 고양이에게 먹일 사료랑 간식을 샀어. 저녁으로 해 먹을 찬거리도 같이. 허기를 느꼈거든. 사람의 위장이란 참 대단하다는 생각이 들어. 감정의 지배를 받는 건 잠깐이야. 생존에 충실하지. 내가 집에 돌아오자, 4층 고양이가 부리나케 달려들었어. 들고 있던 장바구니를 마구 물어뜯는 바람에 안에 있던 내용물들이 쏟아졌지. 어지간히 배가 고팠던 모양이야. 그런데 고양이는 사료랑 간식에는 손도 대지 않고, 고등어를 미친 듯이 물어뜯기 시작했어. 저녁으로 고등어조림을 해 먹을 생각이었는데 말이지. 순식간에 고등어가 흔적도 없이 사라졌어. 고양이는 눈알은 물론 뼈까지 오독오독 씹어서 아주 깨끗이 고등어를 해치워버렸어. 그 모습을 보고 있자니, 어쩐지 무섭다는 생각이 들었어."

"왜? 고양이는 원래 생선을 좋아하잖아?"

"아니. 4층 고양이는 유독 고등어에만 집착하는 것 같았어. 나중에 가자

미나 삼치, 갈치를 사 왔을 땐 거들떠보지도 않았거든. 오직 고등어를 볼 때만 침을 질질 흘렸지. 고등어를 탐하는 고양이의 모습은 섬뜩했어. 어딘가 집요하고 맹렬한 구석이 있었거든. 모르긴 몰라도 살아 있을 때 고등어를 엄청나게 좋아했었나 봐.

고등어를 다 먹어치운 고양이는 다시 서랍장 위로 올라갔어. 이젠 거기가 제 보금자리라도 되는 것처럼. 입가에 생선 살점 몇 개가 붙어 있는데도 역시나 그루밍을 할 생각은 하지 않더군. 안 그래도 고양이 몸에서 썩은 내가 진동하는데, 이대로 두면 비린내까지 더해져서 집이 그야말로 악취 덩어리가 될 것 같았어.

난 물티슈를 뽑아 들고 고양이한테 다가갔지. 조심스레 손을 뻗어 입을 닦아주려고 하는데, 고양이가 번개처럼 앞발을 휘둘렀어. 순간 몇만 볼트 전기에 감전된 것 같은 격렬한 통증이 밀려왔어. 어마어마한 통증이었지. 급히 손을 확인하니까, 약지와 새끼손가락에 붙어 있던 밴드가 찢어진 게 보였어. 맞아. 고양이한테 긁혔던 부위를 또 긁힌 거지. 그런데 뭔가 이상했어. 밴드 사이로 보이는 상처가 전혀 아물지 않고 오히려 길게 벌어져 있는 거야. 주위는 보라색으로 퉁퉁 부어 있고. 그렇게 깊이 긁힌 것도 아니었는데 말이야."

"병원에 가봤어?"

"아니"

"왜?"

"그러면 안 된다고 생각했거든. 의사가 어쩌다 그렇게 됐냐고 물으면 고양이한테 긁혔다고 말해야 하잖아? 그러면 4층 할머니의 고양이를 훔쳤다는 사실도 고백해야 할 텐데…."

"그런 얘기를 굳이 왜?"

"만약 의사가 내 말을 안 믿어주면 어떡해? 의사는 금방 알아챌 텐데. 내가 평범한 고양이한테 긁힌 게 아니라는 걸."

"뭐?"

"내가 말했잖아. 고양이를 기르던 대학 동기가 있었다고. 그 친구 집에 갔을 때 고양이한테 많이 긁혀봐서 알아. 보통 고양이한테 긁혀서는 절대 이렇게 되지 않거든."

애희가 장갑 낀 오른손을 가리키며 말했다. 난 속으로 혀를 찼다. 정신이 어떻게 된 게 아닌지 걱정되기 시작했다.

"난 손가락에 붕대를 칭칭 감고 침대에 누웠어. 갑자기 오한이 밀려오고 식은땀이 흘렀어. 이불을 뒤집어쓰고 끙끙거리는데, 현관문이 열리는 소리가 났어. 지욱 씨가 돌아온 거야. 그 사람은 안방은 들여다볼 생각도 안 하고, 그대로 소파에 누워서 코를 드르렁거리더라. 난 가만히 천장을 보고 누웠어. 4층에선 발소리는커녕 어떤 인기척도 들리지 않았어. 4층 할머니가 지금도 고양이를 찾아 거리를 헤매고 있을 걸 생각하니, 잠이 오지 않았어. 하지만 이젠 미안함보단 공포심이 앞섰어. 고양이를 어떻게 해야 하나 걱정이었지. 할머니한테 돌려주자니 목숨이 위태롭고, 집에 그대로 두자니 또 나를 공격할까 무섭고, 그냥 밖에 버리자니 그건 정말 몹쓸 짓 같고…. 이런 상황에서 태평하게 잠을 자는 지욱 씨가 너무 미웠어. 그토록 사랑했던 사람을 이렇게까지 증오할 수 있다니, 나 자신도 놀라울 지경이었어."

"결혼한 부부가 다 그런 거 아니겠니? 그래서 난 비혼주의를 택한 거고."

"네 말이 맞는지도 몰라. 나도 지욱 씨랑 연애만 할 걸 그랬나 봐. 시간을 되돌릴 수만 있다면 얼마나 좋을까? 그럼 이런 비극적인 결말이 나지 않았을 텐데."

"비극적인 결말? 두 사람 이혼이라도 했어?"

"이혼이 비극적인 결말이야? 지금 상황에서 보면 그거야말로 해피엔딩인데."

"그러면 대체 무슨 일인데 그래?"

"너도 알다시피 뭐든 처음이 어려운 법이잖아? 뺨을 때린 후로 날 대하는 지욱 씨의 태도는 점점 거칠어졌어. 그에 비례하듯 오른손 환부는 점점 넓어졌고. 처음엔 약지와 새끼손가락의 두 번째 마디에만 한정되었던 것이 어느새 다른 마디까지 퍼진 거야. 손가락 전체가 통통 부어서 마치 보라색 소시지 두 개를 손바닥에 붙여놓은 것처럼 보였어. 톡 건드리면 썩은 고름이 줄줄 터져 나올 것만 같았지. 덩달아 몸 상태도 나빠졌어. 몸살이 난 것처럼 사지가 쑤시고 현기증이 일었지.

오른손이 이 지경이니, 반찬을 만드는 게 너무 힘들었어. 제자리에 가만히 서서 중심을 잡는 것조차 어려웠으니까. 이제 요리하는 건 나한테 즐거움이 아니라 고역이었어. 악소문 때문에 손님이 줄어서 그건 그거대로 의욕이 생기지 않았고. 이대로 가다간 얼마 못 가 상가에서 쫓겨나게 생겼는데도 말이야. 힘내자고 나를 얼마나 다독였는지 몰라. 하지만 이미 심신이 지칠 대로 지친 상태라 그냥 모든 걸 놔버리고 싶은 마음뿐이었어. 가게 문을 일찍 닫고 집에 가는 일이 잦아졌지.

내가 일찍 들어가면 지욱 씨는 무턱대고 화를 냈어. 돈 안 벌고 왜 벌써 집구석에 기어들어 왔냐면서. 그렇게 말하는 지욱 씨의 손엔 어김없이 고급 위스키가 들려 있었어. 내가 다친 손을 보여주며 하소연해봤지만, 지욱 씨는 오히려 화를 냈어. 더러우니 저리 치우라고…. 서러워서 눈물이 났어. 그러면 또 지욱 씨는 왜 질질 짜냐고 욕설을 퍼붓는 식이었어. 한때 내게 풍요로움을 안겨주던 집은 황금빛을 잃은 지 오래였어. 언제부턴가 퇴근해도 지욱 씨가 있는 집으로 돌아가고 싶지 않았어. 하지만 내가 달리 어디를 갈 수 있었겠니?"

애희의 말이 날 착잡하게 만들었다.

"그런데 효진아. 너무 늦게 깨달은 사실이지만, 지욱 씨도 내가 집으로 돌아오지 않길 바라고 있었어."

"무슨 말이야, 그게?"

애희는 말하기 힘든지 또 이마를 문질렀다.

"난 불면증에 시달리는 날이 잦아졌어. 오른손에서 느껴지는 끔찍한 통증과 4층 할머니에 대한 공포…. 밤에 잠을 못 자니까, 낮에도 비몽사몽이었어. 머리는 흐리멍덩하고 눈앞은 안개가 낀 것처럼 뿌옇고…. 약을 먹어도 오한과 발열은 심해져만 갔지. 배가 고픈데도 목구멍으로 아무것도 삼킬 수가 없었어. 그런데도 가슴이 꽉 막힌 것처럼 답답했지. 현기증 때문에 조금만 서 있어도 배를 탄 것처럼 멀미가 났어. 그래서 사흘 전에 생전 처음으로 가게 문을 닫을 수밖에 없었어. 내가 출근하지 않고 침대에 누워 있는데도 지욱 씨는 관심이 없었어. 난 화를 낼 기운도, 슬퍼할 기력도 없었어. 오히려 출근하라며 날 닦달하지 않는 걸 고맙게 여겼어. 오랜만에 두어 시간 정도 잠이 들었던 것 같아. 그렇게라도 잠을 자니까 조금 살 것 같더라.

뭘 좀 먹어야겠다고 생각해 자리에서 일어나 거실로 나왔어. 지욱 씨는 위스키 한 병을 통째로 비우고 코를 골고 있었어. 아직 창밖으로 해가 쨍쨍한데 말이야. 4층 고양이는 늘 그렇듯 서랍장 위에 박제처럼 앉아 있었어. 눈만 끔뻑이며. 그 주위를 파리 대여섯 마리가 윙윙거렸지. 고양이의 몰골은 우리 집에 처음 왔을 때보다 더욱 흉해져 있었어. 출구 없는 미로처럼 얽히고설킨 털은 도저히 가망이 없어 보였어. 원형탈모처럼 듬성듬성 털이 빠진 부위가 늘고 악취도 심했어. 우유 썩은 냄새에 비할 바가 못 됐지. 그런데도 지욱 씨는 고양이가 존재하지 않는 것처럼 행동하니, 신기할 따름이야. 하긴 자기 아내도 투명 인간 취급하는 사람인데 오죽하겠니. 어쨌든 그제야 4층 할머니가 고양이한테 얼마나 애정을 쏟았는지 알 것 같더라고. 살아 있는 동물보다 죽은 동물을 관리하는 건 여간 어려운 일이 아닐 테니 말이야.

고양이 주위를 맴돌던 파리가 나한테 날아오는 게 보였어. 파리채를 찾아 거실을 두리번거리는데, 탁자 위에 놓여 있던 지욱 씨의 휴대폰이 떨렸어. 메시지가 왔다는 알람이었지. 호기심이 발동한 난 지욱 씨 몰래 휴대폰을 집어들었어. 지욱 씨는 누가 업어가도 모를 정도로 깊이 잠들어 있었어. 난 서둘러 메시지를 확인했지.

'리첸'이라는 이름을 가진 사람한테서 온 문자였어. 지욱 씨한테 제발 좀 그만 연락하라는 내용이었어. 난 무슨 영문인지 몰라서 문자를 꼼꼼히 살폈지. 최근 기록을 확인하니, 지욱 씨가 일방적으로 보낸 문자가 대부분이었어. 왜 이렇게 연락이 안 되냐, 전화 좀 받아라, 갑자기 내가 왜 싫어진 거냐, 아내와 이혼할 거라고 약속하지 않았느냐, 난 너 없으면 못 산다…. 맞아. 효진아. '리첸'이라는 사람은 남편의 불륜 상대였던 거야."

서서히 내 얼굴이 굳어졌다. 리첸은 영화 〈화양연화〉에 나오는 여자 주인공의 이름일 것이다. 리첸 역할은 장만옥이 연기했고, 상대역 양조위의 극 중 이름은 '차우'다. 영화에서 리첸과 차우는 각자 가정이 있음에도 불구하고 거부할 수 없는 사랑에 빠져든다. 만약 리첸이라는 애칭을 그 영화에서 빌려온 거라면 불륜 남녀치곤 거창한 작명이 아닐 수 없다.

"난 지욱 씨가 리첸과 주고받은 문자를 처음부터 끝까지 다 읽었어. 중간에 문자를 한 번 삭제했는지, 초창기 내용까지는 확인할 수 없었지. 내가 확인한 문자는 둘의 애정이 극에 달한 순간부터였어. 지욱 씨는 나한텐 한 번도 해준 적 없는 달콤한 말들을 리첸에게 속삭였더라. 차마 입에 담을 수 없는 야한 농담도 서로 주고받았고…."

여전히 배신감이 느껴지는지, 애희의 주먹 쥔 왼손이 떨리는 게 보였다.

"난 문자를 보고 한 가지 더 충격적인 사실을 알 수 있었어. 내 반찬 가게에 대해 헛소문을 퍼트린 장본인이 바로 리첸, 그 여자였다는 걸."

"세상에…!"

"왜 그렇게까지 한 건지 지금도 이해할 수 없어. 난 잘못한 게 아무것도 없는데. 그런데 날 더욱 화나게 한 건 지욱 씨의 반응이었어. 리첸의 행동에 남편은 화를 내기는커녕 잘했다며 키득거렸더군. 할 줄 아는 건 요리밖에 없는 무식한 여편네라고 날 욕하면서. 피가 거꾸로 솟는다는 말을 체감하는 순간이었어."

난 한숨을 내쉬며 고개를 절레절레 저었다.

"그런데 갑자기 문자 내용이 급반전한 거야."

"어떻게?"

"리첸이 지욱 씨한테 이별 통보를 했어."

"왜?"

"정확한 이유는 나도 몰라. 뒤늦게 아내가 있는 남자와 불륜을 저질렀다는 사실에 죄책감이라도 느꼈던 걸까? 아아, 리첸은 영화 주인공과 달리 유부녀는 아니었어. 문자를 보니, 지욱 씨가 지겨워졌다는데 다른 남자가 생긴 것 같기도 하고. 그렇다면 단순히 재미 삼아 지욱 씨를 만났던 걸까? 난 리첸한테 화가 났어. 하지만 지욱 씨 반응이 더 기가 막히더라. 이별을 받아들이지 못하고 구질구질하게 매달리는 꼴이라니…. 뻔히 아내까지 있는 남자가 말이야. 난 억장이 무너지고 치가 떨렸어. 그때 소파에 누워 있던 지욱 씨가 몸을 뒤척였어. 난 황급히 휴대폰을 원래 있던 자리에 내려놓고 조용히 안방으로 들어갔지. 다행히 내가 휴대폰을 훔쳐봤다는 걸 눈치채지 못한 것 같았어."

"다행이라니? 불륜 사실을 알고도 가만있었단 말이야?" 내가 화난 어투로 물었다.

"지욱 씨한테 욕설을 퍼붓고 싶은 마음이야 굴뚝같았지. 어떻게 나한테 이럴 수 있냐며 머리채를 쥐어뜯고 싶었어. 정말 별별 생각이 다 들더라. 지욱 씨는 왜 휴대폰 비밀번호를 설정해놓지 않았던 걸까? 일부러 내가 보길 바랐던 건 아닐까? 그렇게 생각하니, 갑자기 두려워지기 시작했어. 내가 불륜 사실을 문제 삼는다면 옳다구나! 잘됐다! 하고 떠날 것 같았거든. 효진아, 다시 말하지만 난 혼자 남는 게 세상에서 제일 두려웠어. 하나뿐인 가족을 잃는 것도. 나만 모른 척하면 모든 게 없던 일처럼 지나갈 거라는 생각이 들었어. 리첸, 그 여자도 지욱 씨한테 헤어지자고 했잖아?"

"리첸이란 여자는 대체 누구였어? 너는 전혀 모르는 사람이었니?"

"글쎄, 아마도? 방에 돌아와서야 리첸의 휴대폰 번호를 외우지 못한 걸 후회했어. 그런데 그랬다고 한들 뭐가 달라졌겠니? 지욱 씨한테도 아무 말 못 하는데, 그 여자한테 전화를 걸어 따질 용기가 있었을까?"

애희는 자조 섞인 미소를 지으며 고개를 저었다.

"어쨌든 중요한 건 리첸이 지욱 씨한테 이별을 선언했다는 거였어. 문자를 보면 리첸의 태도가 꽤 단호해 보였거든. 절대 결정을 번복할 것 같지 않았어. 그러니 나만 입을 다물면 모든 일이 해결될 것 같았지. 머지않아 지욱 씨도 이별을 받아들이게 될 테고. 그럼 어쩔 수 없이 나한테 돌아올 거라고 생각했지."

"애희야…."

"알아. 효진이 네가 무슨 말을 할지. 지욱 씨가 돌아온다고 해도 결코 예전과 같지 않겠지. 나도 나 자신한테 실망하긴 마찬가지였어. 하지만 이튿날 난 아무 일도 없었던 것처럼 반찬 가게로 출근했어. 몸 상태가 말이 아니었지만, 지욱 씨와 같은 공간에 있는 건 정말 싫었거든. 지욱 씨가 하루 종일 휴대폰을 붙잡고 리첸에게 사랑을 구걸할 걸 생각하니, 힘들어도 출근하는 편이 나았어. 집 안에 풍기는 죽음의 냄새도 끔찍했고. 맞아. 4층 고양이를 말하는 거야. 가게에 나갔지만 반찬을 만들 수 있는 상태는 아니었어. 그새 오른손의 약지와 새끼손가락이 핫도그 크기만큼 부풀어 있었어. 난 고통을 삼키며 천천히 붕대를 풀기 시작했지. 그런데, 그런데 맙소사! 전혀 예상치 못한 대참사가 벌어지고 만 거야!"

애희의 눈이 튀어나올 것처럼 커졌다. 놀란 내가 물었다.

"대참사? 어떤?"

"붕대의 접착력 탓인지 피부가 찢어지며 살점이 우두둑 떨어져 나오는 거야."

나도 모르게 구역질이 올라왔다.

"썩은 살점들이 바닥에 진물처럼 떨어졌어. 살점이 떨어져 나간 손가락은 흰 뼈가 훤히 드러났고. 그런데 이상하게 통증은 생각보다 심하지 않았어. 대신 참을 수 없는 악취가 났지. 그건 4층 고양이한테서 나는 썩은 내와 아주 똑같았어. 맞아. 죽음의 냄새였지. 난 유리컵을 가져와서 허둥지둥 바닥에 떨어진 살점들을 주워 담았어. 그걸 병원에 가져가면 손가락을 원래대로 되돌릴 수 있을 것 같았거든. 정말 말도 안 되는 생각이었지.

　그때였어. 딸랑 하는 소리와 함께 누군가 가게 안으로 들어온 거야. 하필 이 순간에 손님이라니. 난 살점이 담긴 유리컵을 감추며 자리에서 일어섰어. 오늘은 영업을 안 한다고 말하려는 찰나, 난 손님의 얼굴을 보고 숨이 멎고 말았어. 양손에 전단지를 가득 든 4층 할머니였어."

　"아!" 나도 모르게 작은 감탄사를 토했다.

　"할머니와 눈이 마주친 난 입이 벌어진 채 얼음처럼 굳어버렸어. 할머니는 여전히 표정 없는 얼굴이었어. 눈알만 굴려서 내 오른손을 바라봤지. 그리고 유리컵도. 난 속으로 비명을 질렀어. 이제 끝이구나, 난 죽은 목숨이구나, 하는 생각이 들었어. 4층 할머니가 높낮이 없는 목소리로 물었어."

　"어쩌다 그런 거야?"

　"난 할머니가 다 알면서 날 떠보는구나 싶었어. 어떻게 그렇게 확신할 수 있었냐고? 방금 살점이 떨어져 나간 손에서 썩은 내가 났다고 했잖아? 그 악취가 4층 고양이와 아주 똑같았거든. 그러니 할머니가 눈치채지 못할 리 없다고 생각한 거지. 코끝에 스치는 미세한 냄새만으로 4층 할머니는 모든 진상을 꿰뚫을 것 같았거든. 난 아무 말도 못하고 사시나무 떨듯 떨기만 했어. 할머니는 그런 날 뚫어지게 쳐다보며 같은 질문을 반복했지."

　"어쩌다 그런 거야?"

　"마치 시간이 정지한 것 같았어. 이 상황에서 달아나고 싶었지만, 그럴 희망은 제로에 가까워 보였어. 도망치면 더 큰 재앙이 나한테 닥칠 것 같았거든. 식은땀이 죽죽 흐르고, 입술이 덜덜 떨렸어. 그때 할머니가 의미 심장한 말을 뱉었어.”

“살고 싶으면 잘라내야 해.”

“처음엔 그 말을 이해할 수 없었어. 겁에 질린 탓에 몸도 뇌도 모두 정지한 거지. 내가 눈만 끔뻑이며 가만히 서 있자, 할머니가 대뜸 부엌으로 들어가더니, 손에 뭔가를 들고 나왔어. 바로 식칼이었어!”

흉기의 등장에 난 숨을 삼켰다.

“할머니가 식칼을 들고 다가오는 걸 보자, 그제야 정신이 번쩍 들었어. 무조건 도망쳐야겠다는 생각이 들었지. 난 식칼을 치켜드는 할머니를 있는 힘껏 밀었어. 그대로 가게 밖으로 뛰쳐나갔는데, 쿵! 할머니가 바닥에 넘어지는 소리와 함께 주변에 있던 집기들이 우당탕 쏟아지는 소리가 들렸어. 혹시 할머니가 잘못된 건 아닐까, 걱정했지만 기우였어. 잠시 후 할머니가 가게 밖으로 쫓아 나와 등에 대고 고래고래 악을 쓰는 소리가 들렸지. 무슨 말인지는 하나도 알아들을 수가 없었어. 난 젖 먹던 힘까지 쥐어짜서 미친 듯이 집으로 내달렸어.

집까지 어떻게 왔는지는 기억이 안 나. 친숙한 공간에 들어왔는데도 도무지 진정되질 않았어. 심장이 배 밖으로 튀어나올 것만 같았지. 머리가 핑핑 돌아서 빈속에 계속 헛구역질이 나왔어. 지욱 씨를 애타게 불렀지만, 그는 집에 없었어. 난 바닥을 뒹굴면서 비명을 질렀어. 갑자기 오른손에서 참을 수 없는 고통이 밀려왔기 때문이야. 이제라도 병원에 가야겠다고 생각했지만, 그럴 정신이 없었어. 내 평생 그렇게 난폭하고 잔인한 고통은 처음이었어. 너무 아파서 숨이 턱턱 막힐 지경이었어. 조금만 지체했다간 정신을 잃고 실신할 것만 같았지. 난 바닥을 엉금엉금 기어서 부엌으로 갔어. 싱크대 위에 놓여 있는 도마와 식칼이 보이더군. 난 겨우 자리에서 일어나 오른손을 도마 위에 올렸어.”

“설마!”

"지체할 시간이 없었어. 내 손으로 해야만 했어. 지금 당장. 난 왼손으로 식칼을 잡고 그대로!"

"말도 안 돼!"

난 소리를 지르며 애희의 오른손을 쳐다봤다. 드디어 장갑 안의 풍경이 눈앞에 그려졌다. 약지와 새끼손가락이 잘린 을씨년스러운 살풍경.

"괜찮아. 효진아. 믿기 힘들겠지만 하나도 아프지 않았거든. 내가 생각해도 말이 안 되는 이야기야. 하지만 손가락을 잘라내니 신기하게도 통증이 말끔하게 사라졌어. 덩달아 날 끈질기게 괴롭히던 두통과 현기증도 가라앉았지. 홀가분하고 상쾌한 기분이 들었어. 이럴 줄 알았으면 진작 손가락을 잘라낼걸, 하고 후회가 들 정도였다니까.

난 냉장고에서 2리터 생수 한 통을 꺼내 단숨에 비워내고 숨을 골랐어. 기력을 어느 정도 회복했다는 느낌이 들자, 4층 고양이가 생각났어. 고양이는 늘 있던 그 자리에 앉아 있었어. 난 고양이를 들어 품에 안았어. 웬일로 4층 고양이는 저항하지 않고 얌전히 굴었어. 난 고양이를 4층 할머니에게 되돌려줄 작정이었어. 더는 할머니가 무섭게 느껴지지 않았거든. 물론 반찬 가게에서 나한테 식칼을 들이대던 모습은 잊지 않았지. 어떻게 잊을 수가 있겠어? 하지만 그런 무서운 행동이 어쩐지 날 도와주려는 의도였을지도 모른다는 생각이 들었어. 맞아. 내 착각이었을 수도 있어. 하지만 할머니가 했던 말이 무슨 뜻이었겠어? '살고 싶으면 잘라내야 해.'

그리고 만약 할머니가 날 죽이려고 했다면 굳이 식칼을 쓰지 않고도 얼마든지 가능했을 거야. 내가 집에 오는 동안 교통사고를 당하게 만들었을 수도 있잖아? 4층 고양이를 차로 치었던 택시 기사처럼 말이야.

내가 고양이를 품에 안고 막 집을 나서려는데, 지욱 씨가 돌아왔어. 온몸에서 역한 술 냄새가 풍기더군. 마치 술통에 빠졌다 나오기라도 한 것처럼. 그런데도 손엔 새로 산 위스키를 들고 있었어. 좋지 않은 징조였어. 아니나 다를까, 지욱 씨가 혀 꼬이는 소리로 시비를 걸어왔어."

"어디 가?"

"고양이 돌려주러."

"내 고양이를 왜 니 멋대로?"

"어처구니가 없었어. 대꾸할 가치조차 없었지. 그냥 무시하고 밖으로 나가려는데, 지욱 씨가 내 팔을 거칠게 붙잡아 세웠어."

"손을 어쩌다?"

"지욱 씨가 놀란 얼굴로 내 오른손을 쳐다봤어. 거기에 마땅히 있어야 할 두 개의 손가락이 없어진 걸 알아챈 거야. 뭐라고? 아무리 취했어도 그 걸 못 알아챌 리 없다고? 하지만 그때 난 솔직히 감동했어. 지욱 씨가 드디 어 나를 걱정해주는구나 싶어서. 하지만 지욱 씨의 다음 말에 내 기대는 와장창 무너져 내리고 말았지."

"고양이가 그랬어? 큭큭. 어이구. 내 새끼 얼마나 배가 고팠으면. 그런 데 왜 손가락 두 개만 먹었을까? 기왕이면 다 먹어치워버리지."

"난 내 귀를 의심했어. 하지만 잘못 들은 게 아니었어. 지욱 씨는 내게서 고양이를 빼앗아 들더니, 머리를 쓰다듬으며 계속 킥킥거렸어. 지금 그걸 농담이라고 하는 걸까? 온몸의 피가 증발해버린 기분이었어. 치욕스러웠 어. 하지만 이상하게 슬프진 않았어.

난 지욱 씨한테서 고양이를 빼앗았어. 화가 난 지욱 씨가 내게서 고양이 를 뺏으려 했지. 난 호락호락 당하지 않았어. 내 완강한 태도에 지욱 씨는 당황한 눈치였어. 하지만 이내 분노로 이글거리더군. 지욱 씨가 고양이의 뒷다리를 붙잡더니, 강하게 끌어당겼어. 놀란 내가 고양이의 몸통을 끌어 안고 버텼지만, 역부족이었어. 고양이가 아플 거라는 생각이 들자, 놔줘야겠다는 생각이 들었어. 4층 고양이가 고통을 느낄 리 없는데도 말이야.
내가 힘을 빼자, 고양이가 지욱 씨 쪽으로 당겨졌어. 그런데 그 사람이 얼
마나 힘을 줬던지, 고양이가 휙 하고 지욱 씨의 품이 아닌 허공으로 날아
가 버리는 거야! 그대로 서랍장 모서리를 박고 바닥에 떨어지는 게 보였
어. 동시에 우직! 뼈 부러지는 소리가 크게 났어. 난 놀라서 비명을 질렀
지. 지욱 씨도 놀란 얼굴이었어."

"죽었나?"

"지욱 씨 말처럼 고양이는 죽었는지 미동이 없었어. 하지만 잠시 후, 놀
랍게도 4층 고양이가 꿈틀거리면서 일어서는 게 보였어. 무슨 일이 있었
냐는 듯 무료한 표정으로. 그리고 걷기 시작했는데, 제자리에서 뱅글뱅글
돌기만 했어. 옆구리가 ㄴ자로 휘어져 있었기 때문이야. 난 가슴이 찢어
지는 것 같았어. 고양이를 훔친 것도 모자라 되돌릴 수 없는 치명상을 입
힌 거야. 그런데 지욱 씨의 반응은 가히 충격적이었어. 얼굴을 씰룩이더
니 못 참겠다는 듯 배를 잡고 폭소를 터트리더군. 어떻게 사람이 그럴 수
가 있는 거지? 난 진절머리를 치며 지욱 씨를 노려봤어. 내 시선을 느낀 지
욱 씨는 정색하더니, 날 향해 달려들었어. 다음은 네 차례라는 듯. 위협을
느낀 난 부엌으로 달려갔고. 그리고 눈앞에 보이는 식칼을 집어들었어!"
"뭐?"
순간, 가슴이 철렁 내려앉았다. 애희는 힘겹게 당시의 상황을 설명했다.
"난, 난 두 팔을 뻗으며 달려드는 지욱 씨한테 칼을 휘둘렀어…. 손끝으
로 서늘한 감각이 느껴졌는데… 지욱 씨 목을 보니까… 가로로 길게 베인
상처에서… 피가 흘렀어…. 지욱 씨는 자기에게 무슨 일이 벌어진 건지
어리둥절한 표정이었는데… '애희야!' 하고 내 이름을 부르니까… 울컥!
입에서 피가 쏟아졌어."
"그리고?"

"끝이었어."

도저히 믿기지 않았다. 뱃속에서 한기가 느껴졌다.

"대체 무슨 소릴 하는 거야? 지금 나더러 그 말을 믿으라고?"

애희는 눈을 질끈 감았다 떴다. 목소리는 한결 담담해졌다.

"지욱 씨는 숨을 쉬지 않았어. 내가 대체 무슨 짓을 저지른 건가 싶었지. 처음엔 경찰에 신고하려고 했어. 그런데 막상 112로 전화를 걸려고 하니까, 이상하게 화가 났어. 왠지 억울하다는 생각이 들었거든. 지욱 씨 같은 사람 때문에 내가 남은 평생을 감옥에서 썩어야 하나? 몹시 부당하게 느껴졌어. 훨씬 더 가치 있는 사람을 죽였다면 기꺼이 처벌받겠는데 말이야. 지욱 씨 때문이라면 절대 그러고 싶지 않았지. 어떻게든 시간을 되돌리고 싶었어. 지욱 씨를 다시 살려낼 수만 있다면 무슨 짓이든 할 것 같았어. 그때 발밑에서 인기척이 느껴졌어. 4층 고양이가 날 지그시 바라보고 있더군. 눈빛이 꼭 무슨 말을 건네는 것처럼 보였어. 그 순간 머릿속에 묘안이 떠오른 거야."

"무슨…? 설마 아니지?"

내가 떨리는 목소리로 물었다.

"그 방법밖에 없다고 생각했어. 난 밤이 깊어지길 기다렸다가 지욱 씨를 4층 할머니 집으로 데려갔어. 이불로 지욱 씨를 둘둘 만 다음에 계단으로 낑낑거리며 옮겼지. 한 층을 이동하는데도 땀이 소나기처럼 쏟아졌어. 다행히 아무한테도 들키지 않았어. 402호 초인종을 누르자, 마치 기다렸다는 듯 할머니가 나왔어. 이불 사이로 삐죽 튀어나온 지욱 씨의 창백한 얼굴을 보고도 아무 표정이 없었어. 난 잠시만 기다려달라고 부탁한 뒤에 다시 집으로 달려가서 고양이를 데려왔어. 할머니는 고양이를 조심히 품에 안더니, 볼을 비볐어. 입술 사이로 낮게 신음 소리가 흘러나오는 게 들렸어."

"오오… 우리 아가. 불쌍한 것."

"난 눈물을 흘리며 진심으로 사죄했어. 비록 고양이를 훔친 건 지욱 씨였지만 나도 거기에 동조한 거나 마찬가지니까. 게다가 고양이의 몸통을 활처럼 망가뜨려놨으니, 용서를 못 받는다 해도 할 말은 없었어. 눈물을 훌쩍이며 처분만을 기다리는데, 할머니가 지욱 씨의 시체를 가리키며 집 안으로 옮기라고 지시했어. 내가 뭘 원하는지 다 안다는 듯이. 그렇게 402호로 들어갔는데….

효진아, 내가 지난번에 402호 안에서 뭘 엿봤는지 말해줬지? 목각 인형과 원숭이 해골. 그 밖에도 402호엔 난생처음 보는 신기하고 기괴한 물건이 많았어. 국적과 시대는 물론 그 쓰임조차 알 수 없는. 하지만 애석하게도 그 이상은 말해줄 수가 없어. 할머니가 집 안에서 보고 들은 건 아무한테도 말하지 말라고 신신당부했거든. 어젯밤부터 오늘 새벽까지 402호에서 무슨 일이 있었는지 말이야. 중요한 건 4층 고양이한테 일어났던 기적이 지욱 씨한테도 일어났다는 거야."

"아니, 아니야…. 어떻게 그런…. 절대 있을 수 없는 일이야."

내 관자놀이에서 맥박이 느껴질 정도로 심장이 뛰었다.

"난 일이 시작되기 전에 할머니에게 물었어. 동물이 아닌 인간에게도 이런 일을 해본 적이 있냐고. 할머니는 고개를 끄덕이며 딱 한 번 해본 적이 있다고 했어. 그러니 내 심정을 누구보다 잘 안다고. 난 무슨 말인지 선뜻 이해할 수 없었어. 또 궁금증이 일었지. 대체 어떤 인생을 살아왔기에, 할머니는 저런 무표정한 얼굴을 갖게 된 건지. 어쨌거나 난 할머니한테 고맙다고 말했어. 그런데 이상한 대답이 돌아왔어. 나와 지욱 씨를 용서하지 않기 때문에 이런 일을 해주는 거라는."

더는 무리다. 난 인내심의 한계를 느끼고 고개를 크게 저었다.

"하아…. 그쯤 하는 게 어때? 굉장해. 어떻게 그런 이야기를 지어낼 수가 있는 거지?"

하지만 애희의 표정은 더할 나위 없이 진지했다.

"내 이야기를 소설로 써줘. 그걸 부탁하려고 만나자고 한 거야. 내가 경험한 걸 이야기로 남기고 싶어. 네 마음대로 각색해도 괜찮아."

속으로 생각했다. 말도 안 되는 삼류 공포 소설을 써달라니, 날 아주 우습게 봤군.

"애희, 네가 직접 쓰지 그래? 진심으로 하는 말이야. 너, 작가 해도 되겠다."

"내 말을 안 믿는구나?"

"솔직히 말하면, 그래, 못 믿겠어. 네 말이 사실이라면 왜 오른손에 계속 장갑을 끼고 있는 거지? 네가 직접 손가락을 잘라냈다고? 그게 가당키나 한 일이니? 네 말을 믿게 만들려고 소품까지 준비한 거라면 대단하다고 칭찬해줄게. 정말 재밌었어. 마치 한 편의 연극을 보는 것 같더라."

"장갑을 벗지 않는 건 네 비위가 약하니까…."

"핑계는!"

"네가 괜찮다면."

애희는 거침없이 왼손을 들어 오른손에 끼고 있던 가죽 장갑을 벗겼다. 난 충격에 눈이 휘둥그레졌다. 없다! 정말로 약지와 새끼손가락이 잘려나가고 없는 것이다. 상처 부위에 밴드를 붙여놨지만, 그 사이로 검붉은 피가 흘러내린 자국이 나 있었다.

"그렇게 놀랄 거 없어. 말했다시피 전혀 아프지 않으니까. 그리고 손가락 두 개가 뭐 그렇게 대수니?"

"뭐?"

"앞으로도 요리를 계속할 생각이야. 못 할 게 뭐 있겠어? 프랑스에 가볼까 싶기도 해. 늘 제과제빵을 배우고 싶었거든. 물론 우리나라에서 배워도 되겠지만, 기왕이면 빵의 본고장인 프랑스가 좋잖아? 해외여행은 처음이니까 준비할 게 많겠지? 프랑스어도 배워야 하고. 아니, 먼저 영어부터 공부하는 게 좋으려나?

지욱 씨는 어떻게 하냐고? 내가 끝까지 감당하고 책임져야지. 그런데 생각보다 지욱 씨를 돌보는 건 어렵지 않을 것 같아. 402호에서 다시 눈을 뜬 지욱 씨는 집에 오자마자 소파에 누워서 휴대폰만 들여다보고 있거든. 지욱 씨가 제일 좋아하는 자리에서 늘 하던 행동을 반복하는 거지. 내가 무슨 말을 해도 대꾸가 없고, 전혀 반응을 보이지 않아. 대신 화를 내거나 시비를 거는 일도 없으니까, 예전보다 훨씬 좋아."

"대체 나한테 왜 이런 말을 하는 거야?"

내가 떨리는 가슴을 진정시키며 물었다.

"왜냐니? 효진아. 부담스러우면 굳이 소설로 쓰지 않아도 돼. 그냥 내 이야기를 들려주고 싶었어. 누군가에게 털어놓지 않으면 안 될 것 같았거든. 그 누군가가 내가 좋아하는 너고. 난 늘 효진이 너를 동경…."

"그만! 그만해!"

난 버럭 소리를 질렀다. 그러자 화들짝 놀란 애희가 어깨를 움츠렸다.

"왜 그래? 효진아. 내가 뭐 잘못한 거 있니?"

애희가 영문을 모르겠다는 표정을 지었다. 그 순진무구한 얼굴에 침을 뱉고 싶은 심정이었다.

"내 이야기가 지루하고 불쾌했다면 미안해. 그만 일어날게. 병원에 가봐야 하거든. 잘라낸 부위를 깨끗이 봉합하려고. 덧나지 않게."

애희가 한결 편해진 얼굴로 자리에서 일어섰다. 새처럼 가볍고 자유로워진 모습을 보니, 견딜 수가 없었다. 반대로 내 몸은 무겁게 가라앉고 있는데 말이다. 뭔가 잘못된 게 분명하다. 이러면 안 되는 건데. 세상이 완전히 뒤집힌 기분에 속이 메스꺼웠다.

자리에서 일어서던 애희가 창밖을 보며 멈칫 - 하는 게 느껴졌다.

"어머? 지욱 씨가 왜 여길?"

그 시선을 따라가자, 저 멀리 지욱 씨가 달려오는 게 보였다. 창백한 얼굴과 부자연스러운 걸음걸이가 행인들 사이에서 도드라졌다. 그는 한 손에 휴대폰을 들고 있었다. 어딘가로 전화를 거는 모습이었다. 반복적으로 끈질기게.

"이상하다. 분명 문을 잠그고 외출했는데? 아닌가?"

애희가 미간을 찌푸리며 기억을 더듬었다. 난 가슴이 두방망이질 치기 시작했다. 어느새 카페 바로 앞까지 달려온 지욱 씨를 본 나는 경악했다. 목을 일자로 가로질러 꿰맨 자국이 나 있었기 때문이다. 난 서둘러 휴대폰을 확인했다. 일부러 무음으로 해놓은 휴대폰에 부재중 전화가 300통 넘게 와 있었다. 전화를 건 사람은 차우였다.

"설마 날 따라온 건가? 그럴 리가 없는데?"

애희가 날 보며 고개를 갸웃거렸다. 문득 그녀가 왜 이 카페를 약속 장소로 잡았는지 궁금해졌다. 그녀가 리첸과 차우의 밀회 장소를 택한 건 그저 우연이었을까?

멀리서 1층 문이 열리고 누군가 쿵쾅쿵쾅 계단을 뛰어 올라오는 소리가 들렸다. 온몸의 털이 일제히 곤두섰다. 애희가 했던 말이 떠올랐다. 4층 고양이가 유독 고등어에 집착했다고 했던가?

어느새, 2층에 다다른 지욱 씨가 이쪽을 향해 달려오는 게 보였다. 집요하고 맹렬하게.

장유남 직장 생활을 해오다 30대 중반부터 본격적으로 글을 쓰기 시작했다. 영화와 드라마 대본 작업에 참여한 바 있으며 주로 미스터리 공포물에 천착하고 있다. 현재 《계간 미스터리》 신인상 당선을 계기로 장편소설 집필에 열중하고 있다.

"한눈에 알아봤지, 너도 나처럼 부서진 사람이라는 걸"
"이 도시는 말이야, 사람을 미치게 만드는 뭔가가 있어"
"산다는 것은 끝없이 도망치는 것이다"
"생각하는 법은 곧 잊어버릴 것이다.
그냥 존재하는 법을 배울 것이다"
추리X괴담 20명 작가의 무서운 컬래버

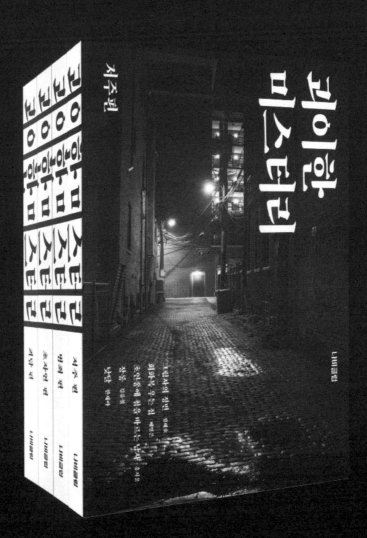

심사평

《계간 미스터리》신인상 심사위원

　　이번 여름호 《계간 미스터리》신인상에도 많은 작품이 응모됐고, 최종적으로 〈골목길〉, 〈비밀 요원 K〉, 〈탁묘〉, 세 작품이 경합을 벌였다.

　　〈골목길〉은 세 작품 중 가장 추리소설의 정석에 가까운 구성이었다. 골목길에서 살인사건이 발생하고, CCTV를 통해서 용의자가 한정되고, 형사들의 수사를 통해 나름의 사연이 전개된다. 하지만 흥미를 끄는 요소가 적고 평범한 수사 과정이 반복해서 묘사되다 보니 지루한 느낌을 지울 수 없었다. 상황 설정에서도 허점이 보였다. 예를 들자면 한필수가 소년원에 들어간 후, 한 후배가 그의 무죄를 탄원해서 일찌감치 소년원에서 나왔다는 설명이 있다. 재판 중이라면 모르겠지만, 재판이 끝나고 형량이 확정되어 소년원에 수감되었는데, 탄원서 때문에 조기 출소한다는 것은 실제 예를 찾기 어려운 설정이다. 소소한 부분일지라도 정확한 취재와 리서치를 통해 명확하게 설정할 필요가 있다.

　　〈비밀 요원 K〉는 나름 흥미로운 작품이었지만, 지나치게 장황한 장면 구성이 아쉬웠다. 지난 호에 응모한 〈분노의 끝과 시작〉이 200자 원고지 470매, 이번 호 응모작인 〈비밀 요원 K〉가 260매에 이른다. 소설의 장면, 특히 단편이나 중편에서의 장면은 반드시 사건을 진전시키는 역할을 해야 한다. 아무것도 밝혀지지 않고, 절정을 향해 밀어붙이지 못하는 장면은 쓸 필요가 없다. 액션 장면이라면 더욱더 군더더기가 없어야 한다. 이번 응모작에서 예를 들자면 이런 부분이다.

　　마음이 급해진 J가 신발을 신은 채 201호의 열린 현관문 안으로 바로 들어가 거실을 이리저리 살펴보는데, 갑자기 누군가가 방문 뒤에서 튀어나와 J의 복부에 날카로운 무언가를 찔러 넣었다.

　　"욱! 으으윽… 너, 너…?"

　　"어? 당신은… 이게 누구신가? 그 유명한 무기 밀매 브로커 정영재 아냐? 햐… 이것들 봐라? 내가 그년 휘두른 칼에 맞아 죽었을 것 같으니까, 마저 내 시신 뒤처리까지 하러 다시 온 건가? 하지만 여기 온 게 큰 실수였어. 항상 남 뒤통수나 치려는 이 양아치 같은 놈아! 그 미친년 휘두른 칼에 상처가 조금 나긴 했지만 나 아직 멀쩡해. 내가 이래봬도 왕년에 태권도 국가대표 출신이었다고!"

　　J를 식칼로 찌른 직후, 황재준이 갑자기 장광설을 늘어놓는다. 모두 독자에게 정보를 전달하기 위해 작가가 선택한 손쉬운 해결책일 뿐이다. 거기에다 열대 밀림에서 경쟁 조직이 자동소총을 갈겨대는 아수라장에서도 살아남은 베테랑 J가 연구소 직원 황재준의 공격에 허망하게 쓰러진다는 설정이다. 현실에서는 비슷한 일이 일어날 수 있을지 모르지만, 미스터리 독자들이 보기에는 안일한 구성이라는 생각밖에는 안 든다. 좀 더 장면 구성을 치밀하게 하는 법을 고민하지 않는다면 비슷한 실수를 반복할 가능성이 크다.

　　〈탁묘〉는 문장이 안정되어 있고, 가독성이 좋다는 장점이 두드러졌다. 적지 않은 분량을 단 두 사람만의 대화로 풀어내면서 긴장감을 유지하는 것이 쉽지 않음에도 성공적으로 해냈다는 점에서도 높은 점수를 받았다. 단지 사건의 발생과 해결이 주가 되는 미스터리 장르보다는 초자연적인 존재에 의한 호러에 가깝다는 점이 심사위원들 사이에서 치열한 논쟁점이었다. 하지만 최근 장르의 경계가 희미해지고 있고, 작품의 완성도가 훌륭하다는 것, 이번 여름호 특집이 호러 미스터리 특집이라는 점 등을 고려해 장유남 작가의 〈탁묘〉를 당선작으로 선정했다. 앞으로 장르를 넘나드는 활약을 기대한다.

　　《계간 미스터리》신인상은 미스터리와 효과적으로 결합하기만 하면 호러나 SF, 판타지 등 장르의 경계를 가리지 않는다. 단, 다른 장르를 수용하면서도 미스터리만의 논리적인 해법을 충실하게 구현하는 작품에 더 높은 점수를 줄 것이다. 장르의 규칙에 충실하면서도 효과적으로 규범을 깨뜨리는 멋진 작품들을 고대한다.

신인상 수상자 장유남

수상자 인터뷰

《계간 미스터리》편집부

    누군가 그렇게 물은 적이 있다. "로또에 당첨되든 대박 작품을 내든, 엄청난 부를 얻게 되면 무엇을 할 것인가? 그때도 글을 쓸 건가? 아니면 모히또에 가서 몰디브나 한잔하고 있을 건가?" 대답은 "여전히 글을 쓸 것 같다"였다. 물론 몰디브와 모히또도 즐기면서.

    글을 쓰는 일은 고통스럽다. 하지만 무엇인가를 써냈을 때, 그것도 스스로 느끼기에 뭔가 '괜찮은' 것을 써냈다는 생각이 들 때의 쾌감은 그 어떤 마약보다 중독성이 강하다. 그래서 우리는 매일 움직이지 않는 커서에 좌절하면서도 책상 앞을 떠나지 못한다. 엄청난 성공을 거뒀음에도 글쓰기 자체에서 삶의 의미와 즐거움을 느끼는 것 같은 스티븐 킹을 가장 존경한다는 신인상 당선자와 인터뷰를 했다.

신인상 당선을 축하드리면서, 먼저 간단한 자기소개 부탁드립니다.

    반려묘 '호랑'이와 동거하며 글을 쓰고 있습니다. 익숙한 것을 뒤집고 흔들고 낯설게 보면서 새로운 재미를 발견하려고 노력하고 있습니다.

아, 집사셨군요. 당선작 〈탁묘〉를 읽으면서 고양이를 키우지 않을까 생각하긴 했습니다. '키하나'를 키우고 있는 같은 집사로서 더 반갑습니다. (웃음) 드라마, 시나리오 작가로 오랫동안 일하셨다고 했는데, 어떤 작품들에 참여하셨나요?

'오랫동안'이란 단어에 잠시 제 이력을 돌아보았습니다.

2015년도에 회사 생활을 접고, 시나리오 학원에 다녔습니다. 그로부터 몇 년 뒤에 처음으로 시나리오 각색 작업을 맡게 되었습니다. 웹툰을 원작으로 한 공포 시나리오였습니다. 이후 시나리오 각색 작업을 몇 편 더 하다가, 운 좋게도 제 오리지널 시나리오 두 편을 제작사에 판매했습니다. 이후 원작이 있는 드라마 대본 작업에도 두 번 참여했고요. 생각해보니 전부 공포, 미스터리, 스릴러 장르였네요. 하지만 안타깝게도 아직 제작된 작품이 없습니다. 오랫동안 글을 썼지만 이렇다 할 성과가 없어서 민망하네요. 어이쿠, 이마에 왜 이렇게 식은땀이….

확실히 영화나 드라마는 계약한다고 해도 실제로 제작되어서 대중과 만나기까지는 긴 시간이 필요하죠. 결국 흐지부지되는 경우도 있고요. 그래서 원래 소설을 쓰다가 영상 쪽 일을 하는 분 중에 오롯이 혼자 책임질 수 있는 출판이 낫다고 말씀하시는 분도 있더군요. 그런 경험이 계기가 된 것인지는 모르겠습니다만, 대본이 아닌 소설을 써야겠다고 결심하신 이유가 있나요?

영화와 드라마는 매체가 요구하는 법칙이 있습니다. 영화를 예로 들면, 100분이라는 한정된 시간 안에 기승전결을 만들어내고 주제를 전달해야 하지요. 그래서 영화 시작 10분 안에 어떤 내용이 나와야 하고, 중간 지점에선 어떤 사건이 벌어져야 하는지 등 구체적인 공식이 있습니다. 회상 장면을 많이 넣으면 엄청난 양의 수정 작업을 각오해야 하고요. 가끔 이런 점들이 한계로 느껴지는 순간이 있었습니다.

저도 사이드 필드의 《시나리오란 무엇인가》나 크리스토퍼 보글러의 《신화, 영웅 그리고 시나리오 쓰기》를 열심히 읽긴 했습니다만, 막상 '3막 구조'나 '영웅의 여정 12단계'를 소설에 활용하는 일이 쉽지는 않더군요. 작가님의 심정이 충분히 이해됩니다. 당선작인 〈탁묘〉는 어떻게 구상하시게 되었나요?

'층간소음으로 괴로워하던 사람이 복수심으로 윗집에서 기르는 고양이를 훔치면 어떤 일이 벌어질까?'라는 아이디어가 〈탁묘〉의 시작이었습니다. 그런데 아무리 생각해도 영상화 작업을 하면 100분이 안 되는 짧은 분량이 되겠더라고요. 왠지 단편소설로 쓰면 재밌을 것 같다는 생각이 들었습니다. 굳이 영상으로 표현할 필요도 없고요.

그래서 노트북을 열고 무작정 키보드를 두드리기 시작했습니다. 오롯이 글쓰기의 즐거움을 느끼고 싶었던 것 같습니다. 미스터리물을 계속 써왔기에 장르에 대한 고민은 없었습니다. 때마침《계간 미스터리》에서 신인상을 공모한다는 걸 알고 응모하게 되었습니다.

〈탁묘〉는 효진과 애희 두 사람의 대화로만 이루어져 있습니다. 어떻게 보면 상당히 연극적인 구성인데요, 이런 방식으로 작품을 완성하신 이유가 있나요?

처음엔 애희가 주인공인 일인칭 시점의 소설이었습니다. 애희와 남편, 그리고 402호 할머니만 등장했습니다. 점차 캐릭터와 사건을 구체화하면서 효진이 새롭게 등장하게 되었고요. 이야기의 재미를 극대화하는 방법이 뭘까 고민하다가 대화 형식으로 쓰게 되었습니다.

어떻게 보면 대화로만 이어가기에는 적지 않은 분량인데도 술술 읽혔습니다. 상당히 매끄럽게 진행되는 대화문을 보면서 프로필을 받기도 전에 드라마나 시나리오 쪽 일을 하신 분이 아닌가 하는 생각이 들었습니다. (웃음) 〈탁묘〉는 미스터리보다는 호러 성격이 강합니다. 마침 이번 여름호가 미스터리 호러 특집이라서 더 잘 어울리는 것 같습니다. 작가님이 선호하시는 미스터리 장르가 있나요? 그 장르에서 전범으로 삼고 싶은 작가와 작품이 있다면 소개해주세요. 어떤 장르든 좋습니다.

미스터리라면 장르를 가리지 않고 거의 다 좋아하는 편입니다. 범죄, 추리, 호러, 고어 등.

〈탁묘〉를 쓰면서 예전에 인상 깊게 읽었던 단편소설들을 찾아봤습니다. 오츠이치 작가의 〈일곱 번째 방〉은 다시 읽어도 감탄이 나오더라고요. 끔찍하고 잔혹한 내용을 다루고 있는데도, 애잔하고 숭고한 느낌이 듭니다. 그래서 여운이 길게 남고, 쉽게 잊히지 않는 것 같습니다.

오츠이치 작가의 작품을 좋아하신다니 단번에 이해가 됩니다. 공포스럽지만 어딘지 모르게 서정적이죠. 작가님이 생각하시는 미스터리 장르의 매력은 무엇입니까?

감춰지고 숨겨진 것들이 자극하는 호기심과 상상력인 것 같습니다. "대체 무슨 일이 벌어지고 있는 거지?" "뭔지 잘 모르겠는데, 암튼 으스스해." "그래서 앞으로 어떻게 되는 건데? 이거야 원, 미치고 팔짝 뛰겠구먼!" 독자가 어느 순간부터 책을 읽고 있다는 사실도 잊고 이야기에 빠져드는 것이 미스터리 장르의 묘미라고 생각합니다.

신인상 당선자에게 공통적으로 드리는 질문인데요, 생존 여부에 상관없이 단 한 명의

작가를 만날 수 있다면 누구를 만나고 싶으신가요? 만나서 무엇을 물어보시겠어요?

스티븐 킹입니다. 동시대를 함께 살고 있는 것만으로도 영광인 작가들이 있습니다. 스티븐 킹은 그중에서도 단연코 최고입니다. 공포소설의 여러 원형을 만들어내기도 했지만, 엄청난 성공과 부를 이뤘음에도 계속 집필 활동을 하잖아요. 글쓰기 자체에서 즐거움과 삶의 의미를 느끼지 못한다면 절대 그럴 수가 없지요. 그런 분께 작법과 관련된 어떤 질문을 해도 우문이 될 것 같습니다.

제가 쓴 글을 보여드리고 평가받으면 죽었다 깨어나도 여한이 없겠으나, 제 영작 실력이 형편없는 관계로 어려울 것 같네요. (웃음) "스티븐 킹 선생님, 오늘 날씨가 참 좋죠? 괜찮으시면 같이 사진 한 장만 찍어도 될까요? 자, 치이즈!" 정도가 되지 않을까 싶습니다. 그리고 사진은 대대손손 가보로 남길 작정입니다.

저 역시도 오래전부터 스티븐 킹의 광팬을 자처하고 있습니다. 언젠가 같이 한번 뵈러 가시죠. (웃음) 드라마를 집필할 때와 소설을 쓸 때가 다를 것 같은데요, 어떤 방식으로 집필하시나요? 특별한 루틴이 있나요?

매체별로 요구하는 작법은 조금씩 다르지만, 영화든 소설이든 드라마든 결국 다른 사람에게 보여줄 이야기를 만든다는 점에서 비슷한 과정을 거치는 것 같습니다. 어떤 욕망을 가진 캐릭터가 목표 달성을 방해하는 적과 갈등하면서 변화해가는 이야기. 저는 이 기본 골격을 다져놓은 다음에 매체에 맞는 구조를 짜는 편입니다. 하지만 모든 일이 그렇듯 기본이 제일 어려운 법인지라, 항상 고군분투 중입니다.

아까도 말씀드렸지만, 당선작을 심사하면서 역시 대화가 차지다는 느낌을 받았습니다. 좋은 대화문을 쓰시는 비결이 있을까요?

먼저 그렇게 말씀해주셔서 감사합니다. 예전에 드라마 대본 작업을 하면서 대화문과 관련해 피드백을 많이 받아서인 것 같습니다. "너무 설명적이에요."(대화에 이 정도 정보는 들어가야…) "너무 딱딱한데요?"(그건 주인공의 성격이 그래서…) "글쎄, 재미가 없다니깐요."(아, 넵…!) 그때부터 계속 고민해온 부분이 〈탁묘〉에 반영된 것 같습니다.

앞으로도 각본가와 장르 소설가를 병행하실 건가요? 앞으로의 계획을 듣고 싶습니다.

기회가 주어지는 대로 다양한 작업을 해보고 싶습니다. 현재는 장편을 쓰고 있습니다. 오래된 집과 그에 얽힌 납치 사건을 다룬 호러 미스터리입니다. 소설만이 가질 수 있는 재미가 뭘까 고민하면서 집필 중입니다.

　그동안 이야기를 많이 만들었지만, 세상에 선보일 기회가 없었습니다. 이번 작품을 잘 마무리해서 부디 세상의 빛을 볼 수 있게, 독자들과 만날 수 있게 하는 것이 가장 큰 바람입니다.

멋진 미스터리 장편 기대하겠습니다. 끝으로 당선 소감 부탁드립니다.

　감사의 말을 전하고 싶은 분이 많습니다.

　먼저 장희식 님, 신남숙 님. 부모님 두 분의 존함을 지면에 새겨드리고 싶었습니다.

　그리고 이야기가 재미있을 때나 지루할 때나 기꺼이 제 글을 읽고 평가해주는 친구들. 장지원, 권세영, 김세인, 안나언 님께 감사의 인사를 전합니다. 이분들이 없었다면 진작 글쓰기를 포기했을지도 모르겠습니다.

　《계간 미스터리》 신인상은 저에게 매우 뜻깊고 의미 있는 상입니다. 일년 넘게 몰두했던 드라마 대본 작업의 계약이 종료되고, 다시 만년 신인으로 돌아와 막막하던 시기였습니다. 당선 소식을 듣고 정말 기뻤습니다. 9회 말 2아웃 2스트라이크 상황에서 관중으로부터 응원 갈채를 받은 기분이었습니다. 힘이 불끈 솟더군요. 안타를 치든, 홈런을 날리든, 헛스윙이 되든 계속 해보자는 원동력을 얻었습니다. 다시 한번 감사합니다.

　무엇보다 〈탁묘〉를 읽어주신 독자들께 진심으로 감사드립니다.

"대체 무슨 일이 벌어지고 있는 거지?" "뭔지 잘 모르겠는데, 암튼 으스스해." "그래서 앞으로 어떻게 되는 건데? 이거야원, 미치고 팔짝 뛰겠구먼!" 독자가 어느 순간부터 책을 읽고있다는 사실도 잊고 이야기에 빠져드는 것이 미스터리 장르의묘미라고 생각합니다.

— 장유남

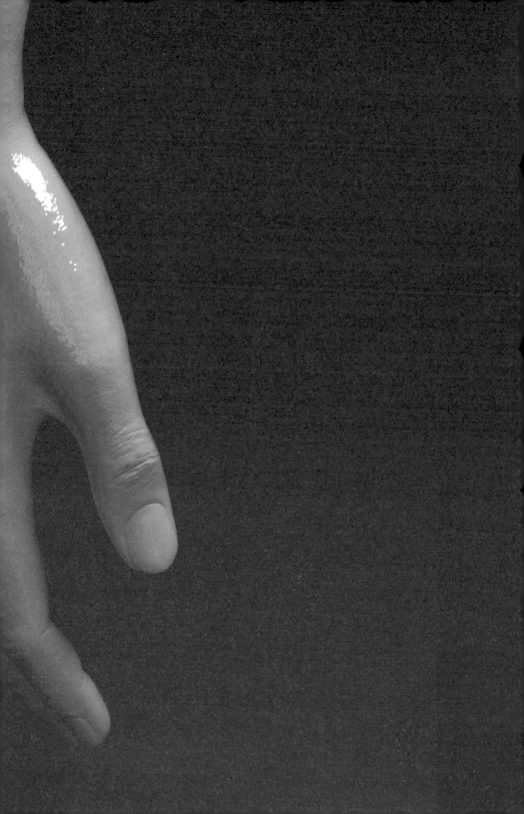

단편소설

메리

한새마

삼촌이 겨울방학 동안에 와서 공사 일을 거들라고 해 알겠다고 했다.

검정색 나일론 가방에 속옷과 양말을 집어넣는데 엄마가 이번엔 얼마나 있다 올 거냐고 물었다. 언제는 삼촌이 그런 걸 말해준 적 있냐고 대답했다.

끝나도 돌아오지 않을까 봐 그런다.

엄마는 퉁퉁 부은 얼굴을 돌리며 말했다.

덩치가 커지고 나서부터 나는 방학 때면 늘 삼촌에게 불려 다녔다.

삼촌은 스마트 축산 건축업을 하고 있었다. 낙후된 축사를 철거하고 스마트 급식시설과 자동화 오물 배출 시설을 갖춘 새 축사를 짓는 일이었다.

일머리가 좋고 손이 야물어서 삼촌은 나에게 잔심부름뿐만 아니라 간단한 용접이나 철골 구조물 설치까지 시키곤 했다. 때로는 거래처에 보낼 많은 액수의 대금을 전달하는 일도 맡겼다.

삼촌은 미혼모인 엄마와 나를 거둬준 은인이다. 지금 지내고 있는 열여섯 평짜리 빌라도 삼촌 거다. 나는 그가 시키는 일이라면 뭐든지 해야 마땅하다.

하지만 이 짓도 이번 겨울방학 때까지다. 내년엔 그토록 원했던 의대생이 된다. 그것도 장학생으로 말이다.

그러니 지옥에 떨어져도 꼭 돌아올 거라고 속으로 중얼거렸다.

시외버스터미널에 내리자 낡은 승합차 한 대가 마중 나와 있었다. 황 반장이었다. 황 반장은 삼촌과 함께 일한 지 10년 넘은, 삼촌의 수족 같은 자다. 처음에 나는 반장 아저씨라고 부르며 그를 잘 따랐다. 하지만 그가 삼촌 몰래 엄마에게 집적대는 걸 본 뒤부턴 마주치는 것조차 불편해졌다.

"야! 네 아버지, 어디 있냐?"

차 뒷좌석으로 가방을 던져 넣는데 황 반장이 내 쪽을 돌아보며 소리쳤다. 소주 냄새가 코를 찔렀다.

"며칠 전에 통화했는데요."

나는 차에 올라탄 뒤 승합차 문을 세게 닫았다.

"나도 엊그제 통화는 했지. 너 데리고 오라고 하더라. 근데 그 뒤로 공사장에 코빼기도 안 비치네. 아, 얼마나 맛있는 년이길래 만사 다 내팽개치고."

조수석 안전띠가 고장 나 있었다. 안전띠를 몇 번이나 잡아당기는 나를 보며 황 반장이 킬킬거렸다.

"너 의대 간다며? 쫄보 새끼가 무슨 백정 노릇을 한다고."

핏줄이 이어진 관계도 아니면서 삼촌은 주위에 나를 아들이라며 자랑하곤 했다. 의대 입시를 준비할 정도로 똑똑한 놈이라고, 그런데도 방학 때면 아비를 도우려 공사장엘 나온다고. 중졸인 삼촌의 콤플렉스를 그렇게 메우고 있었다.

"의사는 사람 살리는 직업인데요."

삼촌에 대한 자격지심 때문인지 황 반장은 입만 열면 나를 깔아뭉갰다.

"새끼야, 칼 들고 설치면 다 거기서 거기야."

황 반장은 코를 길게 들이마신 뒤 창밖으로 퉤, 하고 가래침을 뱉고서

차를 출발시켰다.

　드문드문 보이던 건물들이 어느새 사라지고 2차선 도로 양쪽으로 뭘 심은 건지 알 수 없는, 누런 밭들이 나타났다. 겨울 농가는 황량했다. 지나 다니는 농민도 없었다. 그저 가로수에 묶여 있는 낡은 플래카드들이 바람 에 나부대고 있을 뿐이었다.

　'청정 지역에 축사 확장이 웬 말이냐?'

　'○○ 지역 카르텔의 축, ○○○ 시의원은 당장 사퇴하라!'

　'혐오시설 때문에 못 살겠다. 결사반대! 결사반대!'

　문구들은 하나같이 붉은 페인트로 휘갈겨 적혀 있었다. 누군가 악의적 으로 갈가리 찢어놓은 플래카드들은 놀이동산의 귀곡산장을 떠올리게 했다.

　"썩을 놈들, 암만 지랄을 해봐라. 땅 주인이 이 지역 유지에다 시의원 인데 어쩌겠어? 받아먹은 정부 지원금이 얼만데, 일단 갈아엎고 보는 거 지!"

　낙후된 축사를 고액의 정부 지원금을 받고 자동화 시설로 재건축하는 공사였다. 그 과정에서 축사 주인인 시의원의 입김이 많이 들어갔을 건 자명한 일이었다.

　그때 문제의 축사가 나타났다. 어마어마한 규모였다. 슬레이트 지붕을 얹고 시멘트 벽돌로 쌓아 만든 축사들이 여러 동이었다. 발로 걷어차면 단번에 쓰러질 듯 처마가 내려앉은 축사 앞에 차가 멈춰 섰다. 거기엔 아 직 살처분되지 않고 살아남은 소들이 분뇨를 뒤집어쓴 채 서로 엉켜서 씩 씩 콧김을 내뿜고 있었다.

　황 반장이 잠시 기다리라며 차에서 내렸다. 뒤룩뒤룩 살찐 엉덩이를 흔 들며 멀어져가는 황 반장의 뒷모습에 애써 묻어두었던 기억들이 겹쳤다. 밤의 장막을 찢으며 들려오던 짐승들의 울부짖음과 중장비 차들의 엔진

소리와 사내들의 욕지거리가 머릿속을 헤집었다. 열네 살에 처음 투입되었던, 그 밤의 비명들이 귓가에 울리고 있었다.

이명을 떨쳐버리려 나는 차에서 내렸다.

냄새는 지독했고 땅은 정체를 알 수 없는 오물로 질척했다. 가여운 소들의 울음을 뚫고 어디선가 정체를 알 수 없는 괴성이 울려 퍼졌다. 나는 그 소리에 이끌려 발걸음을 옮겼다.

괴성은 축사 옆 공터에서 터져 나오고 있었다. 공터에는 용도를 알 수 없는 나무 궤짝 여섯 개가 나란히 세워져 있었다. 새까맣게 썩은 궤짝은 땅에서 50센티미터 정도 떠 있었고, 네 개의 나무 기둥이 밑판을 떠받치고 있었다. 뚜껑은 없었다. 대신 한쪽 벽에 주먹만 한 구멍이 뚫려 있었다.

질척한 땅에 운동화가 자꾸만 달라붙었다. 내 존재를 알아챈 듯 괴성이 멈췄다. 나는 다가가 오른쪽 궤짝부터 차례차례 구멍 속을 들여다보았다. 숨을 고르고 또 골랐다.

텅 비어 있었다. 아니, 어둠조차 보이지 않는 어둠이 그 안에 들어앉아 있었다.

그때 갑자기 여섯 번째 궤짝이 마구 들썩거리기 시작했다. 맹렬한 움직임과 함께 울음 같기도 하고 웃음 같기도 한 괴성이 터져 나왔다. 안에 뭐가 있는지 확인해보고 싶었다. 심장이 터질 듯이 빨리 뛰었다.

여섯 번째 궤짝으로 가 구멍에다 얼굴을 갖다대려던 찰나였다.

"야, 뭐 하냐?"

황 반장이었다. 놀란 나는 펄쩍 뛰어오르며 궤짝에서 떨어졌다.

"가자. 숙소에 짐부터 내려놓아야지."

차에 도로 올라탄 뒤에도 나는 몸을 떨었다.

"쫄보 새끼."

황 반장이 낄낄거렸다. 그러고는 축사의 가축들을 놀리듯이 경적을 마구 울려대며 차를 후진시켰다.

"아까 거기에 분명 뭔가가 있어요."

나는 떨리는 목소리를 다잡으며 말했다.

"그래, 뭔가가 있지."

황 반장이 입맛을 쩝쩝 다셨다.

"그 고기를 박 의원이 아주 그냥 환장하지."

"무, 무슨 고기인데요?"

황 반장이 내 뒤통수를 한 대 후려갈겼다.

"우축사에서 잡는 고기가 무슨 고기겠냐?"

"소고기요?"

"근데 정육점에서 파는 그런 흔해빠진 소고기는 아니고."

혀로 입술을 축이며 황 반장이 말을 이었다.

"갓 태어난 송아지를 달랑 집어서 궤짝 속에 집어넣거든. 그렇게 옴짝달싹 못하게 해놓고선 삼시세끼 사료만 처먹이는 거지. 그러면 얘가 먹고 싸고 먹고 싸고만 하다가 몇 달 만에 돌쟁이 아기처럼 살이 아주 통통하게 올라. 그때 잡아먹는데 고기가 어찌나 부드러운지 입에 넣자마자 캬아, 녹는다, 녹아."

세계 4대 진미라는 푸아그라를 만들기 위해 거위에게 억지로 옥수수만 먹여서 지방간을 만든다는 건 나도 알고 있었다. 하지만 비만 송아지를 만들기 위해 저런 궤짝을 이용하는 줄은 몰랐다. 태어나 걷지도 눕지도 못하고 어둠 속에 갇혀 지내고 있을 송아지를 생각하니 가여웠다. 좀 전에 들은 괴성은 제발 꺼내달라는, 간절한 애원이었을까.

"불법 아니에요?"

"불법이지."

"근데 왜 아직도 철거 안 하고 저러고 있어요?"

"말했잖아. 박 의원이 환장한다고. 내일 박 의원 생일잔치 때 잡을 거거든."

박 의원은 한낱 혀끝의 즐거움을 위해 불법까지 자행하는 그런 인간이었다. 숙소로 사용하고 있다는 'ㅇㅇ형제원'이라는 복지재단 시설도 박 의원의 소유라고 했나. 거기서도 불법적인 일들이 이뤄지고 있을 거란 예감이 들었다.

○○형제원은 축사에서 차로 10분 정도 떨어진 곳에 있었다. 부랑자와 장애인에게 쉼터뿐만 아니라 일터까지 제공해주고 지역 사회에 공헌했다며 대통령상을 받았다는 현판이 정문에 걸려 있었다.

진입로 양쪽으로 매일 손질했을 법한 조경수들이 즐비했다. 흙 마당에는 잡풀 하나 돋아나 있지 않았다. 강박적이다 싶을 만큼 잘 관리된 모습이 살풍경했다.

땅딸한 체구에 불그죽죽한 얼굴의 노인이 커다란 조경 가위를 들고 서 있다가 황 반장의 차량이 들어서자, 진입로 쪽으로 다가왔다. 작업복 차림인 초로의 일꾼에게 가위를 던져주는 걸로 보아하니 고구마같이 생긴 노인이 박 의원임이 틀림없었다.

"오, 자네가 의대생이라는 강 사장 아들이고만."

차에서 가방을 꺼내드는 나에게 박 의원이 다가와 반갑게 말을 건넸다.

여기서도 삼촌은 내가 친아들인 양 소개해놓은 모양이었다. 삼촌의 이런 괴상한 버릇 때문에 나도 한때는 이 문제를 심각하게 고민해보기도 했다. 나는 삼촌의 생물학적 아들일까? 아니면 법적인 아들일까?

하지만 둘 다 아니었다.

내가 일곱 살 때 엄마는 유부남이던 삼촌을 만났다. 삼촌이 결혼 생활을 정리하고 이혼했을 즈음에 엄마는 삼촌의 기준에 부합하지 않는, 늙은 여자가 되어 있었다.

"근데 네 아버지는 뭐가 그리 바빠서…."

박 의원이 말을 잇지 못하고 갑자기 발작하듯 기침을 해댔다. 기저질환이 있더라도 이상하지 않을 나이이긴 했다. 그러자 곁에 서 있던 초로의 일꾼이 큰 소리로 소리쳤다.

"메리야. 메리야아."

메리라는 이름도 그렇지만 일꾼의 말투가 집에서 키우는 개를 부르는 것처럼 들렸다. 박 의원이 기침하는데 왜 집에서 키우는 개를 부르는 거지, 하고 나는 의아했다.

그런데 안채에서 튀어나온 건 개가 아니었다. 서른 살 남짓 되어 보이는 여자였다. 가위로 아무렇게나 자른 듯한 단발머리를 찰랑거리며 여자가 헐레벌떡 뛰어왔다. 뛰어오면서 여자는 입고 있던 패딩 조끼의 지퍼를 내렸다. 나는 여자의 다음 행동을 보고 눈을 크게 뜰 수밖에 없었다. 여자가 입고 있던 티셔츠 자락을 가슴 부근까지 끌어올리는 게 아닌가.

"보약 먹을 시간 아직 멀었다. 도로 집어넣어라."

박 의원이 여자 쪽으로 손을 휘휘 내저었다. 그러자 여자는 티셔츠 자락을 내렸다. 티셔츠 양쪽 가슴 부분이 동그랗게 젖어 있었다.

"온 김에 메리 네가 이 의사 양반, 숙소까지 안내해드려라."

의사라는 말에 여자가 두 눈을 휘둥그레 뜨고선 나를 쳐다보았다. 유즙이 흐르던 크고 둥근 젖무덤을 눈앞에서 지워버릴 요량으로 나는 여자의 두 눈을 뚫어져라 바라보았다. 그러자 반백의 일꾼이 여자와 나 사이에 끼어들었다. 금방이라도 주먹을 날릴 기세였다.

"김씨, 이 새끼 봐라. 고자 새끼 주제에 제 마누라 앞이라고 까부네?"

황 반장은 뭐가 그리 우스운지 낄낄대며 김씨의 가랑이를 발로 걷어찼다. 김씨는 꼬리에 불붙은 강아지처럼 뛰어다녔다.

"아니, 불쌍한 애한테 왜 그래?"

박 의원이 내 눈치를 살피며 황 반장에게 혀를 찼다.

"불쌍하긴 개뿔! 저렇게 예쁜 마누라까지 있는데?"

그러면서 황 반장은 한 번 더 김씨의 가랑이를 걷어찼다. 김씨가 이번엔 바닥에 고꾸라졌다.

"아니지, 불쌍하긴 하네. 저렇게 예쁜 마누라 한 번 만족시켜주지도 못하고 밤마다 이놈한테 줬다 저놈한테 줬다 해야 하니까."

박 의원이 황 반장의 말을 급하게 가로막았다.

"그게 무슨 소리야? 서로 조금씩 모자란 사람들끼리 잘 살라고 결혼시

켜준 거고만."

"결혼은 개뿔. 일부러 고자 새끼하고 붙인 거잖아. 메리 저년, 마음대로 주물럭거리려고."

박 의원의 얼굴이 붉으락푸르락했다. 한마디 할 법도 한데 황 반장에게 아무 말도 못하는 걸 보니 뭔가 큰 약점이라도 잡힌 모양이었다. 그러자 김씨가 바닥에서 일어나 소릴 질러댔다.

"우리 의원님이 얼마나 좋으신 분인데요. 개한테 물려서 죽을 뻔한 절 구해주신 은인이에요."

어린 김씨가 형제원 앞에 버려졌을 때 건물 출입구를 지키던 셰퍼드에게 그만 가랑이를 물리고 말았다고 한다. 김씨는 며칠 동안 고열에 시달리며 사경을 헤맸다. 안 되겠다 싶었던 박 의원이 아끼던 셰퍼드를 직접 나무에 매달아 죽였다. 그러곤 개고기를 삶아 김씨에게 먹여 기력을 되찾게 했다고 한다.

"그러니까 제 고추 먹은 개를 먹고 살아났다는 거잖아."

황 반장은 급기야 배를 움켜쥐고 웃기 시작했다.

아이가 맹견한테 물렸다면 당연히 병원으로 데려가야 한다. 견주인 박 의원은 법적 책임과 사회적 비난을 피하려고 셰퍼드를 죽였던 게 아닐까? 아이는 개한테 물려 죽은 줄 알고 방치했던 거고.

속에서 뭔가가 치받아 올라 뚱하니 서 있던 나를 여자가 붙잡아 끌었다. 숙소로 안내해주려는 것 같아 나는 말없이 여자의 뒤를 따랐다.

"야, 난 너하고 구멍 동서 되고 싶지 않다! 무슨 말인지 알겠지?"

황 반장의 저급한 농지거리가 들리지 않게 되었을 즈음에야 나는 멈춰 섰다.

"저기, 혹시 우리 삼촌 어디 있는지 알아요?"

앞서 걷던 여자가 뒤돌아보며 천진한 표정을 지었다.

"삼촌?"

여기 사람들한테도 삼촌이 나를 제 아들이라고 소개했단 걸 깜빡 잊고 있었다.

"아니, 아버지요."

"강 사장님?"

여자의 낯빛이 어두워졌다.

"어제 강 사장님한테 보자고 했어요. 저기 제일 큰 축사에서 만났는데, 또 빵만 주고 가려고 해서 붙잡았어요. 빵은 필요 없고 아기 아빠가 필요하다고 했더니 엄청 화를 냈어요. 강 사장님은 모르지만 난 아주 어렸을 때부터 가축들을 키웠기 때문에 잘 알아요."

"뭘요?"

"소 돼지 잡는 법을요."

대화의 흐름을 따라갈 수가 없었다. 처음 봤을 땐 몰랐는데 여자는 지적 장애인인 것 같았다.

"잘못 태어난 소 돼지는 팔 수가 없어서 태어나자마자 죽여요. 나사 총으로 쏴 죽여요."

역시나 무슨 이야기를 하는 건지 알 수가 없었다. 다만 잘못 태어났다는 말이 마음에 걸렸다.

삼촌 빌라로 이사 가기 전까지 나는 외갓집에서 살았다. 거기는 엄마가 나고 자란 동네였다. 동네 사람들 모두 나에게 잘못 태어난 놈이라고 손가락질했다. 내가 듣든 말든 신경 쓰지 않았다.

나는 잘못 태어났다. 나쁜 사람이 엄마에게 저지른 아주 끔찍한 잘못으로 나는 태어났다.

모두가 엄마에겐 불쌍하다고 했다. 모두가 나에겐 혐오스럽다고 했다.

유일하게 엄마를 동정하지 않은 사람은 삼촌뿐이다. 유일하게 나를 혐오하지 않은 사람도 삼촌뿐이다. 동정하지 않았기에 삼촌은 엄마를 두들겨 팼다. 혐오하지 않았기에 나를 아들이라며 자랑하고 다녔다.

본채 뒤쪽에는 예닐곱 채의 컨테이너 창고들이 줄지어 늘어서 있었다. 재개발 공사가 시작되기 전에는 형제원 원생들이 지내던 곳 같았다. 원생들 대부분은 시내로 숙소를 옮기고 몇몇 원생들만 남아 있을 터였다. 지금은 공사 인부들이 숙소로 사용하고 있었다.

빈 컨테이너 창고 중에는 문짝이 아예 떨어져 나가고 없는 곳도 있었다. 창고 앞에 버캐 낀 김치통과 찌그러진 냄비 같은 식기들이 널브러져 있기도 했다. 빛이 닿는 곳에는 녹슨 철제 구유와 축사 기구들과 내용물을 알 수 없는 검정 비닐봉지들이 쌓여 있는 게 보였다.

나는 그냥 지나치지 못하고 그 앞에 서서 커다란 짐승의 아가리를 들여다보는 심정으로 창고 안을 흘깃거렸다.

지독한 악취가 냉기처럼 스멀스멀 기어 나왔다. 분뇨 냄새, 젖은 털 냄새, 음식물 썩는 냄새에 정체를 알 수 없는 냄새까지 뒤섞인 악취였다. 고개를 휙 돌리고 싶었으나 그럴 수가 없었다.

어스름 속에서 유달리 새까만 그림자 하나가 허리를 구부정하게 굽히고 서 있었다. 도저히 사람이 지낼 만한 곳이 아니었기에 그 그림자가 사람인지 귀신인지 알 수가 없었다. 하지만 그게 무엇이든 간에 내가 그쪽을 바라보고 있다는 걸 깨닫고 내 쪽으로 천천히 고개를 돌렸다는 건 분명하게 느낄 수 있었다.

"의사 쌤님, 보지 마요."

그림자에 정신이 팔려 있던 나를 여자가 돌려세웠다.

"보지 마요. 듣지도 말고 말하지도 마요. 말하면 우리 다 죽어요. 우리도 다 파묻힐 거예요."

나는 축사 재건축 공사장에 자주 불려 다녔다. 개축 후 다시 축산업을 재개할 생각 없이 보조금만 받으려고 하는, 시쳇말로 '먹튀' 현장에도 투입된 적이 있었다. 그런 경우 키우고 있던 소나 돼지를 폐건축물과 함께 묻어버리는 만행도 곧잘 벌어졌다.

운동장만 한 구덩이 속에 수십 마리의 가축들이 서로 엉켜서 울어댔다. 울부짖음 위로 녹슨 철골과 시멘트 벽돌들이 끝도 없이 퍼부어졌다. 중장비 차가 흙까지 모두 다 덮고 나서야 땅은 더 이상 울지 않았다. 하지만 이

불을 머리끝까지 뒤집어쓴 채 귀를 막고 누워도 밤새 컨테이너 숙소를 뒤흔들었던 내 귓가의 울음은 그치질 않았다. 전기장판의 온도를 아무리 올려도 온몸의 떨림은 멈추지 않았다.

그런 일을 겪은 뒤로 나는 삼촌의 부름에 며칠씩 늦장을 부리곤 했다. 철거 작업엔 참여하고 싶지 않아서였다. 내 심경의 변화를 눈치챈 삼촌은 오히려 짓궂게 철거 날짜를 속여가며 나를 불러냈다. 이번에도 그런 짓을 벌인 것 같았다. 몇 달 뒤면 대도시로 떠날 나에게 선사할 마지막 이벤트 정도로 생각하고 있을 터였다.

어쩌면 삼촌도 잘못 태어난 사람일지도 모른다. 나는 그런 삼촌을 아버지처럼 따랐다. 그리고 곧 있으면 삼촌 곁을 떠나야 한다.

나는 비틀거리며 여자 뒤를 따랐다. 여자는 이상하게도 컨테이너 숙소들을 지나쳐 자꾸만 뒷산 쪽으로 걸어갔다.

"저기요. 이쪽 아니지 않나요?"

여자가 몸을 획 돌리더니 나에게 덤벼들듯이 다가왔다.

"의사 쌤님. 제발 저 좀 도와주세요."

여자가 나를 의사라고 부르는 게 불편했다.

"전 의예과에 붙은 것뿐이지 아직은 의사가 아니에요."

여자는 소처럼 말간 두 눈동자로 쳐다보고만 있었다.

"의사가 되려면 한참 멀었다고요."

여자가 내 팔을 잡아당기며 말했다.

"제발요. 저기에 아픈 사람 있어요. 의사 쌤님이 봐줘야 해요. 주사도 놓아주고 약도 줘요."

어디에서 그런 괴력이 샘솟는 건지 여자에게 붙들린 팔이 빠질 것처럼 아팠다. 나는 여자를 떼어낼 속셈으로 고개를 연방 끄덕였다.

"그, 그래요. 제가 한 번 볼게요. 가요. 이 팔 놓고 얼른 앞장서요."

재빠르게 산을 타는 여자 뒤에서 나는 생각했다. 독감에 걸린 사람이라도 있는 걸까. 아니면 포악한 박 의원에게 얻어맞은 원생이라도 있는 걸까.

잡목들로 우거진 산기슭을 한참이나 올라갔다. 짐승의 길조차 이미 사라지고 없었다. 덤불과 나뭇가지를 붙잡고 겨우겨우 오르막을 기어 올라갔다. 여자는 이 길을 얼마나 자주 오르내렸던 건지 나보다 한참을 앞질러 있었다.

목이 마르고 배가 고팠다. 잠깐 걸음을 멈추고 서 있는데, 붙잡고 있던 나무 옆쪽에 뱀딸기 덤불이 돋아 있었다. 먹을 생각은 없었고 겨울에도 뱀딸기가 열린 게 신기해 손을 가져다댔다.

"먹지 마요."

여자가 내 손등을 찰싹 때렸다.

"아, 저도 산에서 나는 거 함부로 먹으면 안 되는 거 알아요."

"그거 뱀딸기 아니에요. 열매도 아니에요."

"예? 그럼 이건 뭔데요?"

"알이에요. 무시무시한 독이 있는 알이에요. 먹으면 죽어요."

세상에 그런 알이 있다는 소린 들어본 적이 없었다. 하지만 내가 세상 모든 동식물을 알고 있는 건 아니어서 여자의 말을 믿기로 했다. 어쩌다 형제원에 의탁하게 됐는지는 모르겠지만 산을 타는 품을 보아하니 여자는 이 산을 제집 드나들듯하며 자랐을 게 분명했다.

"의사 쌤님, 바로 저기예요."

내 손등을 때린 손으로 가리킨 곳에 작은 움막이 있었다. 한파를 막아볼 요량으로 덮어놓은 이불들과 비닐 때문에 무덤처럼 보이기도 했다.

움막 입구의 담요를 걷어 올리고 안으로 먼저 들어간 여자가 나한테 얼른 들어오라고 손짓했다.

내부는 의외로 따뜻했다. 여자가 내게 방석을 내주었다. 나는 양반다리를 하고 앉아 움막 안을 찬찬히 뜯어보았다. TV 프로그램에서 한 번쯤 본 적이 있는 부적 같은 것들이 천장에 빼곡하게 붙어 있었다. 한쪽에는 개다리소반이 놓여 있었는데, 썩은 과일과 말라비틀어진 생선이 차려져 있었다. 정체를 알 수 없는 시꺼먼 액체가 담긴 밥그릇도 놓여 있었다.

제단 같다는 생각이 든 순간, 패딩 점퍼 안으로 날카로운 한기가 스몄다. 내가 몸을 옹송그리며 떠니 여자가 얼굴을 붉혔다.

"엄마 집인데, 지저분하죠?"

여자가 이곳 토박이일 거라는 짐작이 맞았다.

"괜찮아요. 근데 아프다는 분은 어디 계세요?"

개다리소반 밑으로 손을 집어넣은 여자가 뭔가를 꽁꽁 싸맨 보자기를 꺼내어 내게 건네주었다. 나는 겹겹이 싸인 보자기를 하나씩 풀다가 깜짝 놀라 그걸 떨어뜨렸다.

갓난아기의 시신이었다.

"아기가 아파요. 젖도 안 물고 울지도 않아요. 의사 쌤님, 제발 좀 낫게 해주세요. 네?"

갓난아기는 병에 걸려서 죽은 게 아니었다. 누군가 그 조그만 아기의 목을 분질러놓았다. 시신은 생전에 상처 입었던 부위부터 부패한다. 분질러진 설골 부위가 몸통보다 빨리 부패하면서 아기의 머리는 몸통과 완전히 분리되어 있었다. 보자기 밖으로 떨어져 나온 머리를 여자가 두 손으로 조심스레 감싸쥐었다.

어떻게든 몸통에 끼우려고 아기 머리를 뗐다 붙였다 하는 여자에게 나는 소리쳤다.

"아기는 죽었어요. 병에 걸린 게 아니에요."

"그럴 리가 없어요. 얼마 전까지만 해도 잘 먹고 잘 울고 잘 웃고 그랬어요. 애 아빠도 찾아주려고 얼마나 애를 썼는데요. 근데 너무 많았어요. 의원님이 소개한 손님들, 형제원 식구들, 아랫마을 어르신들…."

나는 여자의 어깨를 붙잡고 세차게 흔들었다. 이렇게라도 하면 제정신으로 돌아오게 만들 수 있을 것만 같았다.

"아기는 살해당했어요! 누가 아기를 죽였다고요!"

여자가 애 아빨 찾는다며 들쑤시고 다닌 걸 불편하게 여긴 사람이 있었을 것이다. 그리고 그 사람이 여자의 아기를 죽인 게 틀림없었다.

여자가 아기 머리를 감싸 안으며 울부짖었다. 여자의 비명이 길게 이어졌다. 끊어질 듯 끊어지지 않고 끝도 없이 계속되었다. 여자의 가장 깊은 곳에서 터져 나오는 절규였다. 그리고 그 가장 깊은 곳은 지옥이었다.

나는 무서워졌다. 너무 무서워서 움막을 뛰쳐나왔다. 등 뒤로 여자가 뒤쫓아올 것만 같았다. 미친 듯이 산기슭을 내달렸다. 잡목들 사이로 형제원 건물이 보일 때까지 달리는 걸 멈추지 않았다. 그러다가 그만 발을 헛디디고 말았다. 나무 둥치에 머리를 박았다. 빡, 소리와 함께 정신을 잃었다.

내 손에는 팔뚝만 한 크기의 총이 들려 있다. 총 손잡이 쪽에는 압력 탱크 통과 연결된 호스가 붙어 있고 총부리에는 커다란 스크루 촉이 달려 있다.

나는 궤짝 구멍 앞에다 총을 갖다 댄다. 총구가 자꾸만 떨린다.

송아지가 사료인 줄 알고 구멍으로 주둥이를 내민다. 긴 혓바닥이 허공을 핥다가 아무것도 없자 구멍에 한쪽 눈을 가져다댄다. 커다랗고 말간 눈 속에 도축용 총을 거머쥔 채 떨고 있는 내가 보인다.

내 숨소리가 너무 크다. 벌린 내 입에서는 증기기관차처럼 쉴 새 없이 입김이 뿜어져 나온다.

숨을 멈춘다.

방아쇠에 걸린 손가락에 힘을 준다.

"강간범의 자식."

삼촌의 목소리다.

"악마의 씨."

총신의 반동으로 어깨가 젖혀진다. 삼촌의 눈알에 커다란 스크루 촉이 파고든다.

두 눈을 번쩍 떴다. 온몸이 식은땀으로 푹 젖은 걸 보니 악몽을 꿨던 모양이다. 주위를 두리번거렸다. 공사 일정을 적어놓은 화이트보드가 벽에 걸려 있었다. 바닥에 널브러진 작업복도 보였다. 컨테이너 창고였다. 산속에서 정신을 잃고 쓰러진 나를 누군가가 발견해 여기까지 데리고 온 걸까.

몸을 일으켰다. 활짝 열어놓은 문 안으로 찬바람이 들어왔다. 왠지 모르게 개운했다.

멀리서 쿵짝쿵짝 시끄러운 노래방 기계 반주가 들려왔다. 오빠, 오빠, 사랑해줘요. 안아줘요. 트로트가 울리고 있었다. 박 의원의 생일잔치가 한창이었다.

나는 일어나 창고 앞에 벗어둔 운동화를 꿰신었다. 어디선가 불어오는 고기 삶는 냄새가 구수했다. 어제부터 아무것도 먹지 못했음을 깨달았다. 뱃속이 꼬르륵꼬르륵 요동쳤다.

그때 본채 앞마당 쪽에서 박 의원이 마이크에다 대고 소리쳤다

"메리야! 메리야!"

나는 발걸음을 떼려다 멈칫했다. 단발머리의 여자가 부리나케 내 앞을 지나쳐 갔다. 여자의 회색 티셔츠 가슴팍 부위가 동그랗게 젖어 있었다. 하지만 이번엔 지난번과 달랐다. 여자는 달려가면서 패딩 점퍼의 지퍼를 내리지 않았다. 웃옷을 들춰 모유로 딱딱하게 뭉친 젖을 꺼내놓지 않았다. 그럴 수가 없었다. 여자의 왼손에는 흰 비닐봉지가 들려 있었다. 잘 익은 뱀딸기처럼 생긴 알들이 봉지 속에 가득했다. 여자의 오른손에는 기다란 도축용 칼이 쥐어져 있었다.

나는 곰솥 안에 빨간 알들을 쏟아붓고 있는 여자의 곁을 지나쳤다. 내가 조경수 사이를 천천히 걸어 나와 커다란 철제 대문에 다다랐을 즈음에 짐승의 울부짖는 소리가 형제원 앞마당에서 울려 퍼졌다. 나는 천천히 고개를 돌렸다.

사내들의 씨암소였던 여자, 늙은 주인의 젖소였던 여자, 동네 잡종견의 이름으로 불렸던 여자.

메리의 도축이 시작되었다.

메리는 제일 먼저 박 의원의 목에 기다란 도축용 칼을 내리꽂았다. 박 의원이 바닥에 쓰러졌고 목에서 선혈이 분수처럼 뿜어져 나왔다. 온통 피를 뒤집어쓴 메리가 다음 목표물을 향해 성큼성큼 걸어갔다. 구토 중이던 황 반장의 머리를 커다란 칼로 내리쳤다. 배를 움켜쥐고 바닥을 뒹굴고 있던 김씨의 머리끄덩이를 잡아챘다. 다음 짐승은 나보다 보름 정도 일찍 도착했던 공사 인부였다.

나는 몸을 돌려 형제원을 빠져나왔다. 나오기 전에 앞마당에서 얼핏 삼촌을 본 것도 같았다. 그리고 보니 여기에 내려온 진짜 이유가 생각났다. 삼촌한테 꼭 전하고 싶었던 말이 있었다. 그동안 키워주셔서 고마웠다는, 작별 인사였다.

한새마 계명대학교 문예창작학과를 졸업했다. 〈엄마, 시체를 부탁해〉로 2019년 《계간 미스터리》신인상을 수상했고 같은 해 〈죽은 엄마〉로 엘릭시르 미스터리 대상 단편 부문 대상을 수상했다. 장편 《잔혹범죄전담팀 라플레시아 킬》을 집필했고 《괴이한 미스터리: 저주 편》, 《여름의 시간》, 《드라이버에 40번 찔린 시체에 관하여》 등에 공저자로 참여했다.

환상통

박건우

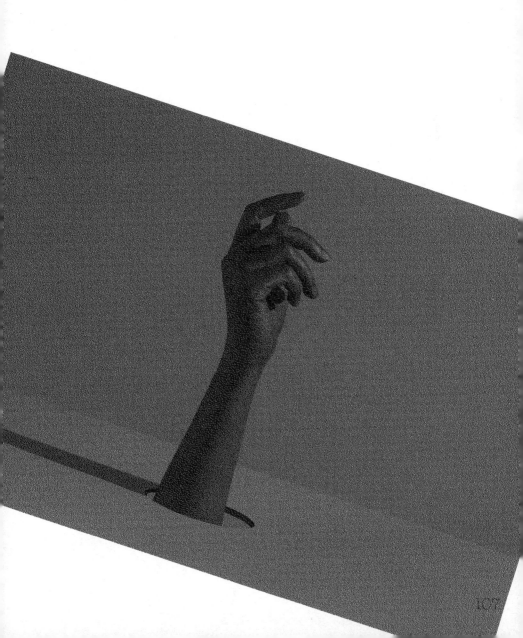

301호 병실에서 괴성이 들려온 것은 자정을 넘긴 시각이었다. 그것은 단말마의 비명과도 같은 신음이었다.

간호사들이 달려갔을 때 그 남자는 더 이상 소리조차 내지 못한 채 끅끅 대고 있었다. 얼굴은 검붉게 물들었고 몸은 괴로운 듯 발작하고 있었다. 마치 보이지 않는 누군가가 두 손으로 목을 조르고 있는 것만 같은 모습이었다.

즉시 간호사들이 달려들어 그를 진정시키려 했지만 허사였다. 들썩이는 상체에선 서서히 힘이 빠져나갔고 두 눈은 까뒤집혀 흰자위만을 내보이고 있었다. 입은 쩍 벌어져 있었지만 숨은 전혀 쉬지 못했다.

잠결에 삼킨 무언가가 목에 걸려 질식 상태에 빠진 것으로 판단한 간호사는 급히 응급처치를 실행했다. 환자의 상체를 일으켜 세워 두 손으로 복부를 뒤에서 밀쳐 올리자, 그의 호흡이 점차 가빠지더니 이윽고 토악질 하듯 깊은숨을 토했다. 벌겋게 상기된 얼굴로 거칠게 숨을 몰아쉬며 헐떡이던 그는 이내 침대 위로 실신하듯 쓰러졌다.

환자는 급히 검사실로 옮겨졌다. 검사 결과 목에는 아무런 이상이 없었다. 응급처치로 인한 내부 손상도 없었다.

호흡이 가라앉은 후에도 환자의 두 눈엔 알 수 없는 공포가 서려 있었다. 환자가 어느 정도 진정된 후에야 의사는 그에게서 갑작스러운 호흡곤란의 이유를 들을 수 있었다.

"…병실 불이 꺼진 후에도 한동안은 멍하니 누워만 있었습니다. 낮잠을 잔 탓에 바로 잠들진 못하다가 겨우 잠이 들락 말락 할 때였어요. 문득 제 두 팔이, 멋대로 움직이는 느낌이 들더니…."

직후 그는 무언가가 자기 목을 강하게 조르는 듯한 통증을 느꼈다고 한다. 그것은 다른 무엇도 아닌 자신의 두 손이었다.

"제 손이… 열 손가락 하나하나가 제 목을 꽉 졸랐어요. 아무리 몸부림쳐도, 떼어낼 수가 없었어요. 숨도 막히고, 목이 터져나갈 듯이 괴로워서…."

자기 손이 살갗을 깊숙이 파고드는 느낌이 드는가 싶은 찰나에 목구멍을 쥐어짜는 듯한 격렬한 통증이 엄습했다고 한다. 그 직후부터 숨을 전혀 쉴 수가 없었다고 한다. 무언가가 목구멍을 턱 가로막고 있는 듯, 숨을 들이쉬는 것도 내쉬는 것도 마음대로 되지 않았다. 마치 질긴 비닐로 얼굴 전체를 빈틈없이 틀어막고 있는 것만 같은 느낌이었다. 그렇게 환자가 괴로움에 몸부림치고 있을 때 간호사들이 달려왔다.

"간호사 한 분이 제 명치 부근을 압박할 때마다 목을 조르던 손의 힘이 점차 약해지더니…, 몇 번 더 누르자 팔의 힘이 완전히 사라졌습니다. 그와 동시에 막혔던 숨이 뻥 뚫렸어요. 숨을 몇 번 들이켜고 나니 갑자기 현기증이 일어서…."

그대로 침상에 쓰러진 그를 바로 검사실로 옮겼던 것이다.

"미, 믿기진 않겠지만… 저는 분명 그렇게 느꼈습니다. 말도 안 되는 소리 같지만 정말이에요. 부탁드립니다, 선생님. 제발 어떻게든 해주십시오."

그렇게 말하는 그의 목소리가 가늘게 떨렸다. 그러고선 문득 그때의 느낌이 되살아났는지 몸서리를 쳤다. 눈을 질끈 감았다가 머리를 세차게 흔들고는 등받이에 목을 힘없이 기대고 앉았다. 눈꺼풀이 파르르 떨리고 있었다.

얼굴 만면에 공포감이 서린 환자를 초로의 의사는 자못 심각한 표정으로 바라보았다. 굳게 다문 입가엔 알 수 없는 괴로움이 묻어나왔다.

잠든 사이 느닷없이 두 손이 자신의 의지와는 상관없이 자기 목을 졸랐다…. 믿기 힘든 이야기 같지만 사실 전혀 있을 수 없는 일도 아니었다. 드물지만 한쪽 손이 자신의 의지와 상관없이 마음대로 움직이는 특이한 신경 질환을 보이는 환자가 보고된 바 있다. 개중에는 한쪽 손이 자기 몸을 공격했다는 사례도 있으며, 경우에 따라선 치료도 가능하다.

그런데 이 환자에겐 그런 일이 불가능했다. 그의 두 팔은 이미 뿌리부터 잘려 나간 지 오래였기 때문이다.

의사는 팔짱을 끼고 두꺼운 안경 너머로 눈앞의 환자를 바라보았다. 그의 양쪽 어깻죽지 아래로는 뭉툭한 살덩이가 커다란 혹처럼 팔이 붙어 있던 자리를 대신하고 있었다. 수술 부위는 아직 붕대로 싸여 있었다.

건설 폐기물 처리장에서 일했다는 이 남자가 병원에 실려 온 것은 저녁 어스름이었다. 파쇄기에 낀 이물질을 빼려던 중 기계가 오작동을 일으켜 양팔이 말려들어 가버렸다.

온통 피투성이가 된 두 팔은 손 쓸 도리도 없이 너덜너덜해져 있었다. 부러진 뼛조각은 살갗을 뚫고 나왔고 팔꿈치는 정반대로 꺾였다. 말단 부위가 짓이겨져 봉합은 불가능했다. 머리가 희끗희끗한 중년의 남자는 그렇게 두 팔을 잃었다.

그런 그의 두 팔이, 있을 리가 없는 그의 양손이 스스로 목을 졸랐다는 이야기다.

의사는 여전히 떨고 있는 환자에게 진정제를 투여하고 잠든 환자를 침상채로 병실로 돌려보냈다. 그러면서 야간 당직을 서는 전공의에게 증상이 재발할 수 있으니 환자의 상태를 수시로 확인하라고 지시했다.

의사는 책상 앞으로 의자를 돌려 앉아 환자의 진료기록을 살펴보았다.

수술은 분명 무사히 끝났다. 말단 부위는 깔끔하게 봉합되었고, 상처가 안쪽으로 곪는 일도 없었다. 정신질환을 앓았다는 기록도 없었다. 그렇지만 환자가 토로하는 증상이 어떤 것인지는 대충 짐작할 수 있었다.

환상통. 그것이 환자가 앓고 있는 질환임이 분명하다.

신체 일부가 절단된 환자에게 이따금 발생하는 이 증상은, 팔이나 다리 등 절단된 부위가 마치 실제로 존재하는 것처럼 느껴지는 감각을 말한다. 환상통을 앓는 사람은 의학적으로는 완치가 되었어도, 분명 존재하지 않는 부위가 제멋대로 움직이는 것 같고 온도나 촉각 등의 감각이 느껴진다고 한다. 심지어는 존재하지 않는 손이 자기 신체 부위를 건드리는 느낌을 받았다는 사례도 있다.

하지만 이번과 같은 증상은 들어본 적이 없었다. 이미 잘려서 없는 두 팔이 자기 목을 조르는 것처럼 느끼는 일은 있을 수 있다. 그러나 그건 어디까지나 뇌가 만들어내는 착각일 뿐이다. 있지도 않은 팔이 정말로 목을 졸라 호흡곤란을 일으킬 수는 없다.

환상통 자체는 신체가 절단된 환자들에게 의외로 드물지 않게 일어나는 증상이다. 그러나 아직까진 환상통에 대해 확정적으로 밝혀진 건 없었다. 발병 원인도 모르고 치료법도 거의 없어서 그마저도 증상에 따라 어떤 치료법이 적절한지 판별하기란 어려웠다. 이 환자처럼 보고된 사례가 없는 증상인 경우엔 더더욱 그랬다.

따라서 지금은 그저 경과를 지켜볼 수밖에 없었다.

환자가 다시금 발작을 일으킨 건 다음 날 저녁 무렵이었다. 헝클어진 이불 속에서 몸부림치고 있었다. 달려온 간호사들에게 붙들린 채 살덩이만 남은 두 팔뚝을 절박하게 휘젓는 모습은 마치 몸이 뒤집혀 허공에 필사적으로 다리를 버둥거리는 두툼한 애벌레를 연상케 했다.

목구멍이 짓눌린 듯 끅, 끅, 간헐적으로 터져 나오는 호흡과 불그스름하게 부풀어 오른 얼굴은 그가 숨을 쉬지 못하고 있음을 확연히 보여주었다. 전날과 마찬가지로 간호사가 복부를 몇 차례 압박한 뒤에야 겨우 호흡을 되찾을 수 있었다.

증상은 똑같았다. 한순간 두 팔이 멋대로 움직이는 느낌이 드는가 싶더니, 그대로 자기 목을 조르기 시작했다는 것이다. 팔의 움직임에 맞춰 관절이 돌아가는 것은 물론 열 손가락이 하나하나 목을 조여오는 느낌 또한 생생했다고 한다.

물론 실제론 손이 없으니 그런 느낌 자체는 그저 뇌가 만들어낸 착각에 불과하다. 문제는 이것이 단순한 착각으로만 그치지 않는다는 점이었다.

"오늘도 똑같습니다. 제 손이… 잘려 나간 제 손이 저를 목 졸라 죽이려 하고 있어요."

다음 날도, 그다음 날도 상황은 마찬가지였다. 있을 리 없는 두 손은 어김없이 그의 목을 졸랐고, 손가락이 조여든다는 느낌이 들었을 땐 이미 숨이 턱 막혀 있었다. 마치 목구멍을 틀어막은 것처럼 안간힘을 써보아도 숨을 들이쉬는 것은커녕 내쉬는 것조차 불가능했다.

매번 발작을 일으킬 때마다 병실이 소란스러워지는 탓에 사흘째부터는 다른 환자들에게 방해가 되지 않게 1인실로 옮기게 되었다. 그편이 환자를 다루기에도 편리했다.

매일 잘려 나간 두 팔, 이른바 유령 팔에 시달리던 남자는 갈수록 수척해졌다. 말초신경 약이나 진통제를 처방해보았으나 효과는 없었다. 정말로 눈에 보이지 않는 유령이 나타나 그의 목을 조르기라도 하는 것처럼 보였다. 대체 무엇이 그를 이토록 괴롭히는 것일까.

실마리가 보인 것은 닷새째가 되던 날 저녁 무렵이었다.

그날은 평소보다 대처가 늦어져 환자가 거의 실신하기 직전이었다. 복부를 압박하고 몇 차례 숨을 거칠게 헐떡이던 그는 이내 온몸이 축 처졌다. 빨갛게 부은 눈두덩을 따라 눈물을 쉴 새 없이 쏟아내고 있었다.

괴로운 듯 흐느끼던 그는 이내 떨리는 목소리로 누군가의 이름을 하염없이 부르기 시작했다. 여성의 이름이었다. 의사는 한순간 환자가 산소 부족으로 인한 착란 증세를 보이는 건 아닐까 우려했으나, 아무래도 그렇지는 않은 모양이었다.

"…미안하다. 정말, 정말 미안하다…."

그는 누군가를 향해 한탄스러운 목소리로 웅얼거리고 있었다. 딸아이의 이름이라도 부르는 것일까.

환자가 안정을 취하도록 한 후 의사는 그의 가족관계를 다시 한번 확인했다. 환자의 아내는 아이를 낳고 얼마 지나지 않아 사망했다. 병사였다. 하나뿐인 딸마저도 20여 년 전에 사망했다. 불과 일곱 살의 나이였다.

짐작대로 그가 부르던 건 딸아이의 이름이었다. 그렇다면, 그는 대체 무엇을 사과하는 것인가.

그가 처음 응급실로 실려 오던 때를 떠올려보았다. 피투성이가 된 채 팔이 너덜너덜한 상태로 구급차용 들것에 실려 온 환자. 그런 환자를 옆에서 안타깝게 바라보던 이가 있었다. 사고 직후 환자를 발견하고 119에 신고해 함께 구급차를 타고 온 동료였다.

발견 당시의 정황과 환자의 인적 사항을 의료진에게 설명해주던 남자. 환자를 바라보며 혼잣말처럼 중얼거리던 그의 목소리가 생생하게 떠올랐다.

"그 사고 이후로 미친 듯이 일만 하더니 결국…."

'그 사고'란 무엇을 말하는 것일까. 어쩌면 환자에게 나타나는 유령 팔의 환상통과 관계가 있는 건 아닐까.

다행히 응급실 전산 기록에 남자의 연락처가 기록되어 있었다. 조심스럽게 연락하자 상대는 흔쾌히 대화에 응했다. 통화만으로도 충분했을 테지만 본인이 직접 병원으로 찾아와서 설명해주겠다기에, 퇴근 시각인 저녁 시간대에 맞춰 외래 진료실로 방문 약속을 잡았다.

"그건 참으로 무시무시한 사고였죠."

그의 동료는 그렇게 서두를 꺼냈다. 직속 선배 격이라는 그는 환자보다 대여섯 살 정도 많아 보였다.

"뭐 저도 현장을 직접 본 것은 아닙니다만, 당시에 뉴스에도 나오고 난리였으니까요. TV 화면으로 보는데도 얼마나 소름 끼치던지, 참."

사고 장면이 생생하게 떠올랐는지 그는 팔뚝을 문지르며 작게 몸서리쳤다.

그가 말하는 사고에 대해선 의사도 익히 알고 있었다. 20여 년 전에 일어난 백화점 붕괴 사고. 지방 도시에서 부실 공사로 인해 발생한 사고였는데 워낙 대형 사고여서 전국적인 화제가 되었다.

"그곳에서 무슨 일이 있었던 건가요?"

조심스럽게 물으면서도 의사는 앞으로 이어질 내용을 예상할 수 있었다. 20여 년 전에 발생한 붕괴 사고. 그리고 같은 해에 사망한 딸. 연관이 없을 리가 없었다.

의사의 물음에 동료는 목소리를 한껏 낮추었다.

"그 친구는 하나뿐인 딸내미를 끔찍이도 아꼈습니다. 그도 그럴 게 그토록 금실 좋은 아내가 병으로 죽었으니, 유일하게 남은 자식에게 온전히 애정을 쏟을 수밖에 없었겠죠. 혼자 아이를 키우다 보니 밤낮으로 일에 매달리더군요. 옆에서 보기에도 너무 과하다 싶어 몸 걱정 좀 하라고 잔소리했었는데, 참."

옛 기억을 떠올리는 듯 그는 허공으로 시선을 돌렸다. 잠시 기다리자 퍼뜩 이야기를 원래대로 되돌렸다.

"딸내미가 일곱 살이 되던 해였을 겁니다. 그날은 무슨 바람이 불었는지 휴가까지 내더라고요. 게다가 딸내미를 데리고 백화점을 다 가고. 평소엔 돈에 쩔쩔매느라 쳐다보지도 못하던 곳인데, 하필이면 그날 거길 갔을 줄은…."

그가 한숨을 내쉬었다. 나중에 확인한 바로는 딸의 생일과 붕괴 사고가 발생한 날의 일자가 같았다. 아마도 환자는 그날, 딸의 생일을 축하해주러 백화점에 데려갔던 건 아니었을까.

"두 사람이 백화점에 간 건 저녁 무렵이었습니다. 식당가에 밥이라도 먹으러 갔던 게 아니었을까요. 사고가 일어난 것도 그 무렵이었습니다. 순식간에 건물이 와르르 무너져 내렸고, 미처 빠져나오지 못한 두 사람은 그만 잔해 속에 파묻혀버렸던 겁니다."

"아버지와 딸이 같이 말입니까?"

의사는 몸을 앞으로 기울이며 되물었다. 아이가 그 사고와 연관되었다는 것은 예상한 바였으나, 아버지도 함께였을 줄은 미처 생각지 못했다.

"저도 자세히 아는 건 아닙니다만, 듣기로는 붕괴가 시작되던 순간 그 친구는 기둥 근처에 있어서 큰 화는 면했다고 하더군요. 그런데, 아이는…."

그는 쉽사리 말을 잇지 못했다. 붕괴 당시 백화점 천장이 주저앉는 것을 시작으로 각 층이 연쇄적으로 무너져 내렸다. 식당가도 완전히 잔해에 뒤덮였으리라. 가까스로 큰 피해를 면한 아버지와 달리 딸아이는 무너지는 잔해에 그대로 깔려버렸다. 두 사람의 거리는 단 한 발짝 차이였다.

"불행 중 다행이라고 할까요. 그때 무너져 내린 잔해의 양이 아이를 한순간에 압사시킬 정도는 아니었습니다. 다만, 무너진 벽면에 하반신이 완전히 짓눌려 움직일 수조차 없는 상황이었다고 합니다."

"그래서, 어떻게 됐습니까?"

의사의 물음에 그는 한숨을 내쉬며 고개를 절레절레 저었다.

"그 친구는 다행히 붕괴 사고 며칠 뒤에 기적적으로 구출되었습니다. 하지만 딸내미는 결국 살아 돌아오지 못했습니다. 구조대가 도착했을 때 아이는 잔해에 깔린 채 시신으로 발견되었다고 하더군요. 출혈도 심했고, 무엇보다 구조가 늦어지는 바람에 시간이 지체된 탓이었겠죠. 그사이에 무슨 일이 있었는지는 차마 물어볼 수도 없었지만… 뭐가 됐든 참 끔찍한 일이었겠지요."

그는 그렇게 이야기를 마무리 지었다.

"뭐, 그런 일이 있었습니다. 그 사건 이후로 그 친구는 정말 미친 듯이 일만 했어요. 그래야만 겨우 제정신을 붙들고 있을 수 있다는 듯이 말입니다. 마치 혼이 나가버린 것 같았습니다. 그럴 만도 하죠. 눈앞에서 딸내미를 잃었으니. 한동안은 정신과 치료도 받더니 그마저도 결국 그만뒀더군요. 아마도 돈 때문이었겠죠."

말을 마친 그는 어깨를 으쓱했다. 이후로 몇 가지 더 물어보았지만, 그도 더 이상은 아는 것이 없었다. 아쉽지만 대화는 이쯤에서 마무리했다.

그날 밤에도 어김없이 환자는 발작을 일으켰다. 자기 목을 조른 채 목석처럼 굳어버린, 눈에 보이지 않는 자신의 두 팔을 어떻게든 떼어내려고 안간힘을 쓰는 모습은, 이제는 기력이 소진되어 꿈틀거리는 번데기와도 같았다.

호흡곤란을 해결하는 유일한 방법은 여전히 환자의 복부에 충격을 가하는 것뿐이었다. 이에 대해 의사는 한 가지 가설을 세웠다.

사람의 호흡은 횡격막에 의해 조절된다. 공기를 들이마시거나 내쉬는 것 모두 횡격막의 움직임에 달려 있다. 만약 모종의 이유로 횡격막이 마비를 일으킨다면, 수축한 근육이 다시 정상으로 돌아오기 전까진 숨을 쉴수가 없게 되는 것이다.

환상통에 의한 발작 직후 명치 부근에서 욱신거리는 쓰라림이 느껴진다는 환자의 말도 이러한 가설을 뒷받침했다. 유령 팔이 목을 조르기 시작하면 어떤 이유에선지 그에 맞춰 횡격막이 경련을 일으켰고, 그로 인해 마치 정말로 목이 조인 것처럼 숨을 쉬지 못하게 되는 것은 아닐까.

보통은 몇 초 내로 신경계가 재정비되고 횡격막이 이완되어 호흡이 다시 돌아오지만, 어째선지 이 환자의 경우엔 질식해서 기절하는 지경에 이를 때까지도 횡격막의 마비가 풀리질 않는 것이다. 이때 복부를 수차례 압박하면 명치 부근에 모여 있는 복강신경총이 자극을 받게 되고, 횡격막이 이완되어 그제야 겨우 호흡이 되돌아오는 것이다.

그렇다면 어째서 유령 팔이 목을 조르는 것과 동시에 짜맞춘 듯 횡격막이 마비를 일으키는 것일까. 의사는 환자의 정신적 트라우마가 원인이 아닐까 생각했다.

환상통의 악화엔 환자의 정신상태가 크게 작용한다. 20여 년 전에 사고로 딸을 잃은 경험과 자신을 죽음으로 내모는 환상통. 이 둘 사이에는 대체 어떤 관계가 있는 것일까.

다행히 환자 동료와의 대화를 통해 한 가지 사실을 알게 되었다. 사고 직후 환자가 한동안 정신과 치료를 받았다는 것. 당시 그를 진료했던 의사라면 무언가 알고 있지 않을까.

동료로부터 전해 들은 병원의 이름을 찾아보았다. 그러나 20년이란 세월이 흐른 탓인지 해당 병원은 진즉에 문을 닫았다고 한다. 수소문 끝에 당시 진료를 보았던 정신과 의사와 겨우 연락이 닿아 통화를 했다. 다행히 그녀는 환자를 기억하고 있었다.

"외상 후 스트레스 장애가 심한 환자였습니다. 대형 참사를 겪은 환자들이 으레 그러기는 하지만, 그 환자는 유독 불안 증세와 죄책감이 강했던 기억이 나네요. 아무래도 자식이 죽어가는 모습을 눈앞에서 목격한 탓이겠죠. 치료를 받으며 조금씩 차도를 보이는가 싶었는데, 어느 순간부턴 내원을 안 하셔서 저도 걱정을 많이 했었습니다."

담담한 목소리로 그렇게 전하는 정신과 의사. 그녀는 과연 환자로부터 사건에 대해 얼마나 들었을까.

"실은, 저도 당시 정확히 무슨 일이 있었는지는 몰라요."

수화기 너머에서 그녀는 유감을 표했다.

"환자분으로부터 이야기를 끌어내려고 했는데도, 따님의 죽음과 관련된 부분에선 굳게 입을 다물더군요. 그나마 한 가지 알게 된 사실은 붕괴 사고 며칠 뒤, 그러니까 환자분이 구조된 바로 그날 따님이 사망했다는 겁니다. 구조대가 조금만 더 일찍 도착했더라면 어쩌면 살릴 수 있었을지도 모르죠."

이건 환자의 동료도 몰랐던 사실이다. 의사는 정중하게 다음 말을 재촉했다.

"그래도 구조 전날까지의 일은 어렵사리 들을 수 있었어요. 며칠간 어떻게든 따님을 짓누르는 잔해를 치워보려 했지만 역부족이었다고 해요. 더군다나 시간이 지날수록 굶주리고 기력도 떨어지니…."

정신과 의사는 순간 말을 멈칫하더니, 문득 떠오른 듯 말했다.

"그러고 보니 진료를 본 지 한 달째였던가요. 어느 날 상담 도중에 환자분이 오열하며 눈물을 쏟은 적이 있었어요. 아직도 딸아이가 내지르던 비명이 자꾸만 들린다고 하더라고요. 너무 아프고, 제발 살려달라는 딸아이의 목소리가."

무너져 내린 건물 잔해에 깔린 아이의 모습을 떠올렸다. 그것은 분명 어린아이가 감당하기에는 너무나도 버거운 고통일 것이다.

"겨우 진정을 시키고 나니 환자분이 그러셨어요. 딸아이가 죽어가고 있었다고. 정말 어쩔 수가 없었다고. 그러면서 이렇게 말하더군요. '딱 한 시간만 더 기다렸으면….' 아마도 구조대가 도착하기 한 시간 전에 따님의 숨이 끊어졌던 것 아닐까요?"

묘한 이야기였다. 물론 아버지가 딸의 죽음을 한탄스러워하며 할 법한 말이기는 했다. 그러나 '견뎠으면'이나 '버텼으면'이었다면 모를까, '기다렸으면'이라는 표현은 어딘가 어색했다. 환자가 횡설수설하며 내뱉은 말이기도 하고, 어쩌면 단순히 정신과 의사가 잘못 기억한 것일지도 모른다. 하지만 그 부분이 마음에 걸렸다.

전화를 끊기 전, 환자가 앓고 있다는 환상통에 대해 정신과 의사는 이렇게 말했다.

"환상통 환자들이 유령 팔을 통제하지 못하는 것은, 아무래도 그 움직임이 시각적으로 눈에 들어오지 않기 때문이겠죠. 만일 환자가 의식적으로 팔을 움직이려고 할 때 그에 맞는 시각 반응을 보여줄 수만 있다면, 환상통으로 인한 통증을 완화할 수 있지 않을까요?"

일리가 있었다. 매일 밤 환자의 목을 조르는 손을 어떻게든 목에서 떼어낼 수만 있다면 횡격막의 마비도 풀리지 않을까. 그렇다면 시도해볼 수 있는 치료법이 한 가지 있었다.

　모든 준비를 마친 이른 저녁, 의사는 회진 시간에 환자를 찾아갔다.

　"지금은 좀 어떠십니까? 팔에 감각이 느껴지나요?"

　의사는 침대에 누운 채로 허공을 바라보고 있는 환자에게 평소처럼 증상에 대해 물었다. 이전보다 흰머리가 더욱 늘어난 듯 보였다.

　"평소와 마찬가집니다. 멋대로 움직이지는 않지만⋯."

　며칠 사이 초췌해진 그는 무의식적으로 턱을 당겨 시선을 아래로 내렸다. 당연하게도 그곳에 팔은 존재하지 않는다.

　"움직이진 않아도 여전히 느껴집니다. 지금은 제 가슴 위에 손을 포갠 채로 얹혀 있어요."

　"그 외에 별다른 통증은 없습니까?"

　"네, 가끔 겹친 손바닥과 손등 부분이 간질거리긴 하지만 별다른 통증은⋯."

　통증이 없다는 것은 그나마 다행이었다.

　"팔이 움직이기 시작하는 건 여전히 잠이 들기 직전이거나 잠이 든 직후입니까?"

　그렇다고 대답하는 환자를 초로의 의사는 굳은 얼굴로 내려다보았다.

　여기까지는 평소와 다를 바 없는 일반적인 문진이었다. 이번에는 몇 가지 질문을 추가해보기로 했다. 오늘 밤 진행될 치료에 차질이 없도록 세세한 부분까지 확실히 확인해두려는 것이다.

　"평소엔 항상 두 손이 서로 포개진 채로 가슴에 얹혀 있다는 말이지요?"

　"적어도 이렇게 누워 있을 때는요."

　환자는 다시금 턱을 아래로 당겨 무의식적으로 가슴 언저리를 바라보았다.

"그럼, 지금은 어느 쪽 손이 위에 있습니까? 왼쪽? 아니면 오른쪽?"

평소와는 다른 질문에 그는 일순 의아해했지만 이내 미간을 찌푸리며 허공을 바라보았다.

"왼…손이 아래에 깔려 있습니다. 그러니까, 음… 오른손이 위에 올라가 있네요."

의사는 진지한 표정으로 환자의 말을 차트에 받아 적고는 다음 질문을 이어갔다.

"이번에는 유령 팔이 목을 조를 때의 느낌을 떠올려보세요. 두 손이 목을 조를 때, 어느 쪽 손이 위에 있었습니까?"

잠시 생각하던 그는 퍼뜩 생각난 듯 고개를 들었다.

"그러고 보니 분명… 그때도 오른손이 위에 있었습니다. 지금이랑 똑같은 모양이네요."

"확실합니까? 환상통이 느껴질 때마다 항상 똑같았나요?"

"네, 틀림없습니다."

"그럼, 혹시 이런 모습인가요?"

의사는 차트를 옆구리에 끼고는 두 손으로 자기 목을 조르는 시늉을 했다. 엄지와 검지 사이에 목을 끼우고 조이는 두 손은 오른손이 왼쪽 손등 위에 올라가 있었다.

"맞아요. 분명 그런 모양이었습니다."

환자가 동의하자 의사는 손을 풀고 다음 질문으로 넘어갔다.

"유령 팔이 목을 조를 때, 손바닥 온도는 어땠죠? 뜨거웠나요, 차가웠나요? 둘 다 아니라면 미지근했나요?"

왜 그런 것까지 묻나 싶은 얼떨떨한 표정으로 의사를 올려다보던 환자는 잠시 생각하다가 입을 열었다.

"차가웠던 것 같습니다. 그렇지만 확실하진 않아요. 미지근했던 것 같기도 하고…. 어쩌면 아무 느낌이 없었을지도 모릅니다."

"그렇군요. 알겠습니다."

의사는 그 외에도 몇 가지 자잘한 사항들을 꼼꼼히 확인했다.

질문이 마무리되었을 즈음, 이만 물러나려는 의사를 환자가 힘없는 목소리로 불러 세웠다. 하루하루 시들어가는 생기 잃은 눈이 의사를 올려보았다.

"선생님, 저는 언제까지 이렇게 살아가야 하는 건가요? 오늘 밤에도 분명 잘려 나간 두 팔이 저를 찾아올 겁니다. 이대로 계속 목을 졸리다 보면, 언젠가는 정말로 숨이 막혀 죽어버리겠죠. 이건… 제 잘못에 대한 벌일까요? 제가 죽어야만, 이 고통에서 벗어날 수 있는 걸까요?"

한층 수척해진 모습으로 애원하는 그를 의사는 굳게 입을 다물고 묵묵히 바라보았다. 앞으로 있을 치료가 확실한 효과를 보이려면 아직은 환자에게 말할 수 없었다. 그러나….

그와는 별개로 의사는 그에게서 꼭 확인하고 싶은 것이 있었다. 그러기 위해서는 반드시 그 질문을 해야만 한다. 하지만 그랬다간 자칫 환자의 트라우마를 자극하는 결과를 초래할지도 모른다.

의사는 말을 꺼내려 입을 달싹거렸다. 그러나 끝내 입을 닫을 수밖에 없었다. 그는 환자에게 의례적인 말만 남기고 자리에서 물러났다. 병실 문을 닫으며 의사는 수심이 깊은 얼굴로 짙은 한숨을 내쉬었다. 무엇이 옳은 선택인지 알 수 없었다.

의사는 그에게 묻고 싶었다.

당신은 그날, 자신의 두 손으로 딸아이를 목 졸라 죽였는가, 라고.

며칠 사이 전해 들은 이야기를 토대로 의사는 한 가지 가능성을 떠올리고 있었다.

20여 년 전에 발생한 백화점 붕괴 사고. 건물 잔해에 매몰되어버린 아버지와 딸. 아버지는 기적적으로 무사했으나 아이는 잔해에 짓눌려 꼼짝 못하는 상황. 구조는 점점 지체되어 생존 가능성이 희박해지고, 아이가 내지르는 비명은 갈수록 처절해진다.

그런 상황에서 아버지가 할 수 있는 일이 과연 무엇일까.

처음에는 어떻게든 아이를 꺼내려고 안간힘을 썼을 것이다. 그러나 무너진 건물의 잔해가 짓누르는 무게를 혼자서 들어올리기에는 한계가 있다. 게다가 문제는 그뿐만이 아니었다.

압좌 증후군. 장시간 무거운 물체에 깔려 있던 사람에게서 압박하는 물체를 갑자기 제거했을 때 발생하는 현상이다.

신체 일부가 짓눌리면 근육조직이 파괴되며 치명적인 독소가 생성된다. 혈액 순환이 중단된 상태라면 독소가 퍼지지 않고 그대로 고여 있겠지만, 만약 몸을 짓누르고 있던 물체를 갑작스럽게 제거한다면 어떻게 될까. 그 경우 정체되었던 혈액 순환이 다시 시작되고, 압궤 부위에 모여 있던 독소가 혈류를 타고 전신으로 퍼지게 된다.

압좌 증후군이 나타나는 건 사고 발생 이후 수 시간이 지나고부터다. 그전에 원인 물체를 제거한다면 위험하진 않다. 그러나….

그는 정신과 의사의 말을 다시금 떠올렸다. "며칠 동안 어떻게든 따님을 짓누르는 잔해를 치워보려 했지만 역부족이었다고 해요."

환자는 딸아이를 구하기 위해 계속해서 잔해를 들어올리려 했다. 그는 기력이 다하는 순간까지 며칠에 걸쳐 그러기를 반복했을 것이다. 잔해를 완전히 제거하진 못했겠지만, 그 과정에서 정체되었던 독소가 혈액을 타고 퍼져나가는 일이 과연 한순간도 없었을까.

딸아이가 죽어가고 있었다던 환자의 말은 분명 그 때문이었을 것이다. 그래서 결국 아이의 목을 조르게 된 건 아니었을까. 외부와 단절되고 고립된 시간이 길어지면서 신체적으로나 정신적으로나 한계에 몰린 상황. 아버지로서 아무것도 해주지 못한 채 딸아이가 괴로움에 질러대는 비명을 그저 무력하게 듣고 있어야만 한다는 것은 분명 견디기 힘든 일이었을 것이다.

심지어 아이는 출혈과 고통으로 점차 생기를 잃어가고, 압좌 증후군으로 피부까지 검푸르게 변해간다면, 그의 말마따나 그건 '딸아이가 죽어가고 있는' 것처럼 보였을 것이다. 그렇다면 아이가 마지막까지 괴로워하다

죽을 바에는 차라리 한순간에 고통 없이 보내주고 싶었던 건 아니었을까.

앞으로 얼마나 더 기다려야 구조대에게 발견될지, 아니 과연 구조될지조차 알 수 없는 상황에서 그건, 그가 딸아이에게 해줄 수 있는 유일한 구원이었을 것이다. 그러나 그 결과는….

"딱 한 시간만 더 기다렸으면…."

그가 후회스럽게 중얼거렸던 말처럼, 결과적으로 그건 최악의 선택이되어버렸다. 아이가 죽은 지 채 한 시간도 지나지 않아 구조대가 도착했으니. 그가 느꼈을 후회와 죄책감이 어느 정도였을지 의사는 감히 상상조차 할 수 없었다.

그로부터 20여 년이 지난 지금, 우연한 사고로 두 팔을 잃어버리고 환상통이 나타나게 되었다. 딸의 목을 졸라 죽게 했던 그 손이, 이제는 자기자신을 목 졸라 죽이려 하고 있는 것이다.

그렇다면 환자의 증상은 죄책감의 발로일 것이다. 의사가 해줄 수 있는 것은 그저 그를 괴롭히는 죄책감의 무게에서 벗어나게 하는 것뿐이리라.

그날 밤, 소등 후 칠흑 같은 적막이 깔린 1인실에서 환자는 가까스로 잠이 들었다. 잠결에 몸을 뒤척이던 그의 배 위에 놓여 있던 두 손이 들리는가 싶더니, 순식간에 목을 거세게 그러쥐었다. 정신이 든 그는 목구멍을 짓누르는 고통 속에서 숨도 쉬지 못한 채 발작적으로 몸부림쳤다.

그 순간, 병실 등이 켜지고 사방이 환해졌다. 갑작스러운 빛에 눈이 부신 환자는 감았던 눈을 더욱 질끈 감았다. 옆에서 다급하게 그를 부르는 간호사의 목소리가 들려왔다.

"환자분! 힘드시겠지만 진정하시고 눈을 떠보세요!"

그와 동시에 무언가가 불빛을 가려 얼굴에 그림자를 드리웠다. 덕분에 눈이 한결 편해진 그가 감았던 눈을 힘겹게 뜨자, 심각한 표정으로 내려다보는 간호사와 의사의 모습이 눈에 들어왔다. 이어서 그의 발치에 세워진 커다란 무언가가 보였다.

거울이었다. 세로로 길쭉한 전신 거울. 그의 모습이 비치도록 거울을 기울여놓은 터라 전등 불빛을 가려 얼굴에 그림자를 드리운 것이다.

거울은 그의 모습을 비추고 있었다. 잘린 유령 팔은 여전히 그의 목을 으스러뜨릴 듯 조여들었다. 그리고 거울 속에서도, 있을 리 없는 두 팔이 버젓이 목을 조르고 있었다.

환자복 소매 안쪽에서 뻗어 나온 두 팔이 정말로 그의 목을 조르고 있었다. 환상통의 감촉과 실제 팔의 감각이 겹쳐서 느껴졌다. 다소 차가운 느낌이 드는 것 같기도 한 그 팔은, 매우 정교하게 제작된 모형 팔이었다.

비교적 최근에 인도의 한 뇌의학자가 환상통을 치료 혹은 완화할 수 있는 획기적인 치료법을 개발했다. 절단되어 존재하지 않는 왼팔이 멋대로 움직인다며 환상통을 호소하는 환자에게 그가 사용한 것은 거울이었다.

방법은 간단했다. 환자 앞에 거울을 세워둔 후 멀쩡한 오른팔을 비추었던 것이다. 그러면 거울에 비친 상 때문에 마치 왼팔이 멀쩡히 존재하는 것처럼 보이게 된다. 이 상태에서 오른팔을 유령 팔의 움직임에 맞춰 이리저리 움직이면 자연스레 갑갑함이 해소되고, 통증 또한 사라지게 되는 것이다.

이 치료법이 효과를 볼 수 있었던 것은, 거울에 비친 오른팔의 상이 실제로 왼팔이 움직이는 것처럼 시각적인 착각을 불러일으켰기 때문이다. 유령 팔을 움직이려고 뇌에서 명령을 내리고, 명령대로 팔이 움직이는 시각 반응이 있으니, 감각과 인지 사이에 생겼던 부조화가 사라지게 되는 것이다.

오늘 밤 의사가 환자에게 시도하려는 것도 기본적으로는 이러한 치료법을 바탕으로 하고 있다. 다만 이 환자의 경우엔 양팔이 모두 없기 때문에 진짜 팔과 비슷한 질감의 모형으로 대체했다.

"힘드시겠지만 잠시만 참으면 됩니다. 우선은 제 말에 집중하시고 하라는 대로만 따라 하세요. 이해하셨나요?"

의사가 엄중한 목소리로 말하며 날카로운 눈으로 내려다보자, 그는 힘겹게 고개를 끄덕였다. 여전히 숨은 쉬어지지 않았고 심장은 터져나갈 듯이 쿵쾅거렸지만, 가까스로 정신을 붙잡을 수 있었다.

"자, 이제 팔을 움직일 겁니다. 거울을 계속 바라보면서, 손에 힘을 풀고 목에서부터 천천히 떼어낸다고 생각하세요."

의사의 말에 그는 마치 두 팔을 밀어낼 듯이 어깻죽지 아래로 서서히 힘을 주었다. 그의 움직임에 맞춰 의사는 모형 팔을 천천히 움직였다. 팔꿈치는 교묘하게 거울에 비치지 않게 미리 손을 써두었기 때문에 모형 팔의 팔꿈치를 손으로 잡고 감쪽같이 움직일 수 있었다. 고무 재질이라 관절의 움직임도 자연스러웠다.

모형 팔이 목에서부터 떨어져 나가는 순간, 그에게서 즉각적으로 반응이 나타났다. 벌겋게 부풀어 오른 얼굴로 안간힘을 쓰던 그가 별안간 헐떡이기 시작하더니 이윽고 토악질하듯 거친 숨을 토해냈다. 그야말로 순식간에 벌어진 일이었다.

거칠게 숨을 몰아쉬는 그의 두 눈에는 당혹감과 놀라움이 서려 있었다. 그는 입을 다물지 못한 채 얼떨떨한 표정으로 의사를 바라보았다.

모형 팔을 이용한 치료가 효과가 있다는 것을 확인한 의사는 계속 이어 갔다.

"마지막이니 조금만 더 힘내봅시다. 이 팔을 바라보면서 천천히 손을 배 위로 옮긴다고 생각하세요."

모형 팔을 그대로 가슴 위에 올리는 데만도 한참 걸렸다. 환자복의 재질 탓에 모형 팔의 팔꿈치가 이따금 미끄러져 조작하는 데 다소 힘이 들었다. 잠깐이라도 인식의 끈이 끊어지지 않도록 마지막까지 신중해야 했다.

"자, 이제 천천히 몸에서 힘을 빼보세요. 어떠십니까? 팔에 감각이 느껴지나요?"

자기 가슴 위에 포개진 두 팔을 바라보며 눈을 끔뻑이던 그가 의사에게 천천히 시선을 돌렸다. 그의 턱과 뺨이 가늘게 떨려왔다.

"…사라졌습니다. 완전히…, 팔의 감각이 완전히 사라졌어요."

그의 얼굴에 핏기가 돌기 시작했다.

그런 그를 의사는 말없이 바라보고만 있었다.

아직은 일시적으로 환상통이 사라졌을 뿐 완전히 나은 것은 아닐 터였다. 하지만 치료가 확실히 효과를 보였으니, 며칠 더 이 과정을 반복한다면 분명 완치도 가능할 것이다.

마지막으로 만약을 위해 몇 차례 더 모형 팔을 이리저리 움직여본 후 의사는 환자복 소매에 끼워두었던 두 팔을 빼냈다. 팔을 제거해도 환자에게 별다른 이상은 나타나지 않았다.

"밤이 늦었으니 오늘 밤은 안심하시고 푹 주무세요. 내일 다시 오겠습니다."

간호사가 흐트러진 침상을 정리하고 나갔다. 병실 불을 끄자 복도의 희미한 불빛이 열린 문으로 새어 들어왔다.

병실을 나서기 전, 정돈된 침상에서 그가 의사를 나직이 불렀다. 문틈으로 새어든 불빛이 그의 얼굴을 희미하게 비췄다.

감정이 북받치는지 잠시 무어라 웅얼거리던 그가 천천히 입을 열었다.

"감사합니다, 선생님. 정말…, 정말 고맙습니다…."

떨리는 목소리로 말하는 주름진 눈가가 어느새 촉촉하게 젖어 있었다.

다음 날 오후, 예상대로 목을 조르는 환상통이 다시 나타났지만 미리 대기하고 있던 의료진의 신속한 대처로 별 탈 없이 넘어갔다. 그날 밤도 마찬가지였다.

이후로도 치료는 한동안 계속되었다.

매일 모형 팔을 이용한 치료를 실시한 덕분일까. 유령 팔이 나타나는 빈도가 점차 줄어들더니, 며칠이 지나고부터는 환상통이 완전히 사라졌다. 얼마간 지켜봐도 목 근육을 쥐어짜는 통증이 나타나는 일도, 횡격막이 경련을 일으켜 호흡이 막히는 일도 없었다. 당연히 호흡곤란으로 인한 발작 증세도 더 이상 일어나지 않았다.

일련의 경과를 지켜본 의사는 마침내 환상통이 완전히 치료되었다고 결론 내렸다. 더 이상 유령 팔이 그를 괴롭히는 일은 없을 것이다.

환자에게 사실을 알렸을 때 그의 눈에는 다시금 눈물이 그렁그렁 맺혔다. 이제껏 그를 괴롭히던, 어쩌면 자신이 죽을지도 모른다는 처참하고도 강박적인 공포로부터 마침내 해방된 것이다.

"이건 이만 정리하겠습니다."

이제는 필요 없을 거라 판단해 침대 옆 선반에 놓아두었던 모형 팔을 치우려 할 때였다. 모형 팔을 집어든 의사를 그가 만류했다.

"왜 그러십니까?"

"그게…."

환자는 잠시 머뭇거리더니 이내 조심스럽게 말했다.

"팔은 그대로 두고 가시면 안 되겠습니까?"

모형 팔을 이전처럼 소매에 끼워둔 채로 두어달라는 것이 그의 요구사항이었다. 마음만이라도 팔이 아직 붙어 있는 것처럼 보이고 싶다고 했다.

의사는 그렇게 하기로 했다. 그편이 환자의 심리적 안정에 도움이 되리라고 생각했기 때문이다. 하는 김에 거울도 그대로 두어달라는 환자의 요청에 따라 거울을 침대에 고정해 그의 모습이 잘 보이도록 했다. 환자는 그것으로 만족하지 않았다.

"죄송하지만… 혹시 팔을 제 가슴 위에 포개어 올려주실 수 있나요?"

환자는 간절한 눈빛으로 의사를 바라보았다. 그것은 유령 팔이 발작을 일으키기 전의 평온한 모습이기도 했지만, 침상에 누운 자세에서도 팔이 보이는 가장 좋은 위치였다.

의사는 그의 요구대로 모형 팔의 두 손을 가슴 위에 포개어 올렸다. 그 모습이 어쩐지 관 속에 단정하게 눕혀놓은, 두 손을 가지런히 모은 시신의 모습을 연상케 했다. 의사는 그 생각을 애써 머릿속에서 떨쳐냈다.

환자는 만족스러운 듯 거울 속 자신의 두 팔을 바라보고 있었다. 의사에게 몇 번이나 고맙다고 말한 뒤 두 눈을 감고 베개에 머리를 대고 누웠다.

그의 입가엔 희미한 미소가 맴돌았다. 실로 오랜만에 보는 평온한 미소였다.

이후로도 그에게선 별다른 문제가 나타나지 않았다. 다만 수면 중 잠결에 이리저리 뒤척이면 한쪽 팔이 바닥에 떨어지거나 팔이 흘러내려 시야에서 벗어나는 경우가 간혹 있었다. 그럴 때면 병실에 들른 의사나 간호사가 다시 팔의 위치를 바로잡아주곤 했다.

환자의 건강은 날이 갈수록 호전되었다. 팔을 절단한 이후로 이따금 나타나던 극심한 우울 증세도 사라졌다. 수술 부위에 염증이 생기는 등의 문제도 없었다.

이대로라면 조만간 1인실에서 일반 병실로 옮겨도 큰 문제는 없어 보였다. 이후엔 경과를 더 지켜보다가 퇴원할 일만 남았다. 모든 일이 마무리되는 듯 보였다.

그러나 그 남자의 마지막은 느닷없이 찾아들었다. 퇴원을 앞둔 한밤중, 환자는 결국 처참한 몰골로 숨을 거두고 말았다.

간호사의 다급한 호출을 받고 달려갔을 때 의사의 눈에 들어온 것은, 마구잡이로 흐트러진 침상에서 두 손으로 자기 목을 조른 채 뒤틀린 자세로 고꾸라져 있는 기괴한 환자의 모습이었다. 떡 벌어진 입과 흰자위가 드러나도록 치켜뜬 눈은 숨이 끊어지던 순간의 참혹한 참상을 고스란히 보여주고 있었다.

환자의 목을 금방이라도 쥐어 터트릴 듯이 움켜쥔 새하얀 두 손. 아마도 잠결에 그가 몸을 뒤척이는 바람에 가슴에 포개어 얹어두었던 모형 팔의 손이 조금씩 목 쪽으로 미끄러져 내려왔을 것이다. 두 손이 서로 포개진 상태였던 탓에, 손이 목 언저리에 다다랐을 땐 펼쳐진 두 손바닥이 목을 감싼 형상이 되어 마치 두 손으로 목을 조르는 듯 보이게 된 것이다.

모형 팔은 그의 목을 조를 수 없다. 그런데 그는 어째서 숨을 쉬지 못했던 것일까. 답은 간단하다. 분명 완치된 줄로만 알았던 환상통이 재발해 다시금 그의 목을 졸랐던 것이다.

목에 닿은 차가운 손가락의 감촉에 눈을 떴을 때, 그의 눈앞엔 거울에 비친 자기 모습이 보였을 것이다. 칠흑같이 어두운 방 안. 커튼 사이로 새어 드는 희미한 달빛만이 병실 안을 비추고 있는 그곳에서 그가 본 것은 자신의 목을 조르고 있는 새하얀 두 손이었다. 그 순간 뇌리에 박혀 있던 끔찍했던 기억과 감각이, 그리고 자기 딸의 목을 조르던 기억이 처절하게 되살아나 사라졌던 유령 팔이 다시 나타나게 된 것이다.

이 모든 과정을 침대 발치에 세워진 커다란 거울이 내려다보고 있었다. 숨이 완전히 끊어지기 전 거울 속에서 그가 마지막으로 본 것은, 자기 목을 조르며 고통스럽게 죽어가는 자신의 처참한 최후였을 것이다.

다급한 발소리가 텅 빈 복도에 울렸다. 의사와 간호사가 부산스럽게 움직이는 중에 침대 다리가 이 발 저 발에 부딪히며 침상이 이따금 덜컹거렸다.

그때까지도 환자의 목을 조르고 있던 모형 팔은, 마치 제 할 일이 끝났다는 듯, 힘없이 툭, 바닥으로 떨어졌다.

박건우 2022년 《계간 미스터리》 여름호에 〈야경夜景〉으로 신인상을 받았다. 그 외에 《계간 미스터리》에 미니 픽션 〈고자질하는 시계〉를 발표했으며, 2023년 11월 알라딘 투비컨티뉴드 〈네오픽션 단편 셀렉트〉에 특수설정 미스터리를 다룬 단편소설 〈어긋난 퍼즐〉을 공개했다. 본격 및 특수설정 미스터리에 지대한 관심이 있으며, 틈날 때마다 메모해둔 아이디어 노트를 바탕으로 이전보다 더 나은 작품을 쓰기 위해 노력하고 있다.

저수지

박소해

1

수산 저수지 물을 뺀 날, 까마귀 떼가 온 하늘을 점령했다.

푸르스름한 녹조가 저수지 바닥에 가득했다. 오랜 시간 물속에 잠겼던 땅은 뜨거운 햇살에 쩍쩍 갈라졌다. 물을 빼자마자 까마귀가 모여드는 건 불길한 일이었다. 코를 틀어막아도 사라지지 않는 악취는 또 어떻고. 하루 종일 풍기는 고약한 냄새에 사람들은 진저리를 쳤다. 틀림없이 짐승이 저수지에 빠져 죽었을 거라는 소문이 돌았다. 운 나쁜 고라니나 길 잃은 떠돌이 개 같은.

짐승을 찾아보겠다며 친구와 저수지 바닥에 내려간 중학생이 까마귀 무리가 물어뜯고 있는 썩어 문드러진 시신을 발견하고 경찰에 신고했다.

구경꾼들이 몰려들었다.

나는 설거지를 하다가 동우 엄마한테 소식을 듣고 무리에 끼었다. 저수지 근처에 살기 때문에 몇 걸음 걸으면 바로 경찰 통제선이었다. 과학수사대 요원들이 이동 침대에 검은 보디백을 싣고 있었다.

"지혁이 아빠는?"

동우 엄마가 물었다.

"애 아빤 어제 농장에서 자고 온다고 했어요. 전화해보니 휴대폰이 꺼져 있어요."

"바쁜가 보네. 어휴. 물 빼자마자 시체가 나오다니. 무서워서 어디 살겠나."

"…"

저수지에서 버려진 물건들이 많이 나왔다. 이가 나간 사기그릇, 오래된 사이다 캔, 구멍 뚫린 우비, 찌그러진 막걸리 병, 맥주 캔, 녹슨 자전거. 이 잡동사니 옆에서 발견된 시신은 죽은 지 꽤 오래되었는지 상태가 몹시 나쁘다고 했다.

쓸모없는 존재는 저 잡동사니들처럼 버림받는다. 죽은 이도 누군가에게 쓸모가 없어졌을까. 그래서 저수지에 버려진 걸까. 갑자기 등줄기에 소름이 돋아서 나는 어깨를 곤추세웠다.

해가 기울었다. 지혁이 태권도 학원에서 돌아올 시간이라 나는 저녁밥을 지으러 몸을 돌렸다.

그때 젊은 과학수사대 요원이 시신 근처에서 나온 제법 큰 단지를 들고 나르는 걸 보며 동우 엄마가 입을 뗐다. 단지는 가운데가 크게 깨져 있었다.

"에구. 저 단지가 어린 시절에 들었던 그 주술단지 같은데."

동우 엄마는 수산리에서 나고 자란 토박이였다.

"저게 주술단지라고요?"

"나 어릴 적에 수산 저수지에서 자살한 사람들이 꽤 있어서, 여기 서쪽에서 제일 유명한 큰 심방이 와서 굿을 하고 주술단지를 물속에 넣었대.

액을 막기 위해서 동서남북 네 방향으로 각각 하나씩. 근데 단지 하나가 저렇게 크게 깨져버렸네."

처음 듣는 이야기였다.

"지혁이 아빠는 그런 이야기 안 하던데."

"자기가 육지 사람이라 얘기 안 했을 거야. 저 단지를 멋대로 경찰서로 가져가면 안 돼. 요즘 사람들은 신성한 걸 지킬 줄 몰라."

동우 엄마는 혀를 찼다. 안 그래도 동네 어르신 몇 명이 과학수사대 요원에게 몰려가 항의했다.

"건 도로 놔주라."

"건 저수지를 지켜주는 영험한 단지라."

앳된 얼굴의 요원은 난처해했다.

"어르신, 이거 증거품입니다. 증거."

그때였다.

"시신이 하나 더 이서!"

저수지 바닥을 수색하던 경찰이 소리쳤다. 과학수사대 요원들이 서둘러 두 번째 이동 침대를 가지고 저수지로 내려갔다. 아까 시신이 발견된 위치에서 멀지 않은 곳이었다. 물에 빠진 지 얼마 안 된 중년 남자라고 했다.

이동 침대에 새로 발견된 시체가 실렸다.

죽은 남자는 갈색 블레이저를 입고 흰 나이키 운동화를 신고 있었다. 크지 않은 키, 풍성한 머리숱, 야윈 몸.

멀리 떨어져 있었지만 나는 바로 알아차렸다.

저 블레이저는 한 달 전에 내가 제주중앙 지하상가에서 샀다. 이월 상품 할인이라 50퍼센트 가격으로.

남편이었다.

아니야, 여보. 당신이 왜 거기에 있어. 당신은 거기에 있으면 안 돼. 당신은 농막에 있어야 해. 이따가 농장 일을 마치고 집에 들어와야지. 평소처럼 묵묵하게 같이 밥을 먹어야지.

"여보!"

입에서 영원히 멈출 것 같지 않은 비명이 튀어나왔다.

비행기가 큰 소음을 내며 머리 위로 지나갔다. 비명이 굉음에 파묻혔다.

까마귀 떼가 하늘로 날아올랐다.

다리에 힘이 풀려 쓰러지자, 동우 엄마가 나를 받았다. 의식이 가물가물해졌다.

"지혁이 엄마, 지혁이 엄마!"

동우 엄마 목소리가 저 멀리서 아득하게 들려왔다.

2

깨어보니 내 방이었다. 동우 엄마가 팔다리를 주무르고 있었다. 이웃 삼촌이 나를 업어왔다고 했다. 동우 엄마가 태권도 학원 차에서 지혁이를 받아서 동우와 같이 저녁을 먹고 시가 식구들의 전화도 대신 받아준 모양이었다.

"아직 지혁이한텐 아무 말도 안 했어."

"언니, 고마워요. 정말."

"지금 그런 소리 할 때가 아니잖아."

누워 있는 나를 보며 동우 엄마는 한숨을 쉬었다.

"벌써 8시네. 뉴스 볼게요."

"아직은 보지 않는 게 좋겠는데."

동우 엄마가 말리는 걸 무시하고 리모컨을 집어들었다. 주요 뉴스가 지나가고 바로 제주 뉴스가 나왔다.

"증개축 공사로 74년 만에 수산 저수지의 물을 뺐습니다. 바닥을 드러낸 저수지 안에서 시신이 발견되었는데 멀지 않은 곳에 시신이 한 구 더 있었습니다. 처음 발견된 시신은 아직 신원미상입니다. 두 번째 발견된 시신은 수산리 주민인 45세 성 모 씨입니다. 서부경찰서는 두 시신에 대해 부검을 신청했습니다."

동우 엄마가 내 눈치를 봤지만 나는 차분하게 뉴스를 끝까지 봤다. 알아야만 했다. 남편 소식을.

"아까 집으로 형사 두 명이 진술을 받으러 왔다가, 자기가 잠든 거 보고 그냥 갔어. 내일 다시 오겠대."

"알았어요."

초등학교 2학년인 지혁이는 동급생 동우와 같이 태블릿으로 게임을 하고 있었다. 이렇게 늦은 시간까지 동우와 노니 신이 나 있었다. 동우 엄마가 입을 열었다.

"어떻게 할 거야. 아까 지혁이 고모들하고 시어머니한테서 자꾸 전화 오더라."

휴대폰을 열어보니 시가 식구들의 부재중 전화가 스무 통이 넘었다. 세 명의 시누이와 시어머니가 번갈아 가면서 착실하게 스물네 통이나 전화했다.

"지금은 말 섞고 싶지 않네요."

나는 중얼거렸다. 시가 식구들의 성정은 잘 알고 있었다. 섣불리 대화에 응했다가는 험한 꼴을 볼지도 몰랐다. 하나뿐인 막내 남동생이자 아들을 잃고 나한테 어떤 패악을 부려댈지 불 보듯 뻔했다. 내 쪽에서 먼저 연락하고 싶진 않았다.

동우 엄마한테 물었다.

"장례식… 지금은 치를 수 없다죠?"

"일단 부검에 들어가면 무조건 결과를 기다려야 한대. 근데 어떻게 된 거야? 농장에서 자고 온다던 지혁이 아빠가 왜 저수지에서 시체로 나와?"

"저도 도통 모르겠어요."

자세히 보니 동우 엄마도 눈이 잔뜩 부어 있었다. 눈언저리가 온통 붉었다.

"언니, 혹시 울었어요?"

"자기랑 지혁이가 너무 딱해서…. 아까 주책맞게 펑펑 울었지 뭐야. 동우 아빠 잘못됐을 때 생각도 계속 나고."

거짓말.

동우 엄마는 남편과 초등학교 동창이자 오랜 동네 친구였다. 동우 아빠는 기골이 장대한 남자였는데 손이 좀 거칠었다. 아내가 말대꾸하는 걸 참지 못했다. 동우 엄마가 맞고 우리 집으로 피신 오면 남편은 동우 아빠를 찾아가 조곤조곤 설득했다. 나이가 몇 살 어린 남편에게 동우 아빠는 꼼짝 못했다. 여자들은 도저히 이해할 수 없는 방식으로 남편이 동우 아빠를 타이르고 나면 동우 엄마는 다시 집으로 돌아가곤 했다. 반복되던 패턴은 어느 날 동우 아빠가 병원에서 의료사고로 죽으면서 끝났다. 왼쪽 다리가 부러져서 입원했는데 수술이 끝난 뒤 마취에서 깨어나지 못했다.

과부가 된 동우 엄마에게 가장 힘이 되어준 사람은 남편이었다. 남편은 바다낚시로 좋은 물고기를 건지면 동우 엄마에게 제일 먼저 가져다주었다. 동우가 축구 경기를 보고 싶어 한다고 동우 엄마, 동우와 셋이 서귀포 월드컵경기장에도 갔다. 정작 지혁이에겐 한 번도 축구 경기를 보여준 적이 없었다. 나는 가만히 있었다. 남편이 나를 건드리지만 않으면 만족했으니까. 나에게 중요한 건 그게 전부였다. 남편이 나를 내버려두는 것.

나는 동우 엄마가 왜 울었는지 잘 알고 있었다.

오래전부터 그 여자는 남편의 애인이었다.

3

다음 날 아침, 멍하니 마당 의자에 앉아 있을 때, 우울한 눈초리를 한 여자가 대문가에 나타났다. 나이는 30대 중반쯤 되어 보이고 마른 몸에 단정하게 바지 정장을 차려입었지만, 마치 물속에서 막 빠져나온 것처럼 축축한 분위기였다. 푸른 핏줄이 비칠 정도로 유난히 투명하고 창백한 피부 때문에 그런지도 모르겠다. 검고 윤기 있는 머리를 말총 스타일로 묶었고 얼굴에는 화장기가 전혀 없었다.

여자는 잠시 내 옆을 뚫어져라 쳐다보더니 고개를 숙여 눈인사를 건네고 조심스레 입을 열었다.

"박서현 씨?"

나는 의자에서 일어나 날카로운 목소리로 내뱉었다.

"우리 집 초상 난 거 몰라요? 보험 안 들어요."

정장에 큰 핸드백을 멘 걸 보니 보험설계사인 시누이가 보낸다던 지인인가 싶었다.

여자는 입가를 조금 일그러뜨리며 보일락 말락 미소를 짓더니 말없이 명함을 내밀었다. 서부경찰서 강력 1반 형사 고유경. 직급은 경사였다.

"아, 죄송합니다. 형사님. 제가 좀 예민했네요."

사실 태어나서 형사를 만나본 건 처음이었다. 의외였다. 그동안 영화나 드라마에서 봤던 형사는 거친 이미지였다. 하지만 눈앞의 여자는 수줍고 조용한데 정장을 잘 차려입고 있었다. 보험설계사로 착각할 만했다.

"아닙니다. 힘드실 텐데요."

고 형사가 낮지만 정중한 목소리로 말했다. 곧 누가 봐도 전형적인 형사라고 할 법한 덩치 큰 청년이 마당에 들어왔다. 윈드브레이커 차림에 경찰수첩을 들고 있었다. 덩치가 다급하게 말을 내뱉었다.

"고 선배, 늦어서 죄송합니다. 화장실이 너무 멀어서."

"괜찮아. 여긴 오승훈 형사라고 합니다. 잠시 남편분 사건에 관해 진술을 들어도 되겠습니까? 그제 마지막으로 남편을 본 게 몇 시였나요?"

고 형사가 예의 바르게 물었다. 물에 빠진 생쥐 같은 안색만 아니라면 세련되고 우아한 여자다. 꿈꾸는 듯한 눈빛이 형사라는 직업에 어울리지 않는다. 이 여자에겐 학교 선생님이나 시인이 더 어울리는 직업이 아닐까.

"그제… 오전에 요가 수업을 마치고 집에 있는데 남편이 잠시 들렀어요. 남편이 멀리 동쪽 농장에서 브로콜리하고 이것저것 농사를 지어요. 자고 온다고 했어요. 일주일에 한두 번은 농막에서 자고 오니 그러라고 했죠. 밑반찬을 좀 챙겨줬어요. 그제, 오후 1시쯤. 남편은 트럭을 타고 바로 집을 떠났어요. 그게 마지막이었어요."

"그 뒤에 전화는 없었습니까?"

"우린… 자주 통화하지 않아요. 어제 낮에 두 번 전화했는데 휴대폰이 꺼져 있었어요."

덩치는 옆에서 고개를 끄덕이며 열심히 받아 적었다. 고 형사가 다시 한 번 물었다.

"요가 수업을 하신다고요?"

"아, 저 마을회관에서 요가를 가르치고 있어요. 동네 어머님과 젊은 주부 대상으로요. 원래 오늘도 수업을 열어야 하는데… 남편이 저리돼서 당분간 수업을 쉰다고 했어요."

"어쩐지 보기 드물게 자세가 곧다고 생각했는데 요가 강사였군요."

"20대엔 현대무용을 했어요. 혹시나 해서 따둔 요가 자격증이 쓸모가 있더군요. 남편은 제가 바빠지니 좋아했어요."

실제로는 무관심에 가까웠지만.

"형사님. 원래 제1의 용의자가 배우자 아닌가요. 알리바이 같은 거 체크 안 하시나요?"

당돌한 내 질문에 덩치의 눈이 휘둥그레졌다. 고 형사는 천천히 미소를 지었다.

"그게, 아직 자살인지 타살인지 부검 결과가 나오지 않아서요. 현재 참고인 신분으로 진술하시는 겁니다. 부검의가 추정 사망 시각은 그제 낮이 아니라 저녁이라고 하더군요. 그제 남편이 가고 나서는 뭘 하셨나요?"

"아들 지혁이가 태권도 학원에서 돌아오고 둘이 저녁을 차려 먹었어요. 학교 숙제 봐주고 아들은 TV 보라고 하고 전 설거지를 했죠. 7시 저녁 요가 교실에 가서 수업하고 8시 15분쯤 집에 들어와 아들을 씻겼어요. 그리고 밤 9시에 둘 다 잠들었어요. 저녁 수업을 하고 나면 몹시 피곤하거든요."

"이 모든 걸 증언해줄 사람은 미성년자인 아드님밖에 없겠군요?"

"그럼 어떡해요? 저랑 아들만 집에 있었는데."

"실은 부군께서 그제 낮 1시쯤 집을 나서고 나서 바로 농장으로 가지 않고 마을에 더 오래 머물렀다는 증언이 나왔습니다."

남편이 동네에 있었다고?

"누가 그래요?"

"장세희 씨요. 남편분과는 초등학교 동창이라고 하던데."

입술을 깨물었다. 장세희는 동우 엄마 이름이다.

"남편분이 농장으로 바로 가지 않고 장세희 씨 댁에 트럭을 대고 같이 늦은 점심을 먹었다고 하더군요. 그 뒤 남편분과 한참 더 이야기하다가 떠나는 걸 보셨다고."

본처가 챙겨주는 밑반찬을 가지고 일하러 가는 척했다가 애인 집에 들러 같이 점심을 먹었구나. 내 안색이 달라지는 것을 보고 고 형사가 걱정스레 물었다.

"제가 말실수를 한 건 아닌지…."

"형사님. 어쩔 수 없이 밝혀야 할 것 같아요. 남편과 장세희 씨는 오랜 불륜 관계예요. 장세희 씨가 과부가 되고 나서 둘은 더 가깝게 지냈죠. 저는 남편이 한마을 안에 사는 애인 집에 수시로 들락날락하는 걸 계속 참아왔고요."

눈에 눈물이 고였다. 고 형사가 잽싸게 손수건을 내밀었다. 오 형사는 수첩을 손에 든 채 당황스러운 표정을 짓고 있었다.

"전 바람난 남편을 참으면서 혼자 아들 돌본 죄밖에 없다고요."

흐느끼며 말하자 고 형사는 달래듯 작은 목소리로 말했다.

"오늘은 여기까지만 하겠습니다. 추후 진술이 더 필요할 경우 서로 방문 요청을 드릴 수 있습니다. 멀리 가지 마십시오."

고 형사가 오 형사에게 눈짓하더니 돌아섰다. 나는 의자에 다시 앉았다. 대문으로 나가려던 고 형사가 몸을 다시 돌렸다.

"아, 깜빡하고 여쭙지 못한 게 있어요."

고 형사가 겸연쩍은 듯 입을 열었다.

"요즘 제 기억력이 예전만 못해서. 혹시 요가 수강생 중에서 남편분과 갈등이 생긴 사람은 없었나요?"

나는 미간을 찌푸리고 단호하게 말했다.

"아뇨. 남편은 요가 수업에는 관심이 전혀 없었어요."

"죄송합니다. 남편분의 마지막 행적이 잘 드러나지 않다 보니 골치가 아파서 말입니다. 저수지 근처에는 CCTV가 전혀 없어요. 조금이라도 단서가 있을까 하고 지푸라기라도 잡는 심정으로 여쭤봤습니다."

나는 조금 누그러졌다. 그래. 이 여자는 제 할 일을 하는 것뿐이야.

"이해해요. 전 수업만 할 뿐이지 수강생과 개인적인 관계는 일절 맺지 않아요."

"알겠습니다. 이만 가보겠습니다. 다시 연락드리죠."

고 형사가 가고 나는 야외 의자에 앉아 오랜만에 담배를 피웠다. 후 연기를 내뿜자, 잡념이 연기와 함께 하늘로 올라가는 기분이었다. 저는 수강생과 개인적인 관계는 일절 맺지 않아요. 풋. 거짓말이 늘었구나. 고개를 들어 파란 하늘을 올려다보았다.

저수지 뒷길을 걸었던 그날 오후가 떠올랐다. 문득 뒤돌았을 때 시야에 날아들었던 햇빛에 눈부시게 빛나던 하얀 셔츠가.

4

저수지 뒷길은 나만의 산책로였다.

방해꾼이 나타나자, 인상을 찌푸렸다. 때마침 햇살이 강렬하게 미간을 때리기도 했고, 그동안 혼자 독차지했던 길을 누군가와 함께 걷는다는 사실이 불쾌했다. 처음에는 내 뒤를 쫓는 발걸음 소리로 눈치챘다. 일부러 모른 체하고 천천히 걸었다. 앞질러 지나가기를 기다렸지만, 발소리는 가까이 다가올 기미가 없었다. 할 수 없이 뒤를 돌아봤더니 그가 있었다. 하얀 셔츠를 입고 큰 카메라로 숲을 찍고 있었다. 고개를 돌린 그와 눈이 마주쳤다.

"안녕하세요?"

남자가 먼저 인사했다. 서울 말씨. 젊고 화사한 육지 사람. 저수지 끝 민박집에 새로 세 든 사람이었다.

"네."

나는 기어들어가는 목소리로 대답했다. 혼자만의 시간을 방해받은 데다가 갑자기 사회성을 발휘해야 하는 상황이 내키지 않았다.

"요가 선생님이죠?"

낮은 톤에 약간 쉰, 소년 같은 목소리다.

"어떻게 아셨어요?"

"회관 건물에서 오전 9시에 아침 수업을 시작하죠? 몇 번 지나가다가 창문으로 봤어요."

"…."

"남자도 받아줍니까? 이 동네 사람 아니어도?"

"지금 마을에 살고 계시지 않아요? 저수지 끝에 있는 민박집에."

"네. 종종 우편물 받을 일이 있어서 전입신고도 해뒀죠."

"그럼 제주도민 할인받고 신청하실 수 있어요. 한 달에 8만 원이에요."

"아, 정말 저렴하네요."

흠칫, 남자는 얼굴이 빨개졌다.

"죄송합니다. 도시에서는 요가 수강료가 아주 비싸거든요."

"네, 알아요. 저도 서울에서 왔어요."

더는 할 말이 없었다. 둘 사이에 침묵이 흘렀다.

우리는 바람에 삼나무가 마구 흔들리는 소리를 들으며 나란히 숲을 빠져나왔다. 주목나무를 지나 보라색 매발톱꽃이 흐드러진 화단 앞에 남자가 우뚝 서더니 물었다.

"혹시 내일부터 요가 수업에 나가도 되나요? 요가는 처음이지만 꼭 배워보고 싶습니다."

"네. 적당한 옷은 있어요?"

"운동복 입어도 될까요?"

"괜찮아요. 아무거나 몸을 조이지 않는 옷이면 됩니다. 내일 오전 8시 50분까지 마을회관으로 오세요. 아참, 식사는 하시면 안 돼요. 빈속으로 오셔야 해요. 안 그러면 요가를 하는 내내 속이 괴로울 거예요."

나는 설명을 마치고 뒤도 돌아보지 않고 집을 향해 걸었다.

다음 날 아침, 남자는 정말 마을회관에 왔다. 등록한 이름은 조은우. 허벅지에 달라붙는 검은 레깅스 위에 넉넉한 박스 티셔츠를 입은 차림새였다. 머리를 막 감았는지 젖은 머리칼이 이마에 달라붙어 있다. 나에게 말없이 눈인사하고 구석에 있는 빈 요가 매트에 앉았다.

나는 요가를 체계적으로 가르치는 엄격한 강사다. 내 목소리를 따라 수강생들은 몸의 긴장을 풀고 필요한 동작을 취한다. 몸을 완전히 이완한다는 건 생각보다 쉽지 않다.

"내 몸을 흘러가는 대로 툭 하고 놓아버리세요."

나는 구석구석 돌아다니며 수강생들의 자세를 교정했다. 대부분이 젊은 엄마이거나 중년 여성인 수강생들 사이에서 유일한 남성이고 키가 큰 조은우는 확 튀었다. 수강생들이 그를 흘낏거렸다.

"힘들면 동작을 멈추고 잠시 쉬셔도 됩니다. 자, 어린이 자세입니다. 무릎을 꿇고 어린아이가 된 마음으로 두 팔을 앞으로 뻗고 고개와 가슴을 툭 바닥에 닿게 내려놓으세요."

몇 년째 다니는 수강생은 능숙하게 이마를 바닥까지 닿게 내렸지만, 조은우는 절절매고 있다. 요가가 처음이고 남자라서 아무래도 유연성이 부족했다. 신음을 연발하며 힘겹게 동작을 따라했다.

"다음은 우파비스타 코나아사나. 박쥐 자세. 앉은 채로 양다리를 V자보다 더 넓게 충분히 벌리세요. 이완이 충분히 된 것 같으면 응용 자세로 들어갑니다. 손가락으로 양 엄지발가락을 잡고 활짝 두 다리를 펼친 채로 올립니다. 허리를 곧게 펴고 엉덩이로 몸을 최대한 지탱하고 두 팔과 다리는 모두 공중에."

언뜻 보니 조은우는 머뭇거리며 앉아 있었다. 동작을 따라 하려고 하다가 포기하고 수치심에 귀까지 벌겋게 달아올랐다. 남자 수강생은 몸에 달라붙는 레깅스 위에 반바지를 입지 않으면 일부 동작에서 곤혹스러울 수 있다. 요가에는 두 다리를 펼치는 자세가 많은데 그런 동작을 할 때마다 남성의 중요 부위가 도드라지기 때문이다.

나는 무표정한 얼굴로 그에게 다가가 내 반바지를 툭 던져주었다. 조은우는 부끄러운지 뒤돌아서 반바지를 입었다. 마른 남자여서 바지가 잘 맞았다. 딸기우유처럼 붉어졌던 얼굴이 다시 원래의 흰 빛깔을 찾았다. 조은우는 침착하게 동작을 따라 하기 시작했다.

나는 우아하게 말했다.

"저항하지 않고 버티지 않습니다. 모든 것을 내려놓습니다."

조은우가 동작을 취하면서 나를 정면으로 응시했다.

그 시선에 관통당했다. 꼬치에 꿰어진 날고기가 된 느낌이었다.

남자의 눈빛에 저항하고 버텨보려고 애를 썼다. 나의 모든 걸 지키려고 노력했다. 요가 수업이 한 달 정도 지났을 때 나는 패배했다.

5

고 형사가 다녀간 날, 폭우가 쏟아졌다. 저수지가 짙은 안개에 감싸였
다. 가까이 다가가지 않으면 사람 얼굴이 분간 안 될 정도로 짙고 무거운
안개가 마을 전체에 내려앉았다. 남편 사건은 진척이 없었다. 내가 전화
를 걸면 고 형사는 아직 수사 중이라는 말만 반복했다.

한밤에 나는 저수지 앞을 천천히 걸었다. 안개가 커튼처럼 산책로에 드
리워졌다. 축축한 수증기에 닿은 살갗이 간지러웠다. 곧 안개를 뚫고 은
우가 나타났다.

"소식 들었지?"

그는 고개를 끄덕였다. 첫날 만났을 때 본 흰 셔츠를 입고 있었다.

"부검이 끝나면 남편 장례식을 할 거야. 그러고 나면 우린 자유야."

"정말?"

은우가 조심스럽게 물었다.

"지혁이 데리고 우리 셋이 서울에서 다시 시작하는 거야."

은우는 한숨을 쉬었다. 우울한 낯빛이었다. 못 믿겠다는 표정.

"말은 쉽지. 언제 떠날 건데."

"미안해. 남편 유산만 정리되면 그때 서울로 가는 거야. 큰 시누이 등쌀
에 들어놓은 생명보험금도 싹 다 타서."

"알았어."

나는 손을 들어 은우의 볼을 어루만졌다. 그는 힘없이 미소를 지었다.
우리는 가볍게 입맞춤했다.

"지금은 주변 시선을 조심해야 하니까. 며칠만 더 있다가 만나. 다시 연
락할게."

은우는 말없이 긴 다리를 움직여 휘적휘적 안개 속으로 사라졌다.

지난 1년 동안 몰래 은우와 만났다. 우리 인내심이 약해질 때쯤 남편이 죽어주다니 횡재였다. 동우 엄마와 경찰 앞에서 슬픈 과부를 연기하는 건 그리 어려운 일이 아니었다. 기절하거나 눈물을 흘리는 일쯤은 쉽다.

며칠 후 고 형사에게서 연락이 왔다.

"남편분 사인이 자살로 나왔습니다."

농장에 빚이 많이 있었고 남편이 감당하기 어려워했다고 했다. 그날 동우 엄마와 낮술을 많이 했는지 혈중 알코올 수치가 높게 나왔다. 취한 채로 저수지 앞을 거닐다가 홧김에 자살한 것 같다고 했다. 경찰 조사 결과 은행에 찾아가 추가로 대출을 받으려 했던 정황이 드러났다. 보험사에 문의했더니 남편의 경우 자살로 결과가 나와도 사망보험금을 받을 수 있다고 했다. 실족으로 인한 사고사로 판정이 가능한 모양이었다.

나는 안도했고 이 기쁜 소식을 은우에게 알렸다.

"그럼 우리 소풍 가자."

은우가 제안했다.

우리는 차를 타고 멀리 동쪽 녹산로로 벚꽃놀이를 갔다. 벚꽃놀이 철이었다. 남들 눈에 우린 다정한 연인처럼 보이겠지. 내 기분에 전염되었는지 은우도 즐겁게 웃었다. 돗자리에 누운 우리의 뺨을 천천히 떨어지는 벚꽃 잎이 간질였다.

녹산로에서 가속페달을 밟아 애월읍 단골 무인 모텔로 갔다. 방 안에서 함께 손을 맞잡고 춤을 추었다. 내가 와인을 땄고 은우가 와인을 잔에 따랐다. 우리는 다가올 밝은 미래를 미리 축하하며 잔을 부딪쳤다.

남편의 사인이 자살로 판명되자 시가 식구들은 태도가 달라졌다. 장례를 서둘러 치르는 대신 자살한 건 남들에게 비밀로 하자고 했다. 남편의 초중고 동창들과 대학 동창들이 한바탕 지나가고 아는 얼굴이 나타났다. 검은 바지 정장을 입은 고 형사였다. 오 형사도 상복을 제대로 갖춰 입고 왔다.

"삼가 고인의 명복을 빕니다."

고 형사가 고개를 숙였다.

"장례까지 와주서서 감사합니다."

내가 중얼거리며 인사를 받았다. 두 사람을 구석 자리로 안내하고 옥돔 미역국과 수육을 내왔다.

"한라산 소주 드려요?"

"아직 근무 중입니다."

고 형사가 사양했다. 여자는 여전히 쓸쓸한 눈빛을 하고 있었다.

"그때 경황이 없어서 말씀을 못 드렸는데… 제가 실은 남편분과 같은 수 산리 출신입니다. 남편분은 제 초등학교 선배이기도 합니다. 나이 차가 나 서 함께 학교생활을 하진 못했지만. 중학교부터는 제주시에서 다녔어요."

"그러셨군요."

"그뿐만이 아닙니다. 고 선배 어머님이 여기 애월읍에서 유명한 심방이 에요. 그래서인지 우리 형사들 사이에서는 고 선배가 눈 밝고 귀 밝은 사 람이라고 소문이 자자합니다."

오 형사가 끼어들자, 고 형사가 손사래를 쳤다.

"오 형사. 조문 와서 내 이야기는 그만해. 아, 서울로 이사 가신다고 들 었습니다."

"남편이 죽고 나니 더 이상 여기에 살 이유가 없어서요. 시가 식구들이 랑 사이가 좋은 것도 아니고…. 요가 강사는 서울에서도 할 수 있으니까 요. 앞으로 지혁이 교육을 위해서도 그편이 낫고요."

"그렇군요. 실은 박서현 씨가 뭐 하나만 도와주시면 좋겠습니다."

"제가요? 제가 무슨 힘이 있나요."

"장세희 씨를 만나 진술을 받을 때 서현 씨 남편분과 단 한 번도 바람피 운 적이 없다며 화를 크게 내셨습니다. 그분이 서현 씨를 명예훼손죄로 고소하겠다고…."

"아… 기가 막히네요. 남의 남편 훔쳐간 여자가 저에게 사죄하기는커 녕."

남편이 죽은 다음 날부터 나는 동우 엄마를 점점 멀리했다. 그 뒤 그 여자가 나에 관해 험담하고 다닌다는 이야기를 들었다. 그것도 모자라서 나를 명예훼손으로 고소한다고?

"사실을 있는 그대로 말한 것뿐인데요."

"이해합니다. 정확한 증거관계를 파악해야겠지만 불륜이라 하더라도 이는 개인의 사생활이고 우리나라 형법상 간통죄가 폐지된 상황에서 타인의 사생활에 대한 내용을 공연히 적시하여 명예를 훼손한 경우에는 명예훼손죄가 성립합니다."

"저한테 증거가 잔뜩 있어요. 남편 트럭 블랙박스에 그 여자와 남편이 키스하는 장면이 저장되어 있어요. 남편과 그 여자가 같이 갔던 모텔 영수증도 몰래 다 모아놨어요."

고 형사는 살며시 웃었다.

"치밀하시네요."

"제가 좀 꼼꼼해요. 사실은 남편과 이혼하고 싶었거든요. 다 보여드릴 수 있어요."

"든든하네요. 그럼 부탁드려도 될까요?"

"오늘 집에 가서 이메일로 보내드릴게요."

발인을 마치고 한라산 밑에 있는 추모공원에 남편 유골함을 안치했다. 지혁이는 많이 울었고 시가 식구들은 나를 자리에 없는 사람처럼 무시했다. 나는 상관하지 않았다. 조금만 더 참으면 은우와 함께할 수 있으니.

그날 밤, 나는 동우 엄마를 저수지 앞으로 불러냈다. 표정이 아주 안 좋았다. 내 눈길을 자꾸 피하려고만 들었다.

"언니. 형사한테 이야기 다 듣고 왔어요."

"지혁 엄마. 제발 그만해."

동우 엄마는 지친 표정이었다.

"언니. 아니, 장세희 씨. 경찰한테 나를 명예훼손으로 고소한다고 했다면서?"

"그건 형사 말을 듣고 화가 나서 그랬어. 거짓말이니까. 난 진수하고 바람난 적 없어. 우린 그냥 친구 사이야. 지혁 엄마도 잘 알잖아."

"거짓말이라니!"

나는 동우 엄마에게 달려들어 뺨을 후려쳤다. 그 여자는 놀란 토끼 눈을 하고 한 손으로 뺨을 감싸쥐었다.

"남의 남편 뺏어가고 사과 한 번 했어? 두 사람이 바람피우는 걸 몇 년이나 한마을 안에서 참고 살았더니. 이젠 뭐? 나를 고소한다고? 그동안 너한테 당한 건 나야."

"지혁 엄마. 내가 죽은 진수와 지혁이 봐서 이런 말은 정말 안 하려고 했는데."

동우 엄마가 눈을 치켜뜨고 나한테 쏴붙였다.

"자긴 진짜 아파. 병원에 가봐."

"뭐라고?"

"진수한테 다 들었어. 걔는 집에 마음 붙일 데가 없고 외로워서 자살한 거야. 난 그렇게 생각해. 하나뿐인 아내가 정신병자에 의부증 환자니까."

"말 다 했어?"

"작년부터 약을 끊었다며. 진수가 얼마나 지혁 엄마 걱정을 많이 했는데. 지혁 엄마한테 아무리 말해도 안 들으니까 괴로워서 집 밖으로 나돈 거라고. 나한테 지혁 엄마랑 이혼한다고 했어. 혹시 이혼당할까 봐 먼저 남편을 어떻게 한 거 아니야?"

"시끄러! 이혼은 내가 더 하고 싶었어!"

역시 분노는 힘이 세다. 동우 엄마는 키가 크고 펑퍼짐한 체격에 몸무게도 나보다 많이 나갔다. 나에게 이런 힘이 있었나 싶을 정도로 강한 힘이 솟아나 그 여자에게 달려들어 목을 세게 졸랐다. 감히 너 따위가 나를 거짓말쟁이에 정신병자로 몰아가? 동우 엄마가 캑캑거리며 무릎을 꿇었다. 이를 악물고 두 손에 힘을 더 강하게 주었다.

"멈추세요!"

갑자기 뒤에서 강렬한 헤드라이트 불빛이 나와 동우 엄마를 비췄다. 나는 눈이 부셔서 손을 내리고 얼굴을 찌푸렸다. 동우 엄마가 울면서 뒤로 엉덩방아를 찧었다.

"박서현 씨, 폭행 및 살인미수 혐의로 체포합니다. 장세희 씨, 괜찮으세요?"

고 형사와 오 형사였다. 둘 다 삼단봉과 테이저건을 들고 있었다. 고 형사가 수갑을 들고 다가왔다. 그 여자는 얼음처럼 차가운 표정을 짓고 있었다.

6

취조실에서 고 형사가 꺼내는 말마다 이해가 가지 않았다.

"다시 말씀해보세요. 그러니까 죄목이 뭐라고요?"

"장세희 씨에 대해선 폭행 및 살인미수 혐의이고…."

고 형사가 말을 이었다.

"남편 성진수 씨에 대해선 살인 혐의입니다."

"형사님, 남편 사건은 자살로 종결됐다면서요."

"죄송합니다. 제가 거짓말을 했습니다. 시가 식구들에게는 미리 당부해서 협조를 부탁드렸고요."

"네?"

"박서현 씨에 대해 수상한 정황을 여러 개 포착했습니다. 조사해봤더니 20대에 조현병 진단을 받고 계속 약을 먹었더군요. 발목 부상 때문에 무용을 포기한 뒤에 조현병이 발현됐다는 의사 진단서를 봤습니다."

"그, 그건 옛날 일이에요."

"작년 초까진 병원에 다녔잖아요?"

"…."

"남편분은 공기 맑은 시골에서 살면 서현 씨 증세가 나아질까 싶어 서울 직장을 포기하고 고향인 제주도 수산리로 귀향했습니다. 그런데 작년부터 서현 씨가 마음대로 약을 끊고 병원에 다니지 않으면서 조현병 증세가 더 심해졌다고 들었습니다. 증거는 없지만 정신병증이 심해져서 혹시 남편을 살해한 게 아닐까 하고 계속 미행해왔습니다."

"지, 지금은 지낼 만해서 약이 필요 없다고요."

"과연 그럴까요? 서현 씨가 어젯밤에 메일로 보내주신 남편분과 장세희 씨가 바람피웠다는 증거, 같이 보시겠습니까?"

고 형사가 담담한 어조로 말하며 노트북을 열더니 빙글 돌려서 나한테 보여주었다.

그것은 트럭 안을 비추고 있는 블랙박스 동영상이었다. 치직거리는 영상 속에서 한 남자가 트럭에 올라탔다. 남편이었다. 남편이 운전하면서 농장과 집을 오가는 모습이 녹화되어 있었다. 등장인물은 오직 남편 한 명뿐이었다.

"이 동영상이 서현 씨가 남편과 장세희 씨가 키스하는 장면이라고 주장했던 동영상입니다."

이번엔 내가 보내준 사진들을 보여주었다. 수많은 영수증들. 수십 장이 넘는 영수증 사진이 차르륵 넘어갔다. 담담한 얼굴로 고 형사가 사진을 차례차례 넘겼다.

"서현 씨가 남편이 장세희 씨와 갔던 모텔 영수증이라고 하셨죠."

"네. 똑똑히 보이죠? 모텔 영수증이 한두 개가 아니잖아요."

"서현 씨. 이 중에 모텔 영수증은 단 한 개도 없습니다. 동네 식당, 마트, 농업사, 비료 가게 영수증이 다예요. 모두 남편분 혼자 가서 결제한 영수증이고요."

그럴 리가 없다. 분명 트럭 안에서 남편이 장세희와 키스했는데. 두 사람이 모텔에서 나오는 걸 수도 없이 봤는데.

"모든 의심이 다 망상에서 비롯됐다는 걸 인정하시겠습니까? 지금이라도 자수한다면 정신병력을 감안해서 정상참작될 겁니다. 시가 식구들도 지혁이를 봐서라도 선처를 부탁한다고 했습니다."

고 형사가 냉정하게 말했다.

"솔직하게 말씀해주세요. 그날 밤 저수지에서 남편을 밀었죠? 서현 씨가."

7

더 이상 버틸 수가 없었다.

"그래요. 제가 밀었어요."

나는 울면서 말했다.

"우린 그날 심하게 싸웠어요. 남편이 출근한다고 집을 나서더니 밤에 다시 나타났어요. 술을 잔뜩 마시고 거나하게 취한 채로 갑자기 집에 들어오더니 이혼하자고 했죠. 잠든 지혁이가 싸우는 걸 들을까 봐 저수지 앞에 가서 조용히 이야기하자고 했어요. 저는 무엇보다도 제 병을 핑계로 지혁이를 뺏으려는 걸 견딜 수가 없었어요. 양육권과 친권 모두 남편이 가져간다니. 지혁이는 저에게 너무 소중해요."

"우발적인 살인이었나요?"

"반은 우발이고 반은 계획. 실은 공범이 있어요."

나는 흐느끼면서 중얼거렸다.

"호오. 공범이라."

고 형사의 눈이 날카롭게 빛났다. 옆에서 경찰수첩에 메모하고 있던 오 형사가 고개를 들었다.

"조은우 씨라고. 작년에 요가 수업을 들었던 수강생이에요. 실은 제 애인이죠. 남편이 동우 엄마와 대놓고 바람을 피우니까 저도 복수심이 들었죠. 나 좋다고 쫓아다니는 은우 씨와 작년부터 만났어요."

"그러니까, 애인 조은우 씨가 공범이라고요?"

"네. 그날 제가 부부싸움 도중에 문자로 그 사람을 불러냈어요. 우리 둘이 남편을 저수지로 밀어버렸어요. 남편은 술에 취해 있어서 빠져나오지 못하고 몇 분 동안 허우적거리더니 그대로 가라앉았어요."

"은우 씨와 사랑하는 사이인데도 공범 관계를 밝힌다…, 이판사판이라 이겁니까?"

"같이 밀었으니 공범 맞죠."

"그 말을 믿으려면 사실관계 확인이 필요합니다. 조은우 씨 연락처와 주소는?"

고 형사가 종이와 펜을 내밀었다. 나는 떨리는 손으로 간신히 적은 다음 종이를 고 형사 앞으로 밀었다. 은우에겐 미안했지만 방법이 없었다. 지혁이를 생각하면 형량을 조금이라도 줄여야 했다. 지혁이에게는 엄마가 필요하다. 오 형사가 종이를 들고 취조실 밖으로 나갔다.

고 형사는 나를 쳐다봤다. 어두운 표정이었다.

"조현병 환자가 왜 약을 끊었습니까? 약만 잘 챙겨 먹었어도…."

"형사님은 사랑에 빠진 적이 없으세요? 애인에게는 늘 최고의 모습을 보여주고 싶잖아요? 약을 먹으면 늘 나른하고 졸려서 도저히 연애를 할 수 없었어요."

고 형사의 휴대폰에 문자가 왔다. 그 여자는 문자를 읽더니 자세를 바로 하고 나한테 슬픈 눈빛을 보냈다. 작게 한숨을 쉬더니 낮은 목소리로 중얼거렸다.

"불길한 예감은 왜 항상 들어맞을까요."

"네?"

"서현 씨. 아까 준 연락처는 결번입니다. 그리고 그 주소지에 있는 집은 폐가예요. 지금은 잡초와 거미줄이 득시글한 곳이래요. 이웃 말로는 지난 10년 동안 누구에게도 연세를 준 적이 없다고 합니다. 부동산에 문의해보니까 조은우가 처음 연세로 살았던 집과 계약이 끝나자 아무 말 없이 짐도 그대로 둔 채 떠나버렸대요. 그 뒤에 수산리에 있는 어떤 집과도 연세 계약을 하지 않았어요. 서현 씨 혼자 조은우와 연애했다고 착각에 빠진 거 아닙니까! 폐가에 조은우가 살고 있다고 상상했고요. 제 결론은 이렇습니다. 서현 씨 혼자서 남편을 저수지로 밀어버린 겁니다."

"아니래도! 당신, 형사 맞아? 형사라면 똑바로 조사해!"

나는 버럭 소리를 질렀다.

"그럼 조은우 씨와 사귄 게 정말 맞단 말입니까?"

고 형사가 싸늘하게 내뱉었다.

"네! 증거 있어요. 얼마 전에 둘이서만 벚꽃놀이를 갔고, 우리가 자주 가는 모텔도 다녀왔어요."

나는 단골 무인 모텔의 이름을 댔다. 늘 애용하던 3호실 CCTV를 찾아보라고 했다. 바로 며칠 전에도 그곳을 이용했다고 강조했다. 고 형사는 휴대폰을 들더니 사무적인 목소리로 오 형사에게 지시를 내렸다. 그리고 취조실에서 나가버렸다.

나는 계속 기다렸다. 온몸이 부들부들 떨렸다.

얼마나 지났을까. 한참 후 고 형사가 들어왔다. 지치고 피로한 기색이었다. 노트북을 펴더니 나를 향해 돌렸다.

"3호실 CCTV입니다."

무표정한 얼굴로 그녀가 말했다.

동영상이 재생되었다. 내가 SUV를 타고 무인 모텔 3호실 주차장에 차를 대고 내리는 모습. 혼자였다. 내 옆에는 아무도 없었다. 나는 고개를 흔들었다. 믿기지 않았다. 눈물이 터졌다.

"저건 조작이야! 그날 분명 은우 씨와 모텔에 갔었어!"

"지난 3개월 동안의 모텔 CCTV를 다 뒤졌습니다. 서현 씨는 한 달에 4, 5회 정도 3호실을 대실했는데 그때마다 항상 혼자였습니다. 그 이전 기록은 지워져서 없습니다."

"아니야! 난 은우 씨랑 같이 벚꽃 구경도 갔어! 이, 이거 봐요. 사진 보여 줄게요. 사진."

나는 휴대폰 사진첩을 열어서 고 형사에게 보여줬다.

"지난 주말에 같이 녹산로에 벚꽃 구경 가서 찍은 거예요. 지나가던 사람한테 부탁해서 함께 찍은 거예요."

고 형사는 말없이 사진을 내려다보더니 나에게 휴대폰을 돌려줬다.

"박서현 씨 혼자만 찍혀 있습니다."

사진 속에서 나는 왕벚꽃나무 앞에서 활짝 웃으며 혼자 서 있었다.

"아니야! 아냐!"

고 형사는 차분하게 말을 이었다.

"그래도 한 가지 희소식이 있습니다. 당신이 준 조은우 이름 석 자가 단서가 될 것 같군요. 조은우 씨는 작년에 가족이 실종 신고를 한 상태였습니다. 가족에게 촬영 여행을 길게 간다는 문자를 보내고 연락이 끊어졌습니다. 젊은 청년이라 가출로 보고 따로 수사에 들어가지 않았던 것 같습니다."

"은우 씨가 실종…?"

"지금 과수대가 저수지에서 맨 처음에 발견한 시신의 치아 기록과 실종자 조은우 씨의 치아 기록을 대조하고 있습니다. 만약 두 기록이 일치한다면, 서현 씨는 두 건의 살인에 대해 용의자가 되겠군요."

"거짓말! 은우 씨는 살아 있어!"

나는 두 주먹을 쥐고 화를 내며 외쳤다.

"…."

"지금 당신 옆에 서서 나를 쳐다보고 있다고. 은우 씨, 어서 저 형사에게 말해줘. 우리가 공범이라고. 우리가 서로 사랑해서 남편을 죽인 거라고 말해줘요. 부탁이야. 제발."

이상했다. 왜 은우가 평소와 달리 아무 말 없이 나를 쳐다보고만 있는 거지. 왜 나서서 입을 열어서 나를 위해 싸워주지 않는 거야. 그날은 나를 위해 있는 힘껏 남편을 같이 밀어줬잖아. 당신은 늘 내 편이잖아. 아니었어? 왜 그렇게 원망하는 표정으로 나를 노려보는 거야.

모든 것이 일렁이더니 붕괴되기 시작했다.

은우는 취조실 구석에 물을 뚝뚝 흘리면서 서 있었다. 얼굴은 잔뜩 부풀어 오르고 푸르게 괴사해 평소 해사하던 이목구비는 전혀 알아볼 수 없었고 검푸른 핏줄이 튀어나온 울퉁불퉁한 두 팔을 나에게 내밀었다. 처음 봤던 날 그가 입었던 흰 셔츠는 진흙투성이였다. 머리부터 발끝까지 저수지 물에 젖은 채로 그는 서 있었다. 맨발 밑에 점점 물이 늘어나 물웅덩이가 고였다. 취조실 천장에서, 벽에서, 테이블에서, 의자에서, 온통 물이 흘러내렸다.

물. 물. 물. 취조실에 온통 물이 가득 찼다. 풍덩. 어느새 나도 저수지 속에 빠져버렸다. 온몸을 덮치는 수마에 숨이 막혀왔다. 눈구멍으로 콧구멍으로 귓구멍으로 입으로 물이 들어왔다. 온 사방에 물이 차올랐다. 내 몸이 물속에 둥실 떠올랐다.

물 깊숙이 검푸르고 둥근 물체가 보였다. 주술단지였다. 크게 금이 간 단지. 굵고 구성진 심방의 노랫가락이 귀에 들어왔다. 맑고 청아한 요령 소리가 울려 퍼졌다. 딸랑딸랑.

"아. 잠시 놀던 여잔데 슬슬 지겨워지려고 하네. 돌아가면 끊어내야지."

그날 늦는 게 아니었다. 지혁이 수학 숙제를 도와주느라 약속 시간에 늦었다. 은우는 기다리기 지루했는지 저수지 앞에서 친구와 통화를 하고 있었다.

"돌아가면 연서에게 충실할 거야."

그가 통화를 마치고 돌아서더니 나를 보고 당황한 표정을 지었다.

"서현 씨?"

"…"

"설마 다 들었어요?"

"연서는 누구예요?"

"저 다음 주 초에 연세 계약이 끝나서 서울로 돌아가요. 어차피 서현 씨도 가정이 있잖아요."

"그래서 헤어지자는 건가요?"

"전 서현 씨 많이 좋아해요. 하지만 우리에게 미래가 없다는 거 알죠? 그동안 즐거웠으니 됐잖아요. 이제 촬영 여행도 가야 하고."

"즐거웠다? 그러니 됐다?"

비아냥조로 나는 은우에게 대꾸했다.

"내가 널 만나려고 어떤 대가를 치렀는지 넌 몰라."

남편과 싸우면서도 약을 끊고 너를 만났는데. 지혁이를 집에 홀로 두고 너를 만났는데.

"미안합니다. 이젠 그만해요. 더는 내가 부담스럽네요."

그는 뒤돌아서더니 걷기 시작했다.

왜 내가 사랑한 것들은 다 내 곁을 떠날까. 춤이 그랬고 남편이 그랬고, 이젠 은우마저. 비명 같은 괴성을 지르며 그에게 달려갔다. 달조차 없는 칠흑 같은 밤에 나는 있는 힘을 다해 그를 저수지로 밀어버렸다. 은우는 균형을 잃었고, 잠시 후 풍덩 소리와 함께 저수지에 빠졌다.

"서…시현 씨!"

제일 깊은 곳에 빠져버린 은우는 헉헉거리며 개헤엄으로 머리만 간신히 물 밖에 내밀었지만 가라앉고 떠오르기를 몇 차례 반복하더니 물속으로 사라졌다. 영원히. 은우는 수영을 전혀 못했다.

"어, 어떻게 된 거죠? 고 선배!"

"공황 발작이 온 것 같아. 호흡할 수 있게 옷을 편하게 풀어줘야 해."

바닥에 쓰러진 내 귀에 두 형사의 대화가 들려왔다. 고 형사가 황급히 내 옷의 단추를 푸는 중이었다. 블라우스를 거칠게 제치고 브라탑 위에 귀를 갖다댔다.

"다행히 맥박은 있어. 119에 연락은 했어?"

"네. 십년감수했네요. 저 여자 눈에는 정말 죽은 애인이 보이나 보죠?"

"시신이 발견된 날 예전에 내 어머니가 수산 저수지 안에 봉인했던 주술단지가 깨진 채로 증거품으로 들어왔어. 동서남북, 네 개의 주술단지 중에서 남쪽 단지였어. 단지가 깨지면 온갖 귓것이 저수지 안에서 스며나와 산 사람을 홀릴 거라고 어머니가 경고하셨는데…."

"심방의 딸로 사는 게 만만치 않겠습니다."

오 형사가 속삭이듯이 말했다.

"어떨 거 같아?"

고 형사가 힘없이 웃었다.

"난 항상 산 자와 죽은 자 사이의 경계에서 아슬아슬하게 버티고 있는 기분이야. 언제라도 아차 하는 순간에 바로 저쪽으로 넘어가버릴 것 같은…. 그래서 확실하게 이쪽에 두 발을 붙이고 싶어서 경찰이 됐는지도 몰라."

마치 물 밖에서 물속에 가라앉은 나를 내려다보듯이 고 형사가 내 눈 속을 깊숙이 들여다보며 중얼거렸다. 동정하는 표정이었다.

"가엾게도 이 사람 무너졌어. 완전히."

그 여자의 마지막 말은 물 바깥에서 들려오는 듯했다.

나는 물속으로 계속 침잠해갔다.

* * *

의식이 돌아오니 주변이 환했다. 어떻게 된 걸까.

누군가가 나에게 순백의 원피스를 입혀줬다. 고개를 들어보니 은우가 서 있었다.

은우가 다정하게 내 손을 잡고 이끌었다. 우리는 크고 하얀 차 뒷좌석에 나란히 타고 어딘가로 떠나는 중이었다. 파란 하늘이 보이는 차창으로 구름과 나무가 획획 빠른 속도로 지나갔다.

은우는 흰 셔츠를 입었고 머릿결은 조금 열린 창에서 불어오는 바람에 부드럽게 나부끼고 있다. 눈부신 햇살이 그의 머리 위에서 춤췄다. 마치 후광이라도 두른 듯이.

"은우 씨. 이 차에는 운전기사가 다 있네?"

내가 신기한 듯 묻자 은우가 웃었다.

"덕분에 서현 씨랑 내가 실컷 손을 잡을 수 있잖아."

아. 다행이다. 그가 다시 나의 은우로 돌아왔어. 나도 미소를 지었다.

이제 우리들의 시간이다.

8

거대한 팽나무가 신당을 굽어 살피듯 내려다보고 있었다. 나뭇가지마다 묶여 있는 색색의 긴 천이 바람에 펄럭였다. 고유경은 비틀거리며 구부러진 올레를 따라 신당 마당에 들어갔다.

"와수다."

작게 말을 던져봤지만 돌아오는 대꾸는 없었다. 어머니는 외출한 모양이었다.

유경은 신당 입구에 운동화를 벗어놓고 들어갔다. 각종 무구와 부적이 즐비한 신당 안에 펼쳐진 비단 방석 위에 무릎을 꿇고 앉았다. 향로에 꽂힌 거의 닳은 향에서 가느다란 연기가 피어오르고 있었다.

유경은 고개를 뒤로 젖히고 어머니 냄새, 신당 냄새를 한껏 들이마셨다. 지독했던 편두통이 가라앉는 기분이 들었다. 촘촘하게 묶었던 머리를 풀자 풍성한 긴 머리칼이 목 옆에 쏟아졌다.

마음이 편안해지면서 유경은 방석 위에 무너졌다. 그대로 잠이 들었다.

누군가가 이마를 쓰다듬는 손길에 눈을 뜨니 어머니가 자신을 내려다보고 있었다. 주변이 어둑해졌다.

"이번엔 무신 일?"

무심하게 어머니가 물었다.

"수산리 남쪽 단지가 깨져수다."

"쯧…. 게난 함부로 건드리지 말랜 허지 안 해시냐."

어머니는 냉담한 표정으로 혀를 찼다.

"한 육지 여자가 귓것에 완전 홀렸수게. 스스로 초래한 일이긴 해도…. 종국에는 완전 넘어가 버렸수다. 저쪽 세상으로."

유경은 처음 박서현을 만난 날 그 여자 옆을 맴돌던 검은 형체를 떠올렸다.

"또시 남쪽 단지를 만들엉 저수지에 넣어버려사켜."

어머니가 중얼거렸다.

"경해야 할 것 닮수다."

모녀의 대화는 일상으로 흘러갔다. 어머니가 걱정스레 유경에게 물었다.

"밥은 먹어시냐?"

"아니 마씸."

"호쏠 이시라."

어머니가 부엌으로 향했다.

유경은 옷방으로 가서 운동복으로 갈아입었다. 정장 바지를 벗자 블라우스 밑으로 검붉은 용처럼 허벅지를 휘감고 내려가는 화상 자국이 보였다. 이 흉터가 유경이 1년 내내 바지 정장을 고수하는 이유였다.

어머니가 밥상을 내오자 두 사람은 묵묵히 식사했다.

"그 일 땜에 하영 아팠구나 이? 니는 보통 사람보다 예민허난 귓것 만나믄 계속 시름시름 앓을 수밖에 어서."

유경은 침묵했다.

"아직 안 늦었쩌. 지금이라도 신내림 받으라."

"싫수다."

유경은 고개를 가로저었다.

"난 유능한 경찰이 되고 싶어마씸. 심방은 싫수다."

"어리석은 것."

어머니는 화난 표정으로 한 마디 뱉고는 유경을 외면했다.

밤이었다. 어둠 속에서 유경은 잠든 어머니 옆에 누운 채 두 눈을 뜨고 있었다. 잠이 오지 않았다. 박서현을 생각했다. 욕망에 잡아먹힌 나머지 자신을 완전히 잃어버린 여자. 박서현이 새하얀 구속복을 입은 채로 구급차에 실려 가던 모습을 떠올렸다. 꿈꾸는 듯한 눈빛으로 허공을 쳐다보고 있었다.

"은우 씨?"

귓것에 홀린 그 여자는 행복해 보였다.

그 여자와 자신은 같았다. 온몸에 화상을 입은 사건 이후 유경 역시 귓것들에 지배당하고 있다. 차이가 있다면 유경은 아직 저쪽 세상으로 넘어가지 않았다는 것뿐이다. 가끔 신당에 와서 어머니 곁에서 하룻밤 자고 나면 몸이 한결 좋아졌지만 어디까지나 임시방편이었다. 언제든 자신도 박서현처럼 될 수 있다는 생각에 유경은 몸서리쳤다.

신내림은 싫었다. 어머니 원대로 심방이 되고 싶지 않았다. 그래서 경찰이 됐다.

하지만 잘한 선택일까?

경찰 신분증이 저 수많은 귓것들로부터 나를 지켜줄 순 없다.

유경은 눈을 감았다. 그때 가느다랗고 높은 휘파람 소리가 들렸다. 아, 한 놈이 날 따라 들어왔구나.

"그만!"

소리는 뚝 멈췄다.

"최소한 어머니 집에서는 좀 쉬게 해주라."

다행히 눈치가 빠른 놈이다. 정적.

유경은 두 눈을 감았다.

두 번 다시 눈을 뜨지 않길 바라며.

박소해 이야기 세계 여행자. 한국추리작가협회 정회원. 추미스, 호러, 판타지, 역사, 로맨스, SF 등 장르의 경계를 넘나드는 몽상가. 선과 악의 경계를 넘어 인간의 본성을 깊숙이 다루고자 한다. 시각화에 강한 이야기꾼이란 소리를 듣는다. 한국의 셜리 잭슨이 되고 싶다.

고스트 하이커 : 부랑

김인영

밤새 누가 왔다 갔는지 모를 일이었다. 발소리를 감출 만큼 비바람이 모질게 몰아쳤다. 나뭇가지가 휘청이며 처마에 생채기를 냈다. 수연이 눈을 떴다. 새벽. 수연은 벽에 바짝 붙어 헤드랜턴을 켰다. 빛이 너무 밝았다. 헤드랜턴을 손수건으로 덮어 불빛을 낮추었다. 매트리스 아래 나무 깔판에서 삐걱 소리가 났다. 최대한 소리 나지 않게 몸을 웅크리며 일어나 앉았다. 벽 쪽으로 몸을 기댔다. 코가 맹맹했다. 성당을 개조한 도미토리라 눅눅한 냄새가 바닥에서 올라왔다.

두 손으로 양 발바닥을 만져보았다. 양발에 굳은살이 넓게 퍼져 있었다. 왼손 검지 끝에 종기처럼 거슬거슬한 덩어리가 닿았다. 티눈이었다. 도로에 두껍게 바른 아스팔트에 균열을 내듯, 티눈이 자란 것이다. 티눈이라니. 한 달 이상을 걸어 생긴 발바닥 굳은살이 싹 사라져야 튀어나오는 것이라는데. 팔순 노모의 발바닥에 난 티눈을 본 적이 있었다. 티눈은 손톱으로 후벼파내도 계속 자라났다. 수연은 망연했다. 펄펄 살아 있는 피부 안쪽에서도 죽은 살이 뿌리를 내리고 자라다니.

수연은 티눈을 만지작거리다 헤드랜턴을 껐다. 두 눈이 어둠에 익숙해지자, 침대 위에 깔았던 리넨을 펼쳐 보자기 삼아 손에 닿는 대로 물건들을 올려 싸맸다. 이어 배낭을 메고 침대에 엎어졌다. 바닥으로 내려가는 나무 사다리에 오른발부터 올려놓았다. 단차가 컸다. 헛발. 잠시 수연의 몸이 맥없이 흔들렸다. 다행히 이층침대와 사다리를 연결하는 기둥의 모서리를 잡아채 중심을 잡았다.

바닥에 두 발을 딛고 침대 앞쪽에 밀어두었던 리넨 보자기를 잡아 끌어안았다. 최대한 조용히 움직였다. 창밖을 보니 서너 개의 불빛이 띄엄띄엄 한 방향으로 움직였다. 일찍 길을 나선 순례자들의 헤드랜턴 불빛이었다.

수연은 먼저 공동 샤워실로 갔다. 샤워실은 현대식이었고 쾌적한 편이었다. 배낭을 내려놓고 맨 앞 주머니를 열어 지퍼백을 꺼냈다. 순례자 크리덴셜, 조개껍데기, 간단한 인쇄물이 들어 있었다. 인쇄물을 꺼내 펼쳤다. 간단한 안내 지도였다. 오늘 걸어야 하는 거리가 25킬로미터는 족히 되는 듯했다. 오늘도 만만치 않은 거리다.

리넨 보자기에 싸맨 물건들을 정리해 배낭에 차곡차곡 넣었다. 양말을 찾아냈다. 아차, 등산화를 챙겨 나오는 것을 깜박 잊었다. 수연은 헤집어 놓은 배낭을 그대로 두고, 등산화를 가지러 다시 도미토리로 움직였다.

도미토리는 생각보다 컸다. 길게 줄지어 늘어선 이층침대가 족히 200여 개는 되는 듯했다. 침대마다 웅크린 몸들이 검은 고래 등 행렬로 이어져 있었다. 수연은 도미토리의 저 끝을 향해 한 걸음 한 걸음 깊숙이 들어갔다. 지난밤 누웠던 침대 위치부터 찾아야 했다. 누웠던 자리가 이렇게 멀리 있었던가. 등산화가 보이지 않았다. 할 수 없이 헤드랜턴을 켰다. 잠자던 사람들이 불빛에 신경 쓸까 걱정했지만 도리가 없었다. 수연은 몸을 낮게 하고 머리를 숙여 바닥을 훑었다. 등산화가 발밑에 있었다.

샤워실로 돌아온 수연은 다시 배낭을 꾸리고, 우비를 걸쳤다. 복도로 향하는 통로는 어두웠다. 소등시간이 6시까지였다. 계단에 이르자 비상구 표시등이 녹색 불빛을 낮게 뿜어냈다. 오른발 먼저 계단에 내렸다. 지릿한 발끝의 통증이 퉁퉁 부은 종아리를 거쳐 무릎을 타고 허벅지로 이어졌다. 다음 왼발. 티눈의 기이한 이물감이 느껴졌다. 걷기에 지장 없는 정도의 거슬림이라 괜찮을 듯했다. 다만 몸이 흔들리니 배낭의 무게가 등줄기를 타고 머리끝까지 올라왔다. 온몸이 뻐근했다.

건물 바깥으로 나왔다. 손목시계가 6시를 가리키고 있었다. 어둠이 가시지 않은 하늘에서 부슬부슬 비가 내렸다. 성당 안마당에 서 있는 가로등이 흔들리는 빗줄기와 오래된 석조건물을 비추고 있었다. 주먹 크기의 돌을 촘촘하게 끼워 만든 마당이 불빛에 번들거렸다. 사방이 조용했다. 수연이 성당에서 바깥으로 이어지는 아치를 향해 움직였다. 수연의 우비에 빗물이 떨어지며 소리를 냈다.

길가로 나오니 작은 도로 건너편에 노란 화살표가 갈 길을 가리켰다. 수연이 화살표를 따라 시선을 움직였다. 비포장의 좁은 숲길이 희미하게 보였다.

숲길로 들어서자 길이 좁아졌고 빗줄기가 굵어졌다. 후두두둑. 수연은 우비 지퍼를 바짝 여몄다. 습기 찬 땅에서 풀 냄새가 올라왔다. 키 큰 나무들이 비바람에 설렁설렁 움직이며 짐승 소리를 냈고, 잔가지들이 서로 부딪치며 빗소리에 엉겨 붙었다.

수연이 걸음을 멈추었다. 무슨 소리가 들린 듯했다. 숨을 죽였다. 아무 소리도 들리지 않았다. 좁고 어두운 길에서 혼자 걷다니. 비가 퍼붓는 이 시각에 이게 무슨 지랄람. 헛웃음이 나왔다.

아차, 오른발이 물웅덩이에 빠졌다. 헤드랜턴을 켰다. 수연의 이마에서 빛이 뿜어져 나왔다. 세상의 모든 것이 수연을 찾아낼 수 있을 정도로 밝아졌다. 랜턴 불빛에 닿은 습기가 흔들리는 나뭇가지들 사이로 옅게 움직였다. 오히려 시야가 좁아졌다. 3~4미터 바깥이 보이지 않았다. 랜턴은 수연의 코앞만 명백히 밝혔다. 수연의 몸이 어두운 숲길에 서 있는 사냥꾼의 표적과 같았다. 세상 어디에서도 수연을 찾아낼 수 있을 것 같았다.

헤드랜턴을 껐다. 깜깜해졌다. 수연은 움직이지 않았다. 어둠에 익숙해질 때까지 기다려야 했다. 바지의 무릎 아래가 척척하게 젖어가고 있었다. 바지는 젖었으나 아직 발목에 물이 들어차지 않았다. 서서히 나무들이 몸을 드러냈다. 수연은 두 발을 한 번씩 털고 다시 걸음을 떼었다.

오르막길이 계속 이어졌다. 땀이 비 오듯 했다. 우비 밖으로 후끈한 김이 새어나왔다. 안경에 습기가 찼다. 수연은 안경을 벗어 배낭 옆 주머니에 찔러 넣었다. 한 시간 정도 더 걸어 언덕에 올라섰다. 비가 멈추었다. 바람도 잦아들었다. 하늘이 어둠을 걷어내고 있었다. 수연이 멈추어 섰다. 해가 나오기 전 푸른 새벽. 매직의 시간. 세상의 모든 것이 밤새 제자리를 지키고 있었다는 것을 하늘이 증명해 보이고 있었다.

수연이 동쪽으로 몸을 돌렸다. 먼 산군에서 붉은 띠를 밀어내며 해가 올라오고 있었다. 수연이 소원을 빌었다.

"그를 만나게 해주세요."

어둠이 끝났다. 나무와 풀들이 본색을 드러냈다. 좁은 길도 축축한 흙색을 드러냈다. 새벽의 찬기가 꿉꿉한 몸을 휘감았다. 휴대폰을 꺼내 잠금장치 버튼을 눌렀다. 6시 30분이었다. 시간을 확인하고도 수연은 배경에 있는 산티아고 대성당 사진을 조금 더 들여다보았다. 키 큰 남자의 어깨에 걸려 있는 아름다운 성당의 탑과 광장에 모인 순례자들.

3~4킬로미터만 걸으면 바에 도착할 수 있을 것이다. 수연이 빠르게 걷기 시작했다. 가파른 내리막, 너덜길이 시작되었다. 축축하게 젖은 돌들이 미끌거렸다. 몹시 걷기 힘들었다. 몇 걸음 떼지도 않았는데, 수연의 왼발이 납작한 돌바닥에서 미끄러졌다. 중심을 잃은 몸이 휘청거렸다.

왼쪽 발목에 문제가 생긴 듯했다. 오래전 호되게 삔 적이 있어 늘 조심했던 터였다. 덜컥 겁이 났다. 수연은 우비를 벗고 어깨에서 배낭을 내려 지퍼를 열고 등산지팡이를 꺼냈다. 배낭 무게를 줄일 때 버리려고 했는데, 가져왔으니 천만다행이었다.

수연은 스틱을 길게 늘여 바닥에 놓았다. 주섬주섬 배낭을 다시 꾸려 멘후 스틱을 짚고 천천히 일어섰다. 쉽지 않았다. 얼굴이 일그러졌다. 수연은 왼발을 까치발로 떼었다. 천천히 움직였다.

수연이 두리번거렸다. 길을 잘못 들어선 것은 아니었다. 분명 길은 하나였다. 노란색 화살표와 조개껍데기 모양을 새겨 넣은 표지석이 보이지 않았다. 수연은 멈추어 서서 휴대폰을 꺼냈다. 구글맵을 터치했다. 길 찾기에 꽤 쓸모 있는 앱이었다. 그런데 휴대폰이 먹통이었다. 수연은 휴대폰을 머리 위로 들어 흔들었다. 신호가 잡히지 않았다.

난감했으나, 도리가 없었다. 이 지긋한 내리막길을 거슬러 다시 올라갈 수는 없었다. 아직 무거운 습기가 땅을 꽉 누르고 있었다. 자칫 조난하지 않으려면 낮은 곳으로 움직이는 편이 나았다. 큰 산을 넘을 때면 비슷한 일을 겪곤 했다.

날이 흐리면 방향감각을 잃는다. 어제도 그랬다. 오전부터 몹시 더웠지만, 여름 해가 쨍하게 맑았다. 그런데, 고개를 넘어서자 갑자기 하늘이 어두워지더니 비가 쏟아졌다. 걷기 힘들 정도로 비바람이 몰아쳤다. 어깨를 움츠리고 바람을 피해 여러 번 몸을 돌렸다. 단 하루에 사계절을 모두 겪었다. 그리고 길을 잃었다.

비가 그쳤다. 안개가 수연의 무릎까지 자욱하게 밀려왔다. 얼추 세 시간이나 길을 헤맨 듯했다. 날이 궂어서인지 때마침 지나가는 순례자도 없다. 수연은 사람이 오기를 기다렸다. 평소에는 혼자 걷는 것이 편했지만, 가끔 이럴 때 지나가는 사람을 보면 안도하게 되니까.

수연은 걸어온 길을 돌아보았다. 길이 더 좁아진 듯했다. 이제 와 되돌아갈 수는 없다. 수연은 배낭의 허리벨트를 조여 맸다. 그리고 다시 걸었다. 체온이 오르기 시작했다.

표지석이 보이지 않았으나 계속 걸었다. 좁은 오르막. 길을 보며 이 길이 맞나, 할 때 노먼이 등 뒤에 바짝 다가서며 인사했다. 인기척 없이 불쑥 나타난 노먼의 목소리에 수연이 기겁했다.

"안녕?"

깜짝이야. 어디 있다가 나타난 것인지 알 수 없었다. 수연이 그를 돌아보았다. 희멀겋게 웃으며 야생 자두 몇 알을 건넸다. 잘 익은 자두였다. 노먼이 웃으며 뒤쪽으로 고갯짓했다.

30미터쯤 떨어진 곳 등성이에 일인용 텐트가 보였다. 녹색의 텐트가 잠자는 풍뎅이처럼 동그랗게 엎어져 있었다. 어라, 좀 전에 걸어올 때는 보지 못했는데. 땅만 보고 걸은 것도 아닌데. 수연의 의아한 표정에 노먼이 말했다.

"아, 그때는 샤워해야 해서."

노먼은 텐트에서 지낸다고 했다. 풍찬노숙은 수연처럼 혼자 걷는 여자에게는 어렴없는 일이었다. 먹는 거야 바를 찾아다니며 해결하면 되겠지만 화장실이 문제였다. 시설을 갖춘 캠핑장이 있는 것도 아니어서 씻는 것도 여의찮았다. 노먼이 자두 씨를 뱉어내며 여유롭게 웃었다.

"난 텐트가 훨씬 익숙하고 편해."

노먼을 보자 수연은 안심했다. 의심의 여지 없이 이 길이 맞구나, 했다. 노먼이 수연에게 말했다.

"또 만나."

정다운 인사였다. 수연은 노먼이 되돌아가는 길을 가만히 지켜보며, 자두 한 알을 입에 넣었다. 천상의 맛일 듯한 달달함. 수연이 옹알거렸다. 또 만나. 주술 같은 이 말이 그를 계속 만나게 해줄 것만 같았다.

노먼은 텐트로 곧바로 돌아가지 않고 산길 주변을 살폈다. 무엇을 떨어뜨렸나. 노먼은 고개를 떨구고 이리저리 움직였다. 돌을 줍고 있나. 수연은 바지 주머니에 손을 넣어 작은 돌을 만지작거리다 꺼냈다. 동전 크기의 납작하고 반들반들한 회색 돌이 오른손 엄지와 검지에서 손바닥으로 미끄러졌다. 수연은 돌을 잡아 주먹을 꼭 쥐었다.

노먼을 처음 만난 것은 피레네산맥을 넘은 날 밤이었다. 잠자리를 구하려는 순례자들이 물밀듯이 몰려오던 수도원이었다. 여행자를 환대하는 전통에 따라 순례자의 유숙을 허용하는 그곳에는 홀로 떠나온 순례자들이 많았다. 연인이나 친구, 모녀, 부자, 이모와 조카 등 두서너 명이 함께 온 경우도 제법 있었다. 프랑스에서 출발해 같은 날 피레네를 넘어온 사람들이었다.

수도원에서는 하룻밤만 묵을 수 있었다. 수도자가 공동생활을 하는 곳이라, 대부분은 조용히 씻고 배낭 짐을 정리했다. 아침이면 같은 곳을 향해 길을 떠날 사람들이었다. 서로 초면이어도 어색하고 불편하지 않았다. 수연은 서먹한 눈인사 정도로 경계심을 풀었다.

수연이 피레네에서 만났던 사람들은 보이지 않았다. 다섯 명의 노인과 비바람 치는 그 넓은 산을 힘겹게 넘었으나 그들은 다시 산으로 돌아갔다. 평생을 걸으며 서로 친구가 되었다는 노인들은 순례자의 길로 들어서려 하지 않았다. 길에서 만난 사람들이라 정을 준 것은 아니었으나, 서운했다.

다시 혼자구나 할 무렵, 노먼이 수연이 있는 구역으로 들어왔다. 맞은편 이층침대에 자리 잡았던 영국 남자. 수연을 보자 그는 천진하게 안녕하고 인사했다. 햇볕에 그을린 얼굴에 잘 어울리는 그윽한 눈을 가지고 있었다. 상대의 경계심을 풀어 헤치고 허물없이 친구를 만드는 붙임성이 좋은 사람이었다.

노먼은 먼저 와서 아래 칸 침대에 자리 잡은 남녀에게도 인사했다. 알랭과 카르멘이었다. 노먼의 행색에 비하면 비할 바 없이 깔끔한 남녀였다. 알랭은 노먼의 침대 아래 칸에, 카르멘은 수연의 침대 아래 칸에 있었다.

카르멘은 서른세 살의 스페인 여자였다. 배낭 없이 작은 크로스백 하나만 메고 왔다. 짧은 리넨 반바지와 빛바랜 티셔츠. 도무지 순례길에 어울리지 않는 가벼운 복장이었다. 갈아입을 속옷조차 가져오지 않은 듯했다. 필요한 것이 많지 않다는 것을 이미 알고 있어서일까. 나중에 안 사실이지만, 그렇게 간소한 복장으로 한 달 넘게 걷는 사람들이 있긴 했다. 해양생물학을 전공했고 산티아고에 산다고 했다. 여러 번 오가며 걸었다고 했다. 카르멘은 깊은 바다에도 길이 있고, 지금도 가끔 바다 안을 드나든다고 했다.

반면에 알랭은 55리터의 큰 배낭을 지고 왔다. 카르멘에 비하면 알랭은 철모르는 사내처럼 행동했다. 50대 중반의 프랑스 남자였지만 미소년의 얼굴 때문에 무척 젊어 보였다. 안경 너머 보이는 두 눈이 크고 아름다웠다. 그는 카르멘을 보자마자 작업을 걸었다.

알랭이 카르멘에게 접근하는 방식은 특이했다. 좁은 침대에 누워 눈을 감고 가슴 위에 왼손을 세워 올려놓고 가만히 있는 것이었다. 카르멘이 보라고 일부러 하는 행동이었다.

수연은 알랭의 속 보이는 행동에 픂 웃었다. 알랭의 친절은 은근하고 세련된 편이었지만, 되지도 않는 동양 철학을 말하며 몸을 쓰는 행동이 유치했다. 운명적 만남을 어설프게 떠벌리며 대놓고 달려드는 남자들보다 덜 티가 났을 뿐. 카르멘은 알랭의 어설픈 접근을 내버려두었다. 그저 막 스물이 넘은 남자를 보듯 했다. 수연도 알랭의 속 보이는 행동을 모른 척했다.

그날 낮 동안 넷은 모두 서로 만나지 못했으나 시간상으로는 피레네의 같은 산길을 넘어왔다. 노먼의 행동은 민첩했다. 그는 이층침대에 풀썩 올라 배낭을 풀어 헤쳐 침낭부터 꺼냈다. 할 일을 잊은 채 무엇부터 해야 하는지 정하지 못한 수연과 달리 노먼은 노련하게 제 할 일을 했다.

노먼은 후다닥 잠자리를 정리하더니 큰 수건을 꺼내 걸치고 침대에서 내려왔다. 이때 엄지손가락만 한 나무 돌고래 목걸이를 처음 보았다. 그가 움직일 때마다 돌고래가 흔들거리고 물비린내와 땀내가 섞여 허공에 떠다녔다.

그다음 날 폭우가 퍼붓는 산길에서 노먼을 다시 만났다. 그가 반색하며 말했다.

"아침에 일어났는데, 네가 사라져서 무척 놀랐어."

"왜?"

"비가 내려서."

"아, 비 올 때 걸으면 좋아서."

"근데, 비가 너무 세차서."

그랬던가. 그렇게 세찬 비는 아니었던 거 같은데. 어제 처음 만난 남자가 걱정했다니, 언제 봤다고 오래 알고 지낸 듯 허물없이 대하다니, 수연은 어색해서 고개를 떨구고 흙길을 내려다보았다. 수연의 코끝에 물이 맺혀 떨어졌다. 수연이 작은 소리로 쭈뼛 말했다.

"힘들면, 언제든 그만둘 거야."

수연의 자신감 없는 목소리에 노먼이 말했다.

"그러면 못 끝내."

수연이 고개를 들었다.

"끝내야 할 이유도 없어."

노먼이 이를 드러내며 크게 웃었다. 사실이었다. 수연은 매일 그만둘까, 생각했다. 그런데 자고 일어나면 또 걷게 되었다. 점심을 먹은 후에도, 먹었으니까 걸어야지, 했다. 걷지 않으면 할 일이 없었다. 그래서 그냥 걸었다. 수연은 별 표정 없이 노먼의 얼굴을 올려다보며 덧붙였다.

"그냥 사람 하나만 찾으면 돼."

사람을 찾는다는 말에 노먼이 수연을 돌아보았다. 갈색 곱슬머리가 여름 태양에 벌겋게 탄 얼굴을 덮고 있었다. 수연이 노먼을 뚫어져라 올려다보았다. 노먼이 가까운 친구로 여겨졌다.

"그러는 너는 왜 걷지?"

수연의 물음에 노먼이 멈칫했다. 노먼이 왼손을 목걸이에 달린 나무 돌고래에 가져갔다. 그는 대답 대신 엄지와 검지로 고래를 만지작거렸다.

"왔던 길이라서."

수연의 질문에 꼭 맞는 대답은 아니었다. 그녀가 다시 노먼의 얼굴을 빤히 올려다보았다. 남자의 얼굴을 이렇게 자세히 본 적이 있었던가. 뭐가 부끄러운지 싱글거리던 얼굴이 더 벌게졌다. 부끄러움이 많은 남자구나. 수연의 시선을 못 견뎠는지 노먼이 고개를 돌리더니 포르르 빠른 걸음으로 사라졌다.

"또 만나."

노먼은 좋은 길잡이였다. 그가 간 방향을 따라 걸으면 되었다. 수연이 갈 방향으로 먼 곳에 고갯길이 보였다. 길이 조금 넓어졌다. 두어 시간 더 걸었다. 맞는 길인지 확인하려고 휴대폰의 잠금장치를 풀고 구글맵을 열어 보았다. 여전히 구글맵이 수연의 위치를 파악하지 못했다. 어지간해서는 길을 잃을 수 없는 곳인데, 순례자의 길에서 또 이탈한 건가.

산티아고는 서쪽에 있고, 누구나 동쪽에서 서쪽으로 걸었다. 해가 지는 곳으로 걸으면 되었다. 그런데 지금, 서쪽이 동쪽 같고 동쪽이 서쪽 같았다. 수연의 처지는 좌표를 잃고 망망대해를 떠다니는 돛단배와 같았다. 수연은 노먼의 얼굴을 떠올리며 또 만나, 를 되뇌었다. 또 만나. 또 만나.

지나가는 사람을 기다릴 수밖에 없었다. 동쪽에서 온 사람이라면 누구든 괜찮을 것이다. 표지석이 없는 이 길에서는 서쪽으로 걷는 사람만 만나면 되었다. 그들을 보면 제대로 걷고 있다는 믿음이 저절로 생겼다. 걸음이 빠른 이들이 수연을 앞서갔다. 줄곧 그랬다. 그런데, 지금 이 길을 걷는 사람이 없다. 수연이 절박하게 내뱉었다.

"태현아, 도와줘."

분명 노먼을 떠올렸는데, 입에서는 태현이라는 이름이 튀어나왔다. 오랫동안 입 밖으로 내뱉지 않은 이름. 아내의 살해 용의자라는 꼬리표를 달고 사라진 수연의 동료 경찰. 수연은 태현이 자신을 이곳에 끌어낸 것이라 믿었다.

사적 감정으로 얽혀 있는 그와의 관계를 경찰 동료들에게 세세하게 밝히고 싶지 않았다. 게다가 수연은 그의 알리바이를 거짓 입증해 수사에 혼선을 주었다. 경찰로서 부적절한 행동이었다. 그가 사라지자, 자살로 종결되려던 사건이 타살로 바뀌고 수사에 가속도가 붙었다. 태현의 과거가 속속들이 추적당했고, 오래전부터 수연이 태현과 아는 사이라는 사실이 알려졌다. 이를 밝히지 않았다는 이유로 수연은 수사에서 배제되었다. 태현의 아내의 죽음은 미스터리로 남았다.

수연은 휴직할 수밖에 없었다. 사건의 미스터리에 어떤 형태로든 연루되어 있다는 두려움에 잠을 설쳤다. 결국 불안과 우울을 감당하지 못해 정신과 상담을 받았다. 의사의 조언 대부분이 공허했으나 처방은 설득력이 있었다. 밝은 햇빛을 받으며 걸어보라는 처방은 쉽고 안전했다. 마음이 밝아질 거라고 했다. 그래서 직업을 버리고 매일 걸었다. 조금씩 거리를 늘렸다. 지리산과 오대산처럼, 숨어 사라져도 좋을 큰 산에서도 많이 걸었다.

걸어도 걸어도 누구 하나 왜 걷느냐고 묻지 않았다. 하루 종일 말하지 않아도 괜찮았다. 세속적인 궁금증에 답하지 않아도 되었다. 친구를 만들 필요도 없고 누구에게도 어떻게 살아왔는지 고백할 필요도 없었다. 일과가 단순해졌고 잡념도 사라졌다. 밤이 되면 고단했고, 깊이 잠들었다. 더 바랄 것이 없었다.

안정을 찾고 복직하려던 무렵, 휴대폰으로 사진 한 장이 도착했다. 산티아고 대성당을 찍은 사진. 모르는 번호였으나 수연은 사진의 메시지를 직감했고, 휴직을 연장하고 순례길로 떠났다. 여기서 무엇이든 다시 시작하고 싶었다.

도와달라는 외침을 들었을까, 한 남자가 수연을 향해 걸어오고 있었다. 행색을 보니 순례자가 아니다. 배낭도 메지 않고, 아무 짐 없이 그저 빈손.

순례자가 아니라면 삽이든 낫이든 밭일에 필요한 농사 연장을 들어야 맞다. 그렇다면, 순례자와 반대로 서쪽에서 동쪽으로 걷는 사람이다. 갈 곳이 없는 사람들처럼. 눈길을 준 적도, 말을 건넨 적도 없다. 기이하고 서늘했다.

수연이 중얼거렸다.

"서쪽에서 오는 사람."

부르고스와 레온 사이에 있는 메세타 평원지대를 걸을 때였다. 7월 초순이었다. 옥수수 밭이 끝없이 펼쳐진 평원에는 잠시라도 쉴 만한 나무 그늘 하나 없었다. 일주일을 걷는 동안 언제나 몸보다 마음이 먼저 지쳤다. 뜨거운 태양이 머리 꼭대기에서 이글거리는 3시 무렵, 새빨간 하이힐을 신은 여자가 서쪽에서 걸어왔다. 꽃무늬 스커트가 하늘거렸다.

옥수수 밭이 만들어낸 녹색 평원에 길게 난 길에서 도시에 있어야 할 젊은 여자의 구두가 흙길에서 사뿐히 움직였다. 잔돌이 널려 있어 하이힐로는 제대로 걸을 수 없는 길이었다. 갈 곳을 정해놓고 가는 걸음걸이가 아니었다.

그토록 지루한 길에서 영화 속 귀부인처럼 느리게 산책하는 여자를 만나다니. 어느 모로 보나 달콤한 시에스타에 빠져 있을 도시 여자였다. 그녀가 수연에게 눈길조차 주지 않고 천천히 지나쳤다.

수연도 가던 길을 멈추지 않고 계속 걸었다. 그녀는 동쪽으로, 수연은 서쪽으로 걸었다. 둘 사이가 점점 벌어졌다. 수연과 여자의 사이가 50미터쯤 벌어졌을까. 빨간색 세단이 햇빛에 번들대며 수연의 맞은편에서 다가왔다. 시속 20킬로미터. 역시 1950년대에 있을 법한 멋들어지게 각진 미니카였다. 중년의 남자가 운전하고 있었다. 포마드로 앞머리를 깨끗하게 올린 슬릭백과 양쪽 꼬리를 왁스로 딱딱하게 쳐올린 콧수염도 오래된 스타일이었다. 간만에 거리를 두던 사람의 일에 관심이 생겼다.

서로 아는 사이인가. 수연은 지루해서 미칠 지경이었으므로 하릴없이 남녀의 사연을 지어냈다. 여자는 남자를 떠나고 남자는 떠난 여자를 찾아가는 중이다. 여자는 남자에게 시들해졌고, 남자는 순정파다. 아니다, 여자는 범죄자고, 남자는 여자를 추격하는 형사다. 아니다, 여자와 남자는 서로 모르는 사이다. 아마 둘은 인사조차 하지 않을 것이다. 만나지도 못할 것이다. 동쪽으로 가는 한 각자의 시간에서 걷고 있을 테니까. 둘은 영원히 만나지 못할 것이다.

귀신 씻나락 까먹는 소리였지만 그 상상 덕분에 지루하지 않게 걸었다. 몸을 돌려 뒤돌아보았다. 여자가 멀리 사라져 점으로 보였고, 미니카가 흙먼지를 날리며 여전히 그녀 뒤를 따르고 있었다.

경찰에 복무하는 동안, 수연은 치정극 끝에 살인이 벌어지는 사건을 여

럿 보았다. 로맨스가 범죄 스릴러로 끝나는 일은 꽤 많았다. 두 해 전, 살인
사건 하나를 종결했다. 마음이 무거웠다. 예전과 달랐다. 범인이 자살했
다. 사랑을 잃고 살아갈 의지를 잃은 여자가 남자를 죽이고 사흘 도망치
다 허름한 여관방에서 음독자살했다. 지극한 사랑이 증오로 바뀌고 상대
에게 위해를 가하고 끝내 자기 목숨까지 버리게 만드는 의심의 회로.

수연은 남자와 여자가 궁금해져 그들을 향해 몸을 돌렸다. 빨간 구두의
여자가 보이지 않았다. 미니카도 먼 곳의 고개를 넘어 완전히 사라졌다.
잠깐이지만 그들을 따라가 보고 싶었다. 시답지 않은 남녀의 이야기가 끝
났다. 희미한 길이 거대한 옥수수 밭 사이에 작은 실금을 내고 멀어졌다.

"하나, 둘, 셋, 넷, 다섯."

얼굴이 벌겋게 달아오르고 숨이 턱 밑까지 차오르자 수연이 숫자를 세
었다. 여섯, 일곱, 여덟, 아홉, 열. 이어서 백까지 셌다. 힘든 고갯길을 넘을
때, 태양이 뜨거울 때 숫자를 세면 시간이 훌쩍 지나갔다. 다시 하나, 둘, 셋.

하늘과 닿아 있는 저 언덕길에 올라서야, 맞는 길인지 아닌지 알 수 있
다. 수연이 힘을 내 숫자를 이어 셌다.

"아흔일곱, 아흔여덟, 아흔아홉, 백."

백까지 세고, 다시 하나부터 셌다. 숫자를 세면 시간의 문이 열리는 듯
했다. 지나간 시간의 조각 컷들이 사진처럼 지나갔다. 수사하던 사건들,
거리들, 태현의 결혼, 자신의 이혼, 경찰서의 풍경 그리고 미제사건들.

6킬로미터를 족히 걸었을 때, 고갯마루에 올라섰다. 쉼터가 있었다. 남
자 둘이 평원을 뱀처럼 가르는 길을 보고 있었다. 그들이 동쪽에서 왔는
지 서쪽에서 왔는지 알 수 없었다. 배낭은 한 개만 보였다. 수연이 절뚝거
리며 쉼터로 움직여 배낭을 내렸다. 남자들과 마주치지 않으려고 반대쪽
에 등을 돌리고 앉았다. 발가락에 문제가 있는 듯했다. 빨리 발가락에 바
람을 쏘여야 했다.

신발 끈을 풀어 양발을 뺐다. 등산 양말을 먼저 벗고 뒤집어 햇빛에 널
었다. 발가락 양말이 드러났다. 발가락이 부푼 듯했다. 서너 개는 물집이

잡혔으리라. 수연은 오른쪽부터 발가락 양말을 천천히 벗겨냈다. 미리 붙여둔 밴드 두 개가 떨어져 있었다. 가운뎃발가락 발톱 위로 커다란 물집이 부풀어 올라 있었다. 오른손 검지를 대어보니 발톱이 흔들렸다.

수연은 발가락을 벌려 햇볕에 말렸다. 고갯마루에서 부는 바람이 발가락 사이를 간질였다. 수연은 배낭에서 실과 바늘을 찾아 꺼냈다. 실을 꿰려 했으나, 바늘구멍이 잘 보이지 않았다. 바늘과 실이 파르르 떨렸다. 여러 번 시도했으나 허사였다. 수연은 양손의 검지를 눈에 가져가 비볐다. 겨우 실이 꿰어졌다.

바늘 끝을 머리카락 사이에 넣어 빗질하고 부풀어 오른 발가락에 가져갔다. 고민 없이, 물집 한쪽에 바늘을 넣어 다른 쪽으로 꺼냈다. 실을 타고 물이 빠져나오자, 살갗이 쪼그라들었다. 연고를 바르고 거즈로 감은 다음 밴드 테이프로 발가락을 감았다.

걸어온 길을 다시 바라보았다. 어라, 세숫대야만 한 돌에 누군가 그어둔 노란색 화살표가 보였다. 드디어 찾았다. 올 때는 보지 못한 화살표. 그렇다면 지금까지 거꾸로 걸었던 것일까. 왔던 길이 달라져 보였다. 수연이 벌떡 일어섰다. 걸어야 한다. 한층 기가 꺾인 해가 서쪽으로 넘어가며 수연의 이마를 비추었다.

그날 밤 한적한 마을에서 노먼을 다시 만났다. 원래 길에서 한참 벗어나 있는 외딴 마을이었다. 가끔 일부러 조용한 곳으로 오는 순례자들이 있기 마련이었다. 강을 가로지르는 다리 끝에 작은 여관이 있었다. 샤워할 요량으로 숙소를 잡은 듯했다. 면도한 얼굴이 멀끔했다. 가벼운 슬리퍼를 풀떡이며 다가온 그가 수연을 잡아끌었다.

"어디 좀 가자."

강 건너 노천카페에 알랭과 카르멘이 있었다. 노먼이 껄껄 웃으며 말했다.

"넷이 다 모였네."

넷. 노먼, 카르멘, 알랭 그리고 수연. 수도원 도미토리 개방 칸막이 안 서로 마주 보던 이층침대에서 하룻밤 묵어간 네 명의 순례자. 비가 퍼붓는 시간에 모두 피레네산맥을 넘었으나, 서로 만나지 못하다 밤에 만난 사람들.

카르멘이 수연에게 속닥이며 물었다.

"만났어?"

"아직."

카르멘이 수연에게 여기 왜 왔냐고 물은 적이 있었고, 수연은 사람을 찾아왔다고 둘러댔었다. 아무것도 모르는 알랭이 수연을 뚫어지게 보았다. 지나치게 친절한 그의 얼굴이 불편했다.

노먼이 능청스럽게 길에서 만난 사람들 흉내를 내며 웃긴 말을 늘어놓았다. 알랭은 노먼의 유머에 맞장구치며 웃어주었지만, 슬슬 카르멘의 눈치를 보았다. 카르멘은 알랭의 수작을 내버려두었다. 알랭은 수백 년을 죽지 않고 사는 마녀에 사로잡힌 그저 그런 남자가 되었다. 적어도 수연에게는 그렇게 보였다. 어쨌거나 카르멘이 더 고수였다.

숙소로 돌아오는 길. 수연은 좁고 길게 흐르는 작은 강을 따라 걸었다. 물길에 달빛이 닿아 흐물거렸다. 강을 벗어나 골목에 이르자 고양이 하나가 수연의 앞길을 막고 있었다. 수연이 코앞까지 다가서도 고양이는 움직이지 않았다. 수연이 지나치자 고양이가 수연을 올려다보며 몹시 애처롭게 울었다. 수연이 뒤돌아 멈추어 고양이의 두 눈을 내려다보았다. 우리가 만난 적이 있던가.

모퉁이 두어 개를 돌아 숙소에 도착했다. 크고 육중한 대문의 한쪽이 반쯤 열려 있었다. 현관에 들어서자, 깊숙하고 어두운 곳에 콧수염을 기른 남자가 고개를 떨구고 앉아 있었다. 무슨 생각에 빠져 있는지 수연에게 눈길을 주지 않았다. 신발장 옆 좁은 탁자 위 벽면에 하룻밤 묵어간 사람들이 그렸을 스케치, 쪽지, 사진들이 가득 붙어 있었다. 산, 강, 길, 나무, 배낭, 의자, 등산화 스케치와 사진들. 사연을 담은 쪽지와 편지글도 많았다.

주방 쪽에서 미국인으로 보이는 여자 둘이 신경질적으로 속닥거리고 있었다. 몸가짐 조신하게 하라고 했잖아. 내가 알아서 해요. 낯선 남자의 친절을 조심해야지. 저도 다 컸어요. 모녀의 다툼이었다. 걱정이 많은 어른과 피가 끓는 젊은이의 실랑이였다. 목소리를 낮추어 말했지만, 그냥 넘어갈 수 없는 사고가 있는 듯했다.

도미토리로 올라가는 나무 계단이 발이 닿을 때마다 삐걱거렸다. 200년 된 집이라고 했다. 수연이 나무와 벽돌 사이를 시멘트로 엉성하게 메운 벽을 만지며 뇌까렸다. 그러니까 여긴 모녀가 함께 올 곳은 못 돼. 징글맞게 싸우거든.

수연은 다른 이들보다 조금 일찍 도착해서 아래 칸을 배정받았다. 오르내리기 불편해 이층 칸을 피하고 싶었는데 다행이었다. 근래에는 피로감을 더 크게 느꼈다. 수연은 문간에 세워두었던 배낭을 들어 침대로 가져왔다. 어이쿠, 배낭이 무거워졌다.

버릴 짐을 더 찾아야 했다. 수연은 순례자의 길 안내서부터 꺼내 바닥에 밀어두었다. 표지석과 화살표만 찾아다니면 길을 벗어나지 않을 것이다. 예비용으로 가져온 긴 바지는 무릎 부근을 잘라 반바지로 만들었다. 샴푸와 린스도 꺼냈다. 온몸 물비누로 대체하면 된다. 단 1그램이라도 줄일 수 있는 것이라면 버려야 했다. 팬티와 양말은 각각 두 개만 남겼다.

버릴 것은 쓰레기통에 넣고, 쓸 만한 양말과 수건, 샴푸와 린스는 신발장 위에 잘 보이게 올려두었다. 필요한 사람이 가져가면 된다.

9시 무렵 잠자리에 누웠다. 한낮의 열기가 아직 식지 않았다. 등줄기에 땀이 차 미리 깔아둔 리넨이 축축해졌다. 잠이 오지 않았다. 종일 발가락 하나에 온 신경을 집중해 걸었더니, 골반이며 허벅지와 발목이 보통 때보다 욱신거렸다.

천장에는 별들이 박혀 있었다. 나무 지붕에 뚫어둔 별 모양의 구멍에서 푸른 밤빛이 들어왔다. 수연은 말똥말똥 천장에 흩어진 별들을 바라보았다. 밤이 미처 삼켜버리지 못한 빛을 끌어들여 만든 근사하고 낭만적인 풍경에 콧노래가 절로 나왔다.

"어제는 별이 졌다네."

멜로디가 입에서 맴돌았다. 그리고 먼 산을 보며 노래하던 태현의 앉은 뒷모습. 수연은 다짐했다. 반드시 그를 찾아낼 것이다. 카르멘이 알려준 것이 맞다면, 이 길을 한 번도 안 온 사람은 있어도 한 번만 온 사람은 없다. 길은 그런 것이라고. 그러니 그가 이 길에 다시 올 것이라고 수연은 믿었다. 그래서 오늘도 천 년 동안 사람들이 남긴 발자국 위를 걸었다. 그가 지나간 길을 지나치지 않으려고 버스도 택시도 타지 않았다. 오로지 두 다리에 의지했다.

잠이 오지 않았다. 수연이 베개 옆에 둔 주머니를 뒤적였다. 수면제가 있을 것이다. 수연은 잠시 일어나 멜라토닌 통을 열어 한 알을 입에 넣고 물병을 열어 물을 조금 마셨다. 하나, 둘, 셋, 넷, 다섯. 시야가 흐려졌다. 수연은 잠에 빠졌다.

새벽에 깨어나니 팔목 안쪽 여러 곳이 부풀어 있었다. 밤새 벌레에게 물린 것이다. 얼굴에서도 열이 나 만져보니 이마에 엄지손톱 크기의 덩어리가 종기처럼 단단하게 잡혔다. 얼얼했다. 수연은 오른손을 목 뒤로 집어넣어 벌레 물린 자국을 차례로 짚었다. 듬성듬성 다섯 방 정도 물렸다.

베드버그에 물린 건가. 베드버그는 피부에 일직선으로 쫑쫑쫑 자국을 남기니까, 그건 아니었다. 다행이다 싶었다. 그래도 옷을 갈아입어야 했다. 벗은 옷가지는 비닐봉지에 담아 꼭 맸다. 다음 숙소에서 옷가지 전부를 세탁하고 건조기에 돌려 바짝 말릴 생각이었다. 배낭도 뒤집어 말려야 한다.

나무계단을 지나 현관으로 내려오니 아무도 없다. 어제의 콧수염 남자가 보이지 않았다. 멈춘 시계가 수연을 내려다보고 있었다. 수연은 시간이 궁금하지 않았다. 다른 사람들도 그럴 것이다. 시간을 알아야 할 필요가 없다. 지금은 새벽이고 그냥 걸어보면 알게 된다. 손목시계가 멈춘 적이 몇 번 있었다. 도시에서는 불편했다. 여기서는 사는 데 지장 없다. 해가 뜨면 낮이고, 해가 지면 밤이다. 해가 뜨는 쪽을 등지고 가는 동안 오전이고 오후에는 해가 지는 쪽으로 가면 된다.

희미한 불빛에 벽면의 사진들이 눈에 들어왔다. 사진 속 사람들은 모두 웃고 있었다. 빛바랜 사진들. 사진 하나하나가 각자의 사연을 말하고 있었다. 수연의 눈길이 사진 하나에서 멈추었다. 사진 모서리가 앞쪽으로 둥글게 말려 올라와 있었다. 수십 년 지난 사진처럼. 놀란 수연이 사진에서 성큼 뒤로 물러섰다.

사진 속에 노먼이 수연과 함께 있다. 30대의 수연이 숙소 앞에서 그와 웃고 있었다. 여기에 온 적이 있나? 굳어 있는 수연에게 어젯밤 딸과 다투던 그 여자가 다가왔다. 회색 곱슬머리에 가무잡잡한 얼굴. 여자는 호기심에 찬 얼굴로 사진과 수연을 번갈아 보더니 불쑥 말했다.

"나 베로나. 오리건에서 온."

수연은 자기를 아는 사람처럼 대하는 그녀가 이상했지만, 마지못해 고개를 끄덕이며 짧게 인사했다.

"안녕?"

베로나가 남색 스카프를 감으며 다시 확인하듯 말했다.

"우리 피레네에서 만났잖아."

그녀의 말이 도무지 믿기지 않았다. 처음 보는 얼굴이었다. 그녀를 언제 만났는지 맞혀보고 싶지 않았다. 피레네를 넘은 날 어디에서 묵었는지, 얼마나 걸었는지, 사소한 것조차 묻고 싶지 않았다. 그냥 그녀와 말을 트거나 사연을 만들어 엮이고 싶지 않았다.

갈 길이 바쁘기도 했다. 한적한 우회로로 왔으니까, 5킬로미터는 더 걸어야 했다. 모녀가 수연을 따라나섰다. 어두운 길이 익숙하지 않은지 휴대폰의 플래시를 켜고 흔들며 따라왔다. 베로나가 물었다.

"직업이 뭐예요?"

직업이 뭐냐고? 베로나와 깊은 대화를 나눈 사이가 아닌 것은 분명했다. 수연은 어이가 없었지만, 답해야 했다. 경찰이었다고 말하고 싶지 않았다.

"애들 가르쳐요."

애들 가르친 적이 있었으니까.

"어디서요?"

베로나가 더 달려들었다. 더 대화하고 싶지 않은 수연은 그녀가 원하지 않는 방향으로 대답했다. 자신이 고약하다고 잠시 생각했지만, 이 정도의 불친절이라면 그녀가 질문을 멈출 것이라 여겼다.

"서울에서요."

베로나는 초교냐, 고교냐, 대학이냐를 물은 것이었다. 수연이 그것을 모를 리 없었다. 베로나도 만만한 사람이 아니었다. 다시 물었다.

"뭐 가르쳐요?"

예상치 못한 질문이었다. 경찰연수원에서 신입들에게 강의한 적이 있었지만, 세세하게 말하기 싫었다. 대신, 글쓰기요, 라고 말했다. 제발 베로나가 수연이 보습학원의 파트타임 선생 정도라고 믿고 거기서 호기심을 멈추길 바랐다. 베로나가 궁금증을 해소했는지는 알 수 없으나 질문을 멈추려는 것 같았다. 다행이었다. 직업에 관한 더 많은 질문을 끊어버렸으니까. 수연은 모녀와 멀어지려고 일부러 천천히 걸었다.

그날 늦은 오후, 길에서 알랭을 만났다. 중간 마을 입구의 공원 벤치에 앉아 쉴 때였다. 카르멘은 보이지 않았다. 둘이 붙어 다니더니. 혼자였다.

알랭을 먼저 본 수연이 고개를 숙여 외면했으나, 그가 수연을 알아보았다. 알랭이 부드럽게, 너무 부드럽게 웃으며 다가왔다. 수연의 표정은 냉담했다. 배낭도 내리지 않고 자기 앞에 서서 어색하게 쭈뼛거리는 그에게 수연은 고개만 끄덕여 인사했다.

"새벽에 사라졌더군."

수연은 묵묵부답이었다. 그와 말을 섞고 싶지 않았다. 그의 신발이 눈에 들어왔다. 언제나 깔끔한 배낭과 달리 축축한 흙덩어리가 묻어 있었다. 산길이 있었으나 오늘은 젖은 흙을 만날 일이 없었는데.

알랭은 끊어지려는 대화를 이어 붙이려고 애썼다. 수연이 아무 말을 하지 않자, 머뭇거리던 그가 천천히 공원을 빠져나갔다. 자꾸 뒤돌아보면서 부드럽게 웃었다. 친절함에 목마른 사람들이 쉽게 넘어갈 웃음이었다. 그러나 비릿한. 언캐니. 카르멘이라면 이토록 기이한 친절 너머의 불안을 넘겨짚었을까.

길에서 만난 남녀가 서로 호감을 느끼는 것이 이상한 일은 아니었다. 그런데도 수연은 카르멘이 걱정되었다. 거절당한 남자가 일방적으로 사랑을 얻으려다 실패하면 돌변해 죄를 저지르는 경우. 그러니까 어긋난 호감의 작대기 때문에 미래에 범죄를 저지를 수 있는 어떤 용의자. 수연은 느닷없이 범죄의 구성요건을 따졌다. 범죄 수사에 절여진 수연의 뇌가 좀처럼 알랭을 놓아주지 않았다. 수연은 몹쓸 의심에 진저리를 쳤다.

멀어지는 알랭의 뒷모습을 보았다. 그의 목에 두른 스카프가 바람에 펄럭였다. 수연의 두 눈이 동그랗게 커졌다. 베로나의 남색 스카프였다.

며칠 지나지 않아 베로나의 딸을 만났다. 개방형 트럭을 길가에 세워두고 커피와 스낵을 파는 이동식 바에서 커피를 마실 때였다. 바 주인은 잘게 쪼갠 가죽을 붙인 부츠를 신고, 울긋불긋한 꽃무늬 장식의 옷을 치렁치렁 걸치고 있었다.

얼굴이 더 까무잡잡해져 있었다. 20대의 깊고 검은 눈동자를 반짝이며 그녀가 말했다.

"리즈, 내 이름."

아, 너의 이름.

"베로나는?"

그녀의 이름과 얼굴이 생각났다. 리즈가 불안하게 답했다.

"사라졌어."

번뜩 알랭의 목을 휘감은 남색 스카프가 떠올랐다. 온갖 상상이 머릿속을 휘저었다.

리즈가 불안하게 말했다.

"엄마를 찾아야 하는데, 방법을 모르겠어."

방법을 찾는 것, 이런 생각의 벽돌쌓기가 귀찮아졌다. 수연은 네 엄마가 남자를 만난 거야, 그러니까 이건 성인남녀의 애정사야, 라고 말하고 싶었다. 이 길에서 며칠 동안 사라졌다 돌아오는 커플이 제법 있지, 그러니 어딘가 짧은 여행을 하고 돌아올 거야, 라고. 베로나의 부재를 대수롭지 않은 남녀의 문제로 축소하니, 상황은 간단해졌다.

수연은 생각과 다르게 성의 없이 짧게 답했다.

"좀 기다려보고."

리즈의 얼굴이 불안으로 가득 차 있었다. 수연이 말을 이었다.

"경찰에 알려."

당황하는 눈치였다. 경찰이라면, 촉이 있는 사람이라면, 그냥 넘어가기 쉽지 않은 그 1초. 아, 모녀는 숨어 살고 있다. 여권을 제시하지 않아도 되고, 가짜 신분증이어도 확인하지 않는 외딴곳의 숙소를 전전하는 이유가 있었구나. 작정하고 신분을 세탁하고 여기에 숨어들었다면, 누구도 쉽게 찾아내지 못할 것이다. 순례자를 박대하지 않는 이 길에서 복잡한 과거를 가진 이들처럼 너도 살고 있었구나. 어쩌면, 태현도 그럴 것이다.

리즈가 대뜸 수연의 생각을 잘라냈다.

"엄마가 당신 연락처를 알아두라고 했는데."

대화의 물길이 달라졌다. 어떻게든 피하고 싶은 질문이었다. 연락처를 알려주고 싶지 않았다. 알려줄 이유도 없었다. 거짓으로 알려주는 것은 더 찜찜했다.

수연 앞에 리즈가 바짝 다가서며 자기 휴대폰의 잠금장치를 풀어 연락처 저장 앱을 열었다.

"수연이지? 당신 이름."

수연은 리즈의 재촉에 어이가 없었다. 어떻게 내 이름을 알고 있는 거지? 수연은 자기 이름을 알려준 기억이 없었다. 뜨겁던 커피가 식어갔다.

문제는 전화번호가 생각나지 않는 것이다. 나이를 먹어가면서 기억력이 점점 예전만 못했으나, 이 정도는 아니었다. 하긴, 전화번호를 외울 필요는 없었다. 남에게 알려줄 이유가 없으니까. 그래도 전화번호 숫자 열한 개는 늘 기억했었다.

불과 얼마 전 사람 이름을 까먹긴 했다. 히카루. 오른쪽 허벅지 안쪽에 근육경련이 있을 때, 근육 크림을 나누어준 웹디자이너. 그가 피운 담배와 순순한 얼굴, 의복, 배낭 색깔은 사진 찍듯 기억했다. 심지어 그가 삿포로에서 온 유코를 찾아 헤맨 것까지 기억해냈다. 그러나 그의 이름만큼은 도무지 생각나지 않았다. 히카루를 다시 만났을 때도 그의 이름을 부르지 못했다.

수연은 이 모든 상황이 귀찮았다. 무엇보다 잘 모르는 사람에게 연락처를 알려주는 것이 싫었다.

"커피부터 주문해."

리즈가 휴대폰을 바지 주머니에 넣고 주문을 위해 움직였다. 리즈가 다가가자, 바 주인이 타로카드를 펼쳤다. 수연은 바 주인이 리즈를 좀 더 붙들고 있기를 바랐다. 미래의 운명은 언제나 흥미진진한 이야깃거리였다. 수연은 미래가 궁금하지 않았다. 오히려 과거를 잊을까 두려웠다. 아직 지켜야 할 그 무엇이 기억에 남아 있었다. 그 기억을 머릿속에 남겨두려면 조각모음으로 컴퓨터의 데이터를 정리하듯 사소한 것들을 지워내야 했다. 그래도 자기 전화번호까지 잊을 줄 몰랐다. 입술을 때 집 주소를 읊어보았다.

"서울시 은평구."

다음이 생각나지 않았다. 시간이 멈춘 것인지 기억이 멈춘 것인지. 머릿속에서는 산속 주택과 아파트 이미지가 교차 편집되듯 번갈아 떠올랐다. 할 수 없이 배낭을 열어 여권을 펼쳤다. 끝 페이지를 열어 소지인 연락처에 적힌 주소를 확인했다. 집의 위치는 불광동이었다. 아파트에 살고 있었구나.

깜박깜박 기억력의 회로가 온오프를 오갔다. 베로나의 스카프를 알랭이 두르고 있었다고 말해야 하나. 그저 그런 중년의 연애사일 수도 있는데, 오지랖 떨 필요가 있나. 그래, 남녀 문제에 끼어들어 괜히 문제를 일으킬 필요가 없다. 수연은 베로나의 스카프를 보았다는 말을 하지 않기로 했다.

리즈는 바 주인이 뒤집는 타로카드에 홀린 듯 빠져 있었다. 이때다 싶었다. 리즈가 옆에 있으면 다시 고민할 것이니, 여기서 도망치자. 귀찮은 사람에게 붙들려 쓸데없이 끌려 다니지 말자. 베로나가 알랭의 달콤한 웃음에 녹아난 것이든 그렇지 않든 내 알 바 아니다. 수연은 서쪽인지 동쪽인지 생각할 겨를도 없이 도망치듯 바에서 나와 빠르게 걸었다.

바에서 멀어지자, 수연이 거칠게 숨을 몰아쉬며 도리질했다. 등과 허리가 구부러졌다. 뱃살이 부쩍 많이 빠져 바지가 헐렁해져 있었다. 바짓가랑이가 땅에 닿았다. 이상했다. 수연은 숨을 들이마시며 가슴을 펴려고 했다. 허리가 한 번에 펴지지 않았다.

수연이 숫자를 세며 한 걸음을 뗐다. 다시 걸었다. 두어 시간 걸었다. 해가 머리 꼭대기에서 이글거렸다. 발바닥에 자석이라도 붙었는지 땅속에서 잡아끄는 힘에 저항하며 걸었다. 한 걸음 한 걸음이 천근만근 무거웠고 속도가 나지 않았다. 졸음이 밀려왔다. 쉬어야 했다.

잠시 멈추어 섰다. 메마른 평원이 하늘에 닿아 있었다. 시간이 궁금했다. 휴대폰을 열었다. 시간 표시 배경에 보이는 산티아고 대성당. 수연이 사진을 물끄러미 보았다. 순례를 끝냈을 그가 산티아고에 도착했다는 증거. 수연은 이 사진을 보낸 이가 태현이라 추정했다. 수연의 과거는 언제나 그와 연결되어 있었다. 그를 두둔하려 했던 것은 순전히 첫사랑의 기억이 애처로운 탓이었다.

처음에는 태현의 아내가 살해된 시각에 그가 자신과 함께 있었다고 증언했다. 태현을 용의선상에서 빼내려면 내키지 않아도 부적절한 관계였다고 말하는 것이 차라리 나을 터였다. 태현의 알리바이는 인정되었으나, 수연과 태현은 사생활로 구설에 올랐다.

수연은 순식간에 태현 아내의 죽음에 원인을 제공한 당사자가 되었다.

곤란한 상황에서 빠져나오려면 어쩔 수 없이 자신을 피해자로 만들어야 했다. 수연은 여자 문제가 좀 복잡했어요, 라는 작은 거짓말로 그를 궁지에 몰았다. 그게 심각한 죄라고 생각하지 않았다.

수연에게 태현은 동료 이상의 남자였으나, 사실 태현은 한 번도 여자와 잘 지낸 적이 없었다. 아내를 살해한 혐의에서는 벗어났으나, 태현도 치정극의 난잡한 유부남이 되었다.

태현 생각에 발걸음이 무거웠으나 그래도 걸었다. 어느 틈에 평원이 사라졌다. 길에서 벗어난 건가. 저 멀리 10시 방향, 언덕 위에 마을이 보였다. 성당이 하늘을 찌를 듯 솟아 있었다. 오늘은 조금 우회해도 괜찮을 것 같았다.

기진맥진한 몸을 끌고 마을을 향해 한 걸음 한 걸음 힘겹게 걸었다. 겨우 언덕에 올라서니 성당이 나타났다. 성당은 작은 마을에 어울리지 않을 정도로 터무니없이 컸다.

소리가 울렸다. 삼종기도 시간인가. 정오인지 저녁 6시인지 알 수 없었다. 성당 정원으로 들어갔다. 노먼이 정원의 낮은 담벼락에 기대어 자고 있었다. 숨소리조차 들리지 않았다. 수연은 인기척을 모르는 채 낮잠에 빠진 그를, 주름이 깊어진 그의 얼굴을 내려다보았다.

천진한 그 얼굴에 입맞춤하고 싶었다. 그에게 다가가 몸을 낮추었다. 그의 가슴팍에 얌전하게 붙어 있는 나무 돌고래 목걸이가 보였다. 고래 등에 상형문자 같은 것이 새겨져 있었다. 초점을 맞춰 글자를 찾아냈다. 한글 자음 두 개. ㅌ과 ㅎ.

수연이 노먼에게서 물러나 바닥에 주저앉았다. 다시 휴대폰을 열었다. 대성당을 찍은 것인가 아니면 남자를 찍은 것인가. 이제껏 관심을 두지 않았던 뒷모습의 남자. 어깨선이며 목덜미가 익숙했다. 노먼이었다. 사진을 보낸 사람이 노먼이었나. 태현과 노먼이 아는 사이인가, 원래 아는 사이인가, 아니면 이 길에서 처음 만났을까. 다 접어두고, 왜 사진을 보낸 것인가. 질문이 꼬리에 꼬리를 물었다.

이제야 생각이 났다. 태현에게 거절당한 민망함을 무릅쓰고 울고불고 매달렸던 자신이 왜 그를 떠나보냈는지. 모든 비난을 화살처럼 맞으면서도 왜 그가 끝까지 해명하지 않았는지. 그나 나나 내키지 않는 결혼을 감행하고 얼마나 자책하며 살았는지.

수연은 배낭을 내려놓고 성당 안으로 들어갔다. 무겁고 힘겨운 걸음. 고딕 양식의 수직선 아치와 돔이 건물을 떠받치고 있었다. 스테인드글라스에서 형형색색의 빛이 내려왔다. 수연은 곧장 대리석 성수대 앞으로 갔다. 성수를 찍어 십자성호를 그었다.

신자석으로 갔다. 무릎을 꿇어 장궤. 수연은 신자는 아니었으나, 처음으로 합당한 공경의 예를 갖추었다. 제대를 바라보았다. 천 년 전 봉헌식을 끝내고 장엄한 미사를 거행했을 거룩한 장소.

태현의 불행에 가속 페달을 밟아 그를 망가뜨려 곁에 두려고 했던 그때의 기억이 조각조각 밀려왔다. 치졸한 자신에 대한 분노와 모멸감, 슬픔과 부끄러움이 온몸을 휘감았다.

성당 밖으로 나왔다. 잠자던 노면이 없다. 그냥 아무 말이라도 몇 마디 나누고 싶었는데. 목이 말랐다. 그런데 아무도 없다. 시에스타 때문일까. 수연은 어디에서든 목을 축이며 쉬고 싶었다. 골목 어디엔가 사람들이 들락거리는 바가 있을 듯했다. 작은 골목을 뱅뱅 돌았으나 바를 찾기 쉽지 않았다. 다리에 힘이 풀려 무릎이 자꾸 주저앉으려 했다.

골목 끝에서 고양이가 울었다. 반가웠다. 수연은 고양이를 따라갔다. 모퉁이를 도니 회전문이 나타났다. 회전 날개 상단마다 거울이 달린, 이상한 문이었다. 미러, 바의 이름이었다. 거울 때문인지 바의 내부가 보이지 않았다. 방금, 누가 들어갔는지 회전문이 팽그르르 돌며 거울이 안팎을 어지럽게 비추었다.

수연이 회전 날개 하나를 조심스럽게 밀었다. 팽그르르. 거울이 몸을

잡아끌었다. 어지러웠다. 휘청. 어쩐 일인지 수연의 몸이 바깥으로 밀려
나왔다.

이번에는 회전 날개 사이에 몸을 밀어 넣은 후 거울에서 최대한 멀어져
발걸음을 뗴었다. 거울이 물결처럼 일렁였다. 수연의 몸이 다른 차원의
시공간으로 넘어가듯 가볍게 회전문으로 빨려 들어갔다.

대여섯 개의 테이블에 노인들이 앉아 있었다. 수연은 두 눈을 내리깔았
다. 서쪽에서 왔는지 동쪽에서 왔는지 알 수 없으니까. 먼저 카운터에서
커피를 주문하고, 창가 자리로 가서 노인들을 등지고 앉았다. 달그락. 주
문한 커피가 나왔다.

졸음이 쏟아졌다. 수연은 창가 벽에 머리를 대고 스르르 눈을 감았다.
무척 긴 낮잠. 바다 위를 걷는 꿈을 꾸었다. 등산화를 벗은 맨발로 물 위를
오갔다. 발끝을 바라보았다. 등산화만 덜렁 남아 있었다. 물이 빠졌고, 물
위를 걷던 발도 사라졌다. 수연이 놀라 깼다. 테이블 아래를 내려다보았
다. 두 다리와 발이 있다. 다만, 등산화를 벗었을 뿐.

창가에 바다직박구리가 날아와 앉았다. 바다 근처에 사는 새였다.

"이제 다 왔구나."

새가 주황색 가슴 털을 부르르 떨었다. 바다직박구리에서 눈을 떼지 않
는 수연의 뒤로 노인들이 병풍처럼 앉아 있었다. 서쪽에서 동쪽으로 걸었
던 사람들이었다. 빨간 구두의 여자와 미니카의 남자도 있었다. 그 옆에
는 카르멘. 회전문에서 가까운 테이블에는 히카루와 유코가 앉아 있었다.
그리고 저 멀리 베로나. 모두 백발의 노인들이었다.

바다직박구리가 날아가자, 수연이 배낭을 끌어안았다. 회전문으로 다
가가 날개를 있는 힘을 다해 밀어 요령껏 빠져나왔다. 한 번도 뒤돌아보지
않았다. 해가 넘어가는 서쪽을 향해 걸었다. 다리에 힘이 빠져 헛걸음질
하고, 두 팔을 허우적대다 종잇장처럼 넘어지기도 했다. 그래도 걸었다.

마침내 바다에 이르렀다. 대서양 끝으로 해가 지고 있었다. 서쪽으로
걸었다고 믿었으나 동쪽으로 밀려가던 수많은 시간을 이기고 끝내 그 바

다에 이르렀다. 태현이 알려준 그 바다. 수연이 어린아이처럼 좁아진 등을 굽히고 바다를 향해 느리게 앉았다. 다리 근육이 빠져 헐렁해진 바지가 풀썩였다. 뜨거운 태양을 받아내던 하늘색 셔츠도 구멍이 생겨 너덜너덜해졌다. 머리카락은 산발이었다.

수연이 허리춤에서 편지를 꺼냈다. 수연의 행동은 느렸다. 손을 덜덜 떨며 편지를 겨우 펼쳤다. 손등에는 검버섯이 올라와 있었다. 어제의 내가 미래의 수연에게, 라고 쓴. 수십 년 전 태현이 보낸 편지였다. 죄를 버리는 곳, 그리고 다시 태어나기 위해 또 떠나는 곳에서, 라고. 수연이 아기처럼 소리 내어 울었다.

태현이 여자를 사랑하지 않는다는 것을 알면서도 끝없이 집착한 죄. 사정을 모르는 태현의 아내가 동료 경찰인 수연을 의심해도 진실을 말해주지 않고 파경만을 바란 죄, 그리하여 영문을 모르던 태현의 아내를 우울증에 시달리게 하다 자살로 내몬 죄. 더 나아가 불리한 정황을 만들어 태현을 궁지에 몰아놓고 끝내 그의 실종을 방기해 부랑자로 만든 죄. 수연의 소심한 사적 복수심이 초래한 나비효과였다.

수연은 태현이 감당할 수 있는 만큼만 벌을 받고 자신에게 의지하기를 바랐다. 무너진 태현을 거두어줄 사람이 자신이라고 생각했다.

긴 머리의 여자가 수연 앞에 앉았다. 그 등짝이 말했다. 엄마, 제가 찾아낼게요. 리즈였다. 수연은 외딴곳에서 불법 체류하던 모녀를 돕지 않았다. 원치 않은 이별을 한 모녀가 다시 만날 방법을 찾아줄 수 있었던 그녀는 리즈에게 아무 말도 해주지 않았다. 자비를 잃고 남의 불행에 무심했다. 단지 귀찮다는 이유로. 알랭이 몹쓸 용의자라는 것을 알아챘으나, 그가 감당해야 할 죗값의 무게조차 따져보지 않았다. 외로운 사람을 친절한 웃음으로 유인해 왜 사냥했는지 알고 싶어 하지 않았다.

죄를 씻으러 오는 동안 또 죄를 지었구나. 리즈에게 할 말이 없었다. 다만, 마음을 전하고 싶었다. 수연은 오른손을 바지 주머니에 넣었다. 손끝의 감각만큼은 선명했다. 언제부터 있었을지 모르는 작은 납작 돌. 수연이 돌을 움켜쥐고 리즈의 어깨를 톡톡 건드렸다. 리즈가 돌아보았다. 이마를 덮은 앞머리가 희끗. 수연이 손바닥을 열었다. 리즈가 돌을 받고 다시 등을 보이고 앉았다.

노인이 다가왔다. 목걸이에 달린 나무 돌고래가 흔들거렸다. 노먼이었다. 그가 태현의 얼굴로 웃었다. 그리운 얼굴이었다. 태현이 노먼이었고, 노먼이 태현이었다. 수연이 노먼에게 말했다.

"미안해."

산 사람에 섞여 서쪽으로 때로는 동쪽으로 수없이 오가던 사람들. 발자국을 남기지 않았던 그들이 해가 지는 바다를 보고 있었다. 천 년이 넘은 길에서 시간의 경계를 넘어가며 스스로 부랑자가 되어 배회하며 과거를 지우는 영혼들이었다.

수연이 발가락을 톡톡 건드리다 발바닥을 쓰다듬었다. 티눈이 사라졌다. 서른에 뗀 첫 발걸음을 팔순이 되어 끝냈다. 한 구간에서 벗어나지 못하고 지독하게 돌고 돌던 링반데룽도 끝났다. 수연의 몸이 더 작아졌다. 바닷물이 차오르는 해변 끝, 작고 허약한 노인이 좁아진 가슴을 펴지 않은 채 불타는 노을을 보고 있었다. 부엔 카미노.

김인영 문학을 전공했고 회사원으로 밥벌이하다 런던에서 잠시 살았다. 제법 오래 영화 일을 했고, 큰 산 여러 곳을 걸어 다녔다. 산티아고로 가는 프랑스 길, 800킬로미터도 걸었다. 이러저러한 책을 썼으나. 소설은 연작 〈고스트 하이커〉의 첫 번째 에피소드 '부랑'으로 시작했다. 스무 해 넘게 대학에서 선생으로 지내고 있다.

"얼음으로 만든 칼로 심장을 찌르는 것 같은 차가운 아픔이 느껴진다. 그런데 신기하게도 이 쓰라린 아픔이 좋다. 이 아픔이 반갑기까지 하다."_정여울(문학평론가) 사랑이라는 이름의 미스터리 일곱 편

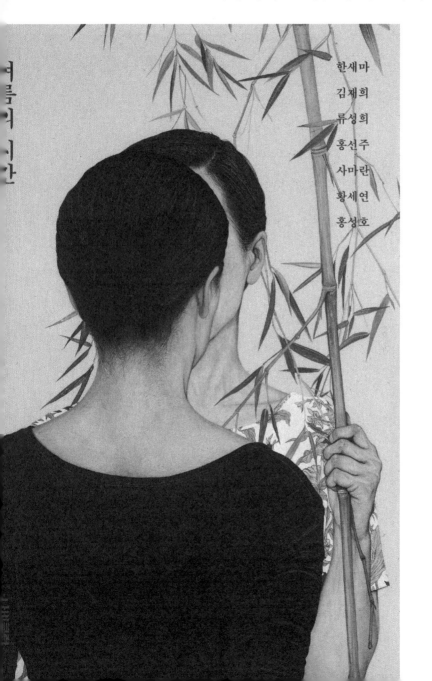

한새마
김재희
류성희
홍선주
사마란
황세연
홍성호

"남자는 영원히 이해하지 못할 것이다.
절대 열지 말아야 할 문을 연 것은
자기 집에 왔던 그 모든 여자들이 아니라 자기 자신이었음
가해자의 심리를 장악하고 무너뜨려 복수하는 심리 미스터

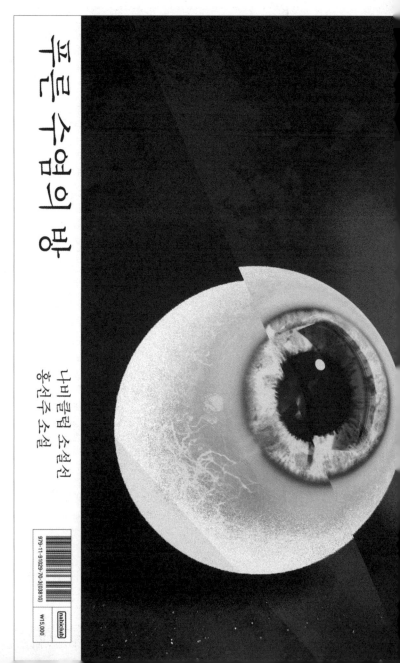

푸른 수염의 방

나비클럽 소설선
홍선주 소설

979-11-91029-70-3(03810)

₩15,000

nabiclub

“난 네가 되고 싶어.”
1년마다 인간의 살을 먹고 그 인간으로 변해야만 살 수 있는
돌연변이가 사랑에 빠지는 오컬트 미스터리 로맨스

우울의 중점

이은영 소설

한국 미스터리를 읽는 네 가지 키워드 ② 욕망과 갈등의 논리

- 배상민과 정세랑

박인성

미스터리와 사연의 논리

　　지난 연재에서는 로컬리티를 중심으로 한국적인 미스터리의 특징을 살펴보았다. 이번에는 공간이 아니라 플롯의 구성 논리를 중심으로 한국적 이야기 논리와 미스터리의 결합 양상에 대해 살펴보고자 한다. 지난 2년간의 연재에서도 국내 미스터리가 본격이든 변격이든 간에 한국적인 이야기의 특징을 수용하며 수렴 진화함으로써, 결국 사연의 장르로서 여러 매체와 장르에 포괄적으로 확장되었음을 강조한 바 있다. 오늘날 한국적 미스터리는 사회 현상 및 분위기와 교섭하면서, 타인의 삶에 대한 근본적인 수수께끼와 궁금증을 탐색하는 이야기 논리로 발전해왔다. 그러므로 사회적 차원의 미스터리는 이야기를 통해 부풀려지고, 이야기를 통해 나름의 결론을 도출한다. 사람들이 원하는 것은 메마른 진실이 아니라, 말랑한 진실을 중심으로 단단하게 응집되는 욕망과 갈등의 시나리오인 셈이다.

　　한국적 미스터리의 친밀한 동료가 대중의 통속적인 궁금증과 여기서 뻗어나가는 갖가지 상상력이라는 사실은 놀랍지 않다. 미스터리 자체를 통속적 장르라고 말하기는 어렵지만, 미스터리가 구성하는 세계 속에서 작동하는 욕망과 갈등의 논리가 통속적이라는 사실은 그다지 놀랍지도 흠이 되지도 않는다. 이 중심에 존재하는 것이 바로 개인의 사연이다. '사연'이나 '내력'이라는 말은 참으로 한국적인 어휘인데, 한 사람에게 나무의 나이테처럼 새겨진 삶의 주름과 비슷한 것이다. 특히 사연은 천성이나 운명이라는 말보다도 내밀하다. 한 개인에게서 증류된 것이며, 동시에 역동적으로 작동하며 한 사람의 삶에서 펼쳐진다. 따라서 운명처럼 초월적인 영역이 아니라, 어디까지나 통속의 차원에서, 대중적인 경험의 영역에서 구성되고 전개된다.

　　미스터리 장르 내부의 이야기는 바로 그러한 사연의 매개물이다. 한국의 미스터리 장르가 사연을 담아내고 전달하는 과정에서 발전한다는 것은 좀 더 민중의 영역에서, 그리고 개인의 삶에서 증류된 사연이 사회학적 의미의 범죄와 맞닿는 순간들을 기록하는 셈이다. 또한 이때의 범죄를 전문적인 범죄학이나 범죄 심리의 영역이 아니라 사회적인 개인 사연의 논리에서 받아들이고 이해할 때, 비로소 한국적 미스터리의 플롯은 역동적으로 움직이기 시작한다. 사회적으로 증류된 개인의 사연은 미스터리의 범죄에 대한 이해에 다른 관점과 해석적 깊이를 부여한다. 범죄는 나쁜 것이지만, 단순하게 나쁜 범죄는 미스터리의 소재가 되기 어렵다. 미스터리는 사회적 차원에서 범죄가 가진 의미를, 사회 구성원으로서의 한 인간에게 내재한 다양한 가능성을 범죄의 기준에서 복합적으로 시험한다. 미스터리 독자들은 선악의 이분법을 넘어서 범죄라는 블랙박스 안에 어떤 사연이 기록되어 있는지를 풀어내려는, 이야기 외부의 탐정이다.

마찬가지 의미에서, 이야기로서 미스터리의 플롯은 단순하게 사건의 발생과 해결이라는 퀴즈 풀이 구조가 아니다. 미스터리야말로 언제나 드러난 플롯 이상의 이야기를 감추고 있다. 탐정이 구성하는 사건 추적 속에는 범죄를 획책하고 음모를 꾸미는 범죄자의 서사가 내포되어 있으며, 두 개의 이야기적 관점은 서로를 포함한다. 범죄자는 자신의 범죄를 감추기 위해 사건을 추적할 탐정의 시선을 고려해 범죄를 구성하며, 탐정은 범죄자가 사전에 고려한 추적 차단의 흔적을 더듬어 범죄자의 시선을 재구성한다. 셜록 홈스와 제임스 모리아티가 그러하듯, 최고의 탐정과 최고의 범죄자는 서로를 비추는 거울이자, 분리할 수 없게 얽혀 있는 분신이다. 마찬가지로 범죄자의 범죄 심리에 담긴 사연의 복잡성과 사회적 의미만큼이나 탐정의 추적과 폭로 역시 사회적 차원의 해석과 의미화를 동반한다.

그렇다면 미스터리란 탐정의 추리에 부합하는 범죄의 수수께끼를 구성해야 하며, 그러한 수수께끼의 매력이란 탐정이 재구성하는 사건의 단서들만이 아니라 범죄자의 동기와 사연을 얼마나 잘 구성하느

냐에 달려 있다. 미스터리는 '(범죄를 해결하는) 이야기 너머의 (범죄를 구성하는) 이야기'를 통해서 이중으로 작동하는 이야기의 설득력을 강조해야 한다. 범죄 사실이란 전체 이야기에서 빙산의 일각에 지나지 않으며, 배후에 있는 진실을 이해하기 위해서는 진실의 조각이 아니라 그것을 둘러싸고 있는 거대한 빙산의 구조를 밝히는 데 주력해야 한다. 탐정이 구성하는 명시적인 플롯과 범죄의 수행 과정으로 드러날 암시적인 플롯이 상호작용함으로써 복합적인 매력을 형성한다. 따라서 미스터리는 범죄자의 심리를 이해하거나 범죄에 내포된 복합적 성격을 이해하는 데 그치는 것이 아니라, 범죄를 저지르는 개인의 사연이 어떻게 사회적으로 구성되는지까지 이해할 수 있도록 해야 한다.

　　이러한 이중의 서사 구조가 중요한 이유는 사회적 장르로서의 미스터리는 문제 해결의 논리를 문제 구성의 논리 속에서 찾으려 하기 때문이다. 범인을 찾고 처벌하는 것만으로는 결코 문제 해결의 논리를 구체화할 수 없으므로, 범인이 범죄를 수행하게끔 하는 사회적 구조의 문제를 이야기 논리를 통해서 구현할 필요가 있다. 이때 한국적인 미스터리가 사연의 논리에서 멜로드라마의 구조를 취하는 것은 더 이상 약점이 아니라 오히려 강점이자 매력이 된다. 다만 멜로드라마의 사연이 가지는 공동체적인 논리는 한국적인 장르의 관습에서 보편적이면서도 통속적인 방식으로 독자를 설득한다. 미스터리와 멜로드라마라는 두 개의 이야기 논리를 하나의 축으로 연결하는 것은 결국 두 축에서 작동하는 욕망을 효과적으로 교차함으로써 사회적 갈등을 그려내기 위한 것이다.

　　욕망과 갈등이야말로 미스터리를 역동적으로 움직이게 하는 이야기의 동력이 된다. 특히 장편소설의 미스터리는 욕망과 갈등을 축으로 플롯을 전개하지 않으면 거의 불가능한 기획이다. 미스터리 장르에서 플롯의 역동성은 주로 탐정이 범인을 찾는 과정에서 발생하는 추적, 그리고 폭로와 반전을 통해서 형성된다. 하지만 탐정이 사연의 바깥에서서 그저 모든 것을 지켜보기만 한다면 아무리 서사의 진행이 복잡하다 할지라도 역동적이라고 할 수 없으며, 독자의 거리감과 몰입을 조정하기도 쉽지 않다. 특히 한국적 로컬리티의 독자들을 미스터리 장르에 몰입하게 하려면, 우선 탐정이 이야기의 주인공으로서 사건에 뛰어들어야 하며 관찰자가 아니라 행위자로서의 자기 사연을 구축해야 한다.

물론 우리가 잘 알고 있듯이 근대 서구 미스터리 장르에서는 탐정이 사건의 관찰자로서 자기 객관성을 유지해야 한다는 규율이 강조된다. 하지만 사연의 영역에서는 탐정을 관찰자로서만 놔두지 않는다. 강력한 통속적 욕망으로 무장한 멜로드라마의 사연은 탐정 스스로가 관찰자이기를 멈추고 사건에 참여하기 위한 필연적인 동기가 된다. 효과적인 복합장르로서 한국적 미스터리의 한 가지 형태가 구체화하려면, 미스터리와 멜로드라마가 하나의 서사 내부에서 서로의 플롯을 전개하기 위해 요구되는 욕망과 갈등의 논리를 효과적으로 교차하고 상호 보완할 수 있어야 한다. 따라서 욕망과 갈등이라는 이야기 논리의 구체적인 작동에 대해 살펴보려 한다.

사회적 갈등과 이야기의 욕망

배상민의 미스터리 장편소설 《아홉 꼬리의 전설》(북다, 2024)은 '한'에 대한 민담을 새롭게 재구성함으로써 미스터리의 차원으로 확장한다. 이야기는 사람의 간을 빼먹는 여우에 대한 소문으로부터 시작된다. 그래서 처음에는 오컬트처럼 보일 수 있지만, 이내 그러한 초자연적 이해가 백성들의 불안과 흉흉한 사회적 분위기가 만들어낸 '이야기'의 영향력이라는 사실이 드러나며 본격적인 미스터리로서의 방향성이 강조된다. 이처럼 이 소설의 장르적 성격은 고전 민담이 가진 멜로드라마적 성격과 함께 현대적인 미스터리의 결합으로 강조되며, 사회적인 소문으로서의 '이야기'라는 매개가 양쪽의 장르를 효과적으로 결합하기 위한 중화제로 작동한다. 여기서 이야기란 이해할 수 없는 세계와 현실의 작동 논리를 이해하는 압축적인 인식의 태도로, 사회적인 이야기의 쓸모가 능동적으로 자신의 삶을 선택할 수 없는 백성들이 세상의 부조리를 이해하기 위한 인식적 틀이라는 사실을 강조한다.

"나는 이런 소문과 이야기에 매혹되었는데, 헛것으로 태어나 허물을 입고 뼈와 살을 갖추는 게 여간 신기하지 않았다. 남들은 젊은 한때를 탕진한다고 비웃었으나, 나는 이야기들을 좇느라 등과하여 조정 일을 할 생각조차 하지 않았다."(9쪽) 주인공 정덕문은 음서나 과거로 벼슬길에 출사하지 않고 고을에 남아서 세간의 이야기나 좇으며 살아가는 한량이다. 이러한 덕문의 욕망은 유보적이면서도 양가적이다. 한편으로는 이야기를 통해서 세상이 돌아가는 논리를 우회적으로나마 이해하려는 것이면서, 동시에 이야기를 좇는 삶을 명목으로 아버지가 고초를 겪었던 벼슬길에 나아가는 것을 회피하고자 하는 것이다. 벼슬길에 나가서 누군가의 당여에 속하는 것만으로도 여말선초의 복잡한 정세에 휩쓸려 자신의 의도와는 무관하게 정치와 권력 놀음에 휩쓸려들 수 있기 때문이다. 그가 아버지의 정치적 실각과 그에 따른 고초를 보고 출세와 거리를 두는 이유는, 가족이라는 사적 집단이 국가권력의 공적 영역에서 얼마나 무기력한지를 알고 있기 때문이다.

그래서 덕문은 계급적으로나 지역적인 차원에서나 중간의 경계에 속하길 선택한다. 그는 고을에서 유일한 사대부 가문의 장자로서 언제든 중앙 관직으로 나아갈 수 있지만 백성들의 삶 근처를 배회하는 한량으로 남길 원하면서도 다른 한편으로는 중앙 권력과 의도적으로 거리를 두고 국가적 시스템보다도 강력한 지역적 시스템을 관찰할 수 있는 경계에 머무른다. 이 단계에서 덕문의 욕망은 이야기의 관찰자에 머무를 뿐, 이야기를 움직이게 하는 힘이 될 수 없다. 따라서 독자에게 우선 강력하게 다가오는 것은 이야기로 만들어진 여우의 존재 뒤에 숨어서 참혹한 살인 행각을 벌이는 살인범의 욕망이다. 살인범은 분명 지방 고을의 폐쇄적이고 고립된 환경을 활용하는 자이며, 주로 여성을 대상으로 시체까지 훼손하는 쾌락 살인을 일삼고 있지만 소문의 배후에 숨거나 흔적을 감출 수 있을 만큼 고을 내부의 비호를 받는 사람이다.

이처럼 정체가 드러나지 않았음에도 불구하고 범인의 부도덕하고 반사회적 욕망이 전면에 드러나기 때문에 《아홉 꼬리의 전설》의 전체 서사는 그에 대항하고 처벌하기 위한 사회적 논리를 요구한다. 이는 근대의 서구적 미스터리에서 부르주아 계급이 욕망하는 사회적 질서와 계급적 안전에 대한 논리와 같을 수 없다. 따라서 여기에 출현하는 사회적 욕망은 중세 한국의 이야기 논리를 참고한다. 바로 아랑阿娘 설화를 중심으로 고전 민담의 이야기 논리에 포함된 당대 민중의 인식을 활용하는 것이다. 금행 이전의 감무들이 억울하게 죽은 처녀 귀신을 만난 후 죽어나갔다는 소문, 그리고 새로 부임한 감무 금행과 호장가 사이의 노골적인 대립을 통해서 진정한 갈등 국면이 전개되는 것이다.

여말선초라는 혼란스러운 상황에서 국가가 백성들을 제대로 돌볼 수 없는 혼돈은 곧 사회적 기능의 마비를 의미한다. 개경에서 내려보낸 중앙 관리직인 감무가 사실상 통치력을 발휘하지 못하고 미스터리하게 죽어나가는데도 조정은 새로운 사람을 파견할 뿐, 민중의 고통을 근본적으로 해결하지 못한다. 그에 따라 고을을 지배하고 있는 어두운 범죄의 힘은 온전히 사적인 영역에서 감당하고 받아들여야만 하는 특정 사회의 '정서적 구조'[1]를 대변한다. 그리고 특정한 정서적 구조와 그 기반이 되는 동질적 경험을 공유하는 사회 집단은 그것을 하나의 이야

---

1 레이먼드 윌리엄스는 정서적 구조가 "사회적 성격을 띠며 문화적 패턴 기저의 심층적인 차원에서 발현되는 일련의 경험 혹은 정서"이며, "사회적, 물질적 성격을 띠는 것이면서도 완전히 명료하고 규정 지워진 활동으로 자라나기에 앞서, 태아적 국면에 있는 일종의 정서 및 사고"라고 설명한다.

기 구조로 발전시킬 수 있다. 《아홉 꼬리의 전설》이 그토록 이야기라는 소재에 집착하는 이유 또한 그렇다. 세간에 떠도는 소문이 생명력을 갖추고 살아 움직이는 이야기가 되는 것은 결국 해결되지 못한 백성들의 원한이 사연이 되어 미스터리의 욕망을 추동하기 때문이다.

이처럼 공적 영역에서 해결하지 못하는 사회적 문제를 온전히 사적 영역에서 감당하게 될 때 발생하는 수동적 감정을 한(恨)이라고 부른다. "여자가 한을 품으면 오뉴월에도 서리가 내린다"라는 속담이 있듯이 한을 여성적 감정으로 표현한 것은 우연이 아니다. 한국의 민담에서 여성은 다양한 사회적 갈등의 희생양이 되어왔으며, 그것을 공적 영역에서 해결하지 못하고 철저하게 사적인 영역에서(주로 가부장제 가족의 울타리 안에서) 수동적으로 감당해야만 했다. 이처럼 공적 무능력 때문에 사적 영역에서의 희생을 강요하는 서사 구조를 한의 정서적 구조라고 부를 수 있다면, 이는 여성에게 국한되지 않은 민중의 정서로 확장될 수 있다. 오랜 세월 국가의 무능력 때문에 백성들이 고통을 겪으면서 '한'은 한국적 마스터플롯의 근간이 되어왔다. 즉 한이란 단순한 감정이 아니라 사회적으로 증류된 이야기 논리이며, 우리가 살아가는 부조리한 삶에 대한 이해 방식을 구성한다. 무엇보다도 공적 영역에서 발생한 문제가 사적 영역에서 해결을 강요할 때 나타나는 강력한 소외감 및 원한 감정 말이다.

이 소설은 여말선초라는 역사적 배경과 함께 개경에서 떨어져 있는 지역 마을을 의도적인 공간 설정으로 가져온다. 여말선초의 역동적인 시대적 배경에서, 느슨한 중앙 정권의 힘과 지방 토호세력의 독립적인 힘이 상호작용하게 된다. 따라서 《아홉 꼬리의 전설》에서는 중앙의 파견직인 감무와 지역의 지배자인 호장가 사이의 대립관계를 통해 전체 이야기 전개의 욕망과 갈등을 읽어내야 한다. 미스터리 장르로서 호장가 내부에 감추어진 범인이 가진 욕망에 대응하는 것은 멜로드라마적 주인공으로서의 덕문이 가지고 있는 욕망이어야 하기 때문이다. 덕문의 이야기에 대한 관심과 새로 감무로 부임한 금행과의 인연을 계기로, 덕문은 비로소 고을을 실질적으로 지배하고 있는 호장가와의 본격적인 갈등에 능동적으로 참여하게 된다. 확실한 증거 없이 호장가의 최정을 단죄하려는 금행을 자꾸만 말리게 되는 것도 그러한 이유에서다.

이야기 초중반까지 감무인 금행의 일행으로서 덕문이 맡은 역할은 그를 보좌하는 관찰자이자 조언자에 불과해 보인다. 실제로 탐정처럼 추리를 하는 사람은 덕문이지만, 공권력을 대변하는 존재는 금행이다. 행위를 선택하고 결정하는 것은 금행이기 때문에, 덕문은 사실상 자신의 처지를 제외하고는 어떠한 사건에 대해서도 선택하거나 결정하지 않는다. 그러한 덕문의 내적 갈등이 외적 갈등으로 전환되는 국면이《아홉 꼬리의 전설》전체 서사의 변곡점이 된다. 덕문의 내적 갈등은 아버지가 요구하는 벼슬길로 나아가는 삶과 이야기나 쫓으며 경계인으로 머무르는 주변적 삶 사이의 갈등이었다. 이러한 내적 갈등이 외적 갈등으로 변하게 되는 계기가 바로 금행이 실각하고 호장가가 본격적으로 그들을 위협하기 시작한 사건이다.

덕문은 금행을 구하기 위해 개경으로 달려가 음서를 통해 감무로 부임한다. 이 과정에서 덕문에게 당여가 되기를 요구하는 정도전을 통해 새로운 외부적 요구가 발생하고, 덕문에게 선명한 욕망과 그에 따른 대립이 발생함으로써 미스터리는 본격적으로 뻗어나간다. 어디까지나 사적인 방식으로 호기심을 충족하기 위해 이야기에 참여했던 덕문이, 비로소 자신의 사회적 역할을 자각하고 능동적으로 참여하기 시작하면서, 외부적 압력에 닫혀 있던 미스터리 장르가 새로운 탈출구를 확보하는 셈이다. 이 소설은 미스터리와 함께 멜로드라마를 의도적으로 겹쳐 구성함으로써, 역사적 배경이 자연스럽게 이야기 구성의 논리에 합류하도록 유도한다.

《아홉 꼬리의 전설》이 추구하는 미스터리의 방향성은 분명하다. 덕문은 소문이 가진 힘을 단순히 잠재우려 한 것이 아니라, 그 본질을 이해하고 이를 통해서 사회적 문제를 해결하고자 한다. 최종적으로 그는, 소문을 쫓고 사건을 지켜보는 관찰자가 아니라 스스로 이야기꾼의 역할을 자처하게 되는 것이다. 단순히 범인을 찾아내고 처단하는 것이 아니라, 근본적으로 공권력에 대한 믿음을 회복할 수 있도록 민중의 '한'을 풀어내야 하기 때문이다. 정도전의 표현대로 "사심을 대의로 합치시키는 것"(222쪽)이야말로 이 소설에서 멜로드라마가 감당해야 했던 사적인 사연을 미스터리가 공적으로 해결하는 논리를 지탱한다. 또한 여기에서 이러한 논리적 합치를 수행하는 핵심은 스스로 몸피를 부풀리는 이야기의 힘이다. 이야기를 만드는 것은 창작자이지만, 이야기에 몸피를 부여하고 그것이 생명을 얻어 세상을 바꾸는 영향력을 발휘하게 하는 것은 결국 민중의 영역이다. 사적인 방식으로 저마다의 사연을 감당해야 했던 사람들이 그것을 공적인 방식의 대의로 전환하는 것이야말로 이 소설이 택한 복합장르로서의 미스터리의 방향성이다.

《아홉 꼬리의 전설》에서 흥미로운 점은 최단이라는 살인범에게 많은 발언권을 주지 않는다는 사실이다. 이 또한 미스터리 장르가 흔히 저지르는 실수를 피하는 효과적인 인물 구성이다. 우리는 사건이 해결되고 진실이 드러나는 국면에서 살인을 저지른 최단의 심리를 군이 자세히 이해할 필요가 없다. 더 중요한 것은 최단의 심리가 아니라, 그를 둘러싸고 비호했던 토호 권력과 그 권력이 작동하는 방식이기 때문이다. 호장가는 한국적인 지역성, 오늘날에도 유지되는 중앙으로부터 독립적인 지역 권력의 작동 방식과 폐쇄적인 성격을 대변한다. 문제는 그들의 권력이 지역 공동체의 이익이 아니라 사익에 집중되어 있을 뿐 아니라, 철저하게 가족적이라는 사실이다.

이 소설이 최단에게 많은 발언권을 주지 않은 것은 단순히 악인에게 서사를 부여해서는 안 된다는 최근의 사회적 분위기 때문은 아니다. 소설에서 표현하는 범죄가 개인의 왜곡된 범죄 심리를 구조적으로 허용하는 사회적 동기에 방점이 찍혀 있기 때문이다. 최단은 당대의 이해로는 설명할 수 없는 사이코패스 범죄자에 가깝지만, 그보다 더 두려운 것은 최단과 같은 괴물의 욕망을 허용하고 방조하는 왜곡된 권력 구조다. 최단을 비호하고 범죄를 은폐한 최정, 그리고 최정과 사통함으로써 최단을 보호하려 했던 최정의 모친 선화의 동기 역시 사적인 사연의 세계로 대변될 따름이다. 가족이라는 이름으로 얽히고설킨 사회적 병폐가 다발처럼 묶여 있는 셈이다.

여기서 결국 최정이 선화에 대한 사적인 감정 때문에 최단의 범죄를 방조한 것도, 선화가 끔찍한 범죄자인 최단을 보호하려 한 것도 모두 가족이라는 혈연 공동체와 멜로드라마적인 사연으로 똘똘 뭉쳐 있다. 멜로드라마의 근간이 되는 사회 구조의 인식은 바로 가국체제家國體制다. 가국체제란 국가가 수행해야 할 공적인 책임을 가족에게 전가하는 것으로, 사회라는 공적 영역이 부재하는 체제를 가리킨다. 국가의 사회 보호 장치가 취약할 경우, 국가가 짊어져야 할 짐은 개인이나 가정으로 이양된다. 이에 따라 가족은 절대적인 신뢰의 대상이 되고, 가족과 비슷한 형태의 유사-가족 공동체 역시 중요한 사적 영역의 집단 구성이 된다. 결국에는 가족을 구성함으로써 사회적 고난을 극복한다는 측면에서 멜로드라마적 서사 형식은 가국체제를 담는 데에 효과적이다.

가국체제는 국가의 책임을 가족에게 전가하는 것을 의미하고, 멜로드라마는 사회·계급·관습·가족 등 공동체에서 촉발한 갈등을 개인들의 결합, 즉 사적인 영역에서 해소하려 한다. 공적인 문제를 사연의 논리로 납작하게 짓눌러 사적인 것으로 만드는 것이다. 선화가 아들 최단을 살리기 위해 최정과 사통하고, 최정이 선화에 대한 애정 때문에 최단의 범죄를 은폐하고 비호한 것은 모두 공공의 영역이 휘발되고 사적 세계가 과대하게 부풀어 왜곡된 모습을 보여준다. 공적인 책임이 사라진 영역에서 사적인 감정을 내세워 공적 영역까지도 봉합하게 되는 것이 멜로드라마적 이야기의 특징이다. 이러한 이유로 한국의 포괄적인 멜로드라마에서 가족이란 절대적인 공동체가 되며, 어떠한 사회적 갈등과 외부적 위기 앞에서도 서로를 지켜주어야 한다는 불문율이 작동하게 된다.

　반대로 《아홉 꼬리의 전설》에서 미스터리의 역할은 공공의 영역을 무시하고 사적으로 폭주하는 가족 멜로드라마를 폭로하는 데 있다. 이 권력가 가족은 중세적인 가부장제 및 계급적인 문제에 얽매여 사회적 갈등이나 외부적 위기를 극복하는 데 도움이 되기는커녕 오히려 문제를 양산하고 은폐하기에 급급한 모습을 보여준다. 이러한 전개는 이 소설이 일반적인 멜로드라마가 아니라 미스터리의 장르적 관습을 취하고 있기 때문이다. 사회적 장르로서의 미스터리가 사적인 동기를 넘어서서 사회적 동기를 구체화하는 수단은 공적인 것과 사적인 것을 합치시키는 이야기적 논리다. 국가라는 공적 영역이 책임을 다하지 못하는 곳에서 가족은 절대적인 공동체인 만큼 내부적으로 폭력적이거나 억압적인 방식으로 존재하기 쉽다. 미스터리에서 범죄가 가족을 중심으로 구성되고, 멜로드라마로서의 봉합을 수행하기 어려운 지점에서 공공의 이름으로 이를 폭로하며 단죄한다.

사회 재구성과 공동체의 회복 가능성

　정세랑의 《설자은, 금성으로 돌아오다》(문학동네, 2023) 역시 역사 미스터리의 형식을 통해서 사회적 갈등과 해결의 서사를 보여준다. 이 소설의 배경은 삼국통일 직후의 초기 통일신라시대로, 죽은 오빠를 대신해 남장하고 당나라 유학을 마친 뒤 금성으로 귀국한 설자은과, 백제 출신의 식객 목인곤이 함께 펼쳐 나가는 다양한 미스터리 해결의 모음집이다. 《설자은, 금성으로 돌아오다》는 연대기적인 옴니버스 구조로 되어 있으며, 각각의 에피소드는 개별적인 미스터리 사건을 그린다.

하지만 미스터리를 구성하는 이면의 이야기 구조는 파편적인 것이 아니라, 공통적인 사회적 현실에 기대어 있다. 바로 통일신라가 전란 이후의 통합된 국가를 사회적으로 재구성하고, 전쟁으로 상처 입고 소외된 삼국 백성들의 삶을 안정시켜야 하는 사회적 과제를 해결하기 위해 미스터리를 활용하는 것이다.

통일 이후 사회는 아직 안정되지 않았으며, 오랫동안 지속된 전쟁의 상흔과 새로운 시대에 대한 기대와 전망이 불안하게 교차하고 있다. '서라벌'이라고도 불린 금성은 이러한 새 시대를 안정시켜야 하는 왕이 위치한 곳으로, 왕권이 가장 강력하게 작동하는 곳이면서 동시에 파급력을 확장해나가야 하는 사회적 중심이다. 주인공들이 당나라 유학에서 돌아와 금성으로 향하는 과정, 그리고 금성을 중심으로 미스터리의 위력을 사회적으로 확장해나가는 과정은 모두 이러한 시대적 징후를 반영하는 것으로 보아야 한다. 앞으로 이어질 설자은 시리즈의 1부에 해당하는《설자은, 금성으로 돌아오다》에서 최종적으로 설자은이 '왕의 흰 매'가 되어 왕이 베기를 원하는 것을 베어야 하는 칼의 역할을 맡게 되는 의미 역시 선명하다. 미스터리와 그 해결은 불안정한 시대의 여러 가지 갈등을 극복하기 위한 사회적 도구가 된다.

또한 여기에서 흥미롭게 작동하는 것이 바로 설자은과 목인곤의 정체성 및 출신 배경이다. 설자은은 본디 설미은으로, 오빠 자은의 갑작스러운 죽음으로 인해 자은의 역할을 대신 맡게 된다. 양친과 형제들의 돌연한 죽음으로 인해, 가장 역할을 맡게 된 셋째 호은이 집안을 되살릴 궁여지책으로 미은에게 자은의 역할을 맡기게 된 것이다. 이처럼 설씨 가문의 혼란은 공동체적인 혼란과 상동적이다. 연이어 병으로 명을 달리한 양친, 전란 속에서 화를 입은 첫째와 둘째, 갑작스러운 급환으로 죽은 원래 설자은까지, 국가와 사회가 보호하지 못하는 가족 공동체의 파괴가 전방위적으로 발생하고 있으며, 가족의 붕괴를 막기 위해 자은을 당나라로 유학 보내고 벼슬길에 나아가게 하려는 호은의 계책 역시 공적인 방식으로 사적인 영역을 보호하려는 시도다.

이 과정에서 남장을 한 설자은이 벼슬길에 오르는 것은, 당시 여성에게는 사적인 영역만이 허용될 공적인 역할이 금지되었던 가부장적 사회를 효과적으로 환기한다. 사적인 영역에 갇혀 있던 여성이 공적인 역할을 수행하는 과정에서, 미스터리는 사회적 갈등을 해결하는 공적인 수단을 설자은에게 제공한다. 이러한 이야기 패턴은 한의 마스터 플롯을 변형하고 극복하는 고전 소설들과 연결된다. 《홍계월전》이나 《박씨부인전》과 같은 여장 남자 모티프의 여성 영웅 소설들은 모두 여성 주인공들이 가부장적 힘만으로는 극복할 수 없는 국가적 환란 앞에서 예외적인 능력을 발휘하는 이야기다. 《설자은》 시리즈는 괴력이나 계책을 통해서 혼란기에 뛰어든 여성 영웅들과는 차별화된, 안정기에 어울리는 미스터리 장르의 여성 영웅을 제시한다.

사회적 안정기라고는 하지만 여전히 공적 영역과 사적 영역 사이의 강력한 연결성에 의해 공적인 혼란이 사적인 방식으로 위임되고 개인이 그 책임을 져야 하는 것은 일차적인 미스터리의 배경이다. 이 소설에서 발생하는 범죄들은 공적인 영역에서 배제된 자들의 사적인 원한에서 비롯된다. 무엇보다도 〈손바닥의 붉은 글씨〉는 더욱 선명한 공적 세계와 사적 세계 사이의 혼란과 충돌을 그린다. 아비인 김무현 독군을 죽음에 처하게 만든 아들 기찬의 동기는 공적 세계의 책임을 사적으로 해결하려 했던 독군의 고집 때문이기도 하다. 독군이 기찬에게 요구한 것은 벼슬길을 통한 공적 세계로의 투신이 아니라, 회복할 수 없는 전쟁의 상흔에 고통받는 독군과 맏아들 지율, 그리고 전쟁통에 죽어간 병사들을 위해 공양하는 삶이었다. "집을 지키라 하셔놓고, 집을 버려 버리시면… 나는 무엇이었습니까? 집과 함께 버려지는 나는 아버지께, 저 북쪽에서 죽어 돌아오지 못한 이들보다도 못한 존재였습니다."(167쪽) 오랜 전쟁 속에서 가족보다도 자기 부하들을 아끼는 과도한 가국체제의 부작용은 결과적으로 존속살인의 동기가 되고 만다.

이러한 기찬의 동기는 은연중에 사적인 은원의 세계를 공적인 방식으로 해결하려 하는 설자은의 입장과 대립 구도를 형성한다. 시대의 불안정함은 공적인 과업으로부터 발생한 문제를 사적인 세계에 책임을 전가한다. 기찬의 동기는 그러한 부조리함에 대한 원한 감정으로, 단순히 개인의 악의가 아니라 짓눌린 사적 세계의 피상적인 보복을 암시한다. 기찬은 가족이라는 사적 영역 깊숙이 뿌리내린 공적 세계의 영향력을 피해서 스스로 고립된 채로, 철저하게 사적인 방식으로 이를 해결하고자 범죄라는 수단에 손을 물들인다. 가국체제의 근본적인 한계 속에서 그는 아버지의 권위에 짓눌리고 운신의 자리를 찾지 못한 미숙한 자로, 전쟁에서 통일 이후의 사회적 안정기로 접어드는 시기의 과도기적 혼란과 시대착오를 대변하는 인간이다.

여기서도 탐정으로서의 설자은과 조력자로서 목인곤의 정체성이 더욱 중요해진다. 타인의 신분을 빌리고 성별을 속여 공적 영역으로 진입하는 자은과, 백제라는 망국의 후손으로서 식객의 형태로 자은에게 기식하는 인곤은 모두 불안정하고 유동적인 정체성의 소유자다. 그리고 그러한 인물들을 통해서《설자은, 금성으로 돌아오다》는 새롭게 사회적 재구성을 수행하는 과도기의 상징적인 세태를 반영하고 있다. 자은과 인곤은 변화하는 시대 상황에서 범죄를 통해 구체적으로 드러나는 갈등을 확인하고 그 해결 가능성을 폭넓게 탐색하는 사람들이다. 경계인이자 유동적인 정체성을 가진 인물들인 자은과 인곤은 사회적 갈등을 단순히 선악의 이분법이나 자기 정체성에 의한 판단으로 재단하지 않는다. 오히려 그들이 마주하는 사회적 갈등은 다양한 입장과 이해 관계로 복잡하게 얽혀 있기에, 열린 시선과 그에 따른 해결 가능성을 수용할 수 있다. 따라서 두 인물이 미스터리의 주인공으로서 가지는 매력 또한 선명해진다.

〈손바닥의 붉은 글씨〉는 전체 시리즈 에피소드 중에서 시대적 상황을 효과적으로 압축해 전달한다. 통일의 안정기는 전쟁과 상처 위에 세워진 것이며, 따라서 과거의 상실과 결핍을 직시하고 수용하지 못할 경우, '사연의 세계'는 청산되지 못한 부채감으로 되돌아온다. 트라우마가 현재를 지배하는 파괴적인 범죄들의 근본적인 원인이 되는 셈이다. 독군과 부하들이 전쟁에서 아끼던 부하들을 사지로 몰아넣어야 했던 기억에서 자유롭지 못하고, 지율이 자신을 대신해서 두섭의 아들 혜요가 희생되었던 전쟁의 참상을 잊지 못해 처자식을 버리고 불가에 귀의하고자 하는 것 또한 극복할 수 없는 과거와 현재 사이의 갈등 때문이다. 이처럼 전쟁에서 잃어버린 것들은 돌아오지 않으며, 공적인 차원에서 구원받지 못한다. 그들과 달리 가장 사적인 영역인 가족으로부터 보호받고 있던 기찬이 아버지 독군을 살해하게 되는 사연의 세계는 자은과 인곤에게도 몰랐으면 좋았을 영역처럼 느껴진다. 하지만 "잃은 것을 잃은지도 모르고 살아가는 것은… 괴롭지요. 무엇을 잃었는지 아는 쪽이 낫습니다."(172~173쪽) 이러한 산아의 인식에는 미스터리를 형성하는 사연의 세계에 대한 수용적 태도가 있다. 미스터리는 그저 개인의 악의로 구성되는 것이 아니라, 온전히 직시하지 못한 사회적 차원의 상실과 결핍, 보상받지 못한 소외감 때문에 구체화하고 다시 해결된다.

〈손바닥의 붉은 글씨〉와 달리 〈보름의 노래〉는 사회적 재결합과 공동체의 회복 쪽에 강조점이 찍힌다. 물론 이 에피소드는 강력 범죄를 다루지 않고, 상대적으로 덜 심각한 미스터리를 다루지만, 저변에 존재하는 갈등은 가볍지도 단순하지도 않다. 에피소드는 금성 육부의 여성들이 두 편으로 나뉘어 길쌈 대회를 펼치던 중 베틀이 파손된 이야기를 다루고 있는데, 자은과 인곤이 사건을 추적할수록 드러나는 것은 대결에 참여한 육부 여성들의 복잡한 사연의 세계다. 특히 베틀을 파괴했으리라 의심되는 도철 부인 편의 참가자들에게는 각자의 방식으로 대결에서 이겨야만 하는 이유가 있다. 이 여성들은 모두 길쌈이라는 재주를 통해 경제적 능력을 갖추고 있을 뿐 아니라, 가족이나 원치 않은 혼인이라는 굴레에 갇혀 있기 때문이다. 따라서 대결에 승리하면 그들 중 한

명을 '금전의 모'로 삼아 금전으로 데려가겠다는 도철 부인의 약조는 모두에게 솔깃할 수밖에 없다. 결론적으로 범인은 그들 중 한 명이 아니라, 친우의 처지를 연민한 또 다른 인물의 소행으로 드러나지만 그렇다고 해서 여성들이 처한 공통된 사연의 세계가 흐릿해지는 것은 아니다.

이 소설은 여성이 여성에게 느낄 수 있는 연민과 공감이 어떻게 그들 사이의 '공통된 사연'이 될 수 있는지를 보여준다. 따라서 근본적인 차원에서 이 미스터리를 해결한 것은 설자은과 목인곤의 추리의 힘이라기보다는, 서로를 해하지 않고 갈등을 해결하기로 한 여성적 연대의 현명함이다. "지나친 불행 쪽으로 아무도 떠밀지 않고도 이겼다. 비밀을 비밀로 둔 여자들이 서로를 축하하며 눈을 마주쳤다. 진 편에서 언제나처럼 회소곡을 불렀고 음식을 대접했다. 둥글게 손을 잡고 힘차게 뛰며 춤을 추었다."(223쪽) 사적인 처지와 사연을 굳이 파헤치지 않고서도 여성적 처지에 대한 공감과 연대를 통해서 사적인 세계와 공적인 세계가 절충되며 새로운 해결책이 제시된다. 여기서 미스터리는 진실을 드러내고 범죄를 단죄하는 폭로의 플롯이 아니라 사회적으로 열려 있는 합의와 절충의 플롯으로서, 유동적으로 변화하는 과도기에 걸맞은 사회적 재구성과 공동체 회복에 관한 이야기가 된다.

이처럼《설자은, 금성으로 돌아오다》의 에피소드들은 과거 역사를 배경으로 '한'의 마스터플롯으로만 환원되지 않는 현대적 차원의 변주에 효과적으로 성공하고 있다. 특히 통일신라시대라는 과도기적 시대 배경, 설자은과 목인곤이라는 경계적 인물들을 통한 사회적 갈등에 대한 열린 접근이 유동적 시대를 살아가는 현대의 독자들에게도 설득력 있게 다가온다. 통일 전쟁 이후 지역 통합과 새로운 시대의 중앙집권이 요구되지만, 문제는 중앙에 의한 공적 세계의 문법만으로 해결되지 않는다. 따라서 미스터리라는 사적 세계에 접근하는 공적 수단이라는 매개물을 통해, 저마다의 개인적 상처와 그에 따른 갈등을 극복하기 위한 사회적 합의를 여러 스펙트럼으로 제시한다는 점이 이 시리즈의 매력이다. 앞서 다루었던《아홉 꼬리의 전설》이 멜로드라마적 확장과 장르적 결합으로 미스터리가 가진 사회적 장르로서의 특징을 보여주었다면,《설자은, 금성으로 돌아오다》는 옴니버스 구성을 통해 유동하는 사회적 변화 가능성을 적극적으로 수용하면서 미스터리가 각각의 갈등에 대한 절충과 합의, 보상적 시나리오로 발전할 가능성을 적극적으로 암시한다. 두 작품은 모두 민담의 이야기 구조, 전통적인 마스터플롯을 기반으로 하면서도 현대적으로 이를 변용하고 미스터리 장르의 현대적 적용에 대해 긍정적인 방향의 제안에 성공하고 있다. 사회적 욕망과 갈등의 축으로 미스터리를 읽는 작업이 오늘날의 미스터리에 더욱 중요한 이유다.

박인성 문학평론가. 2011년《경향신문》신춘문예로 등단하여 활동 중. 현재 부산가톨릭대학교 인성교양학부 조교수 및 교보문고 문학팀 기획위원으로 재직 중이다.

미스터리 쓰는 법
-미스터리·스릴러 소설을 위한 취재법

한이

비정기로 연재하고 있는 〈미스터리 쓰는 법〉의 이번 주제는 '미스터리·스릴러 소설을 위한 취재법'입니다. 눈 밝은 독자들은 이미 눈치챘겠지만, 참관기에서 언급한 〈STORY & REALITY 창작자를 위한 취재와 리서치 컨퍼런스〉에서 강의하려고 준비한 내용을 글로 풀어보려고 합니다. 컨퍼런스 당일 시간이 촉박해 미처 하지 못했던 이야기를 할 수 있어서 다행입니다.

개인적으로 미발표 원고들을 많이 보게 됩니다. 《계간 미스터리》 편집장으로 신인상 원고를 읽고, 출판사 편집장으로서 많은 투고 원고를 봅니다. 각종 공모전 심사나 멘토링을 진행하면서도 다양한 원고를 접합니다. 그러면서 작가 지망생이나 신인 작가들이 기본적인 자료 조사도 하지 않고 초보적인 실수를 저지르는 것을 종종 봅니다. 그런 작품이라면 아무리 문체와 분위기가 좋아도 높은 점수를 주기 어렵습니다.

몇 년 전 화제가 됐던 드라마의 한 장면을 예로 들어보겠습니다. 현장에 살인사건 피해자가 누워 있는데 과학수사대가 지문 감식을 하고 있습니다. 감식용 분말을 뿌리고 있는데 피해자가 헉하고 숨을 내쉬면서 살아납니다. 경찰이 현장에 도착해 가장 먼저 하는 일이 피해자의 사망 확인입니다. 극적인 장면을 위해서라고 하지만 너무 억지스럽다는 생각이 들었습니다. 비슷한 예로 예전에 읽은 한 일상 미스터리 단편은 편의점에서 달걀 하나가 감쪽같이 사라진 수수께끼를 푸는 내용이었습니다. 그런데 이 사건을 위해서 국립과학수사연구원에서 지문 감식을 위해 열 몇 대의 컴퓨터를 돌리는 것으로 묘사합니다. 국과수가 이런 하찮은 일에 시간과 인력을 낭비할까요? 무엇보다 지문 식별을 주로 하는 곳은 국과수가 아니라 경찰청입니다. 별거 아닌 것 같지만 이런 디테일을 엉터리로 속여 넘기는 순간, 작가가 공들여 쌓았던 작품 속 세계는 와르르 무너져 내리고, 독자는 현실로 돌아오고 맙니다. 특히 독자와 대등한 두뇌 게임을 벌이는 미스터리 장르에서는 철저한 취재와 조사가 반드시 선행되어야 합니다.

왜 전문가를 만나서 하는 조사와 취재가 필요한지 한 가지 예화를 말씀드리겠습니다. 유영철이 서강대 뒤편 산에 시신을 유기한 일이 있습니다. 부검의가 피해자의 위에서 순두부를 발견하고 사망 추정 시간을 식사 후 두 시간 이내라고 결론 내렸습니다. 순두부가 부드럽고 소화가 잘되는 음식이니까요. 그런데 나중에 알고 보니 유영철이 경찰을 사칭해 봉고차 주인을 납치해서 끌고 다녔는데 한나절 이상을 함께 돌아다니다가 죽였습니다. 왜 사망 추정 시간에 차이가 났을까요? 공포에 질린 채 식사하다 보니 위가 전혀 움직이지 않았던 것입니다. 피해자의 심리 상태 때문에 오류가 생긴 것이죠. 이런 사실은 전문가를 통하지 않으면 결코 알 수 없는 디테일입니다.

그러면 어떻게 작품의 리얼리티를 확보할 수 있을까요? 가장 좋은 방법은 자신이 잘 아는 것을 쓰는 것입니다.

2000년대 선풍적인 인기를 끌었던 미국 드라마 〈CSI〉의 모태가 된 소설이 퍼트리샤 콘웰의 《법의관》으로 시작된 '케이 스카페타' 시리즈입니다. 퍼트리샤 콘웰은 버지니아주 법의국의 컴퓨터 분석관으로 일하면서 5년간 600여 회에 이르는 부검을 참관하고 법의학 관련 강의를 들으며, FBI 아카데미 트레이닝 코스도 수료합니다. 이런 실제 경험을 바탕으로 현대 과학수사 드라마의 효시격인 작품을 써낸 것입니다. 《법의관》은 미국추리작가협회의 에드거 상, 영국추리작가협회의 존 크리시 상 등을 수상했습니다.

일본에서 가장 영상화가 잘되는 작가로 꼽히는 이케이도 준은 은행원 출신으로 자신의 실제 경험을 녹인 작품으로 명성을 얻었습니다. 하나사키 마이라는 여직원이 은행의 각종 불합리에 맞서 싸운다는 내용의 드라마 〈하나사키 마이가 잠자코 있지 않아〉는 《불상사不祥事》,

《은행총무특명銀行總務特命》이 원작입니다. 일본인이 헤이세이 연호에 방송된 드라마 중 가장 좋아하는 작품으로 꼽은 〈한자와 나오키〉는《우리들 버블 입행조オレたちバブル入行組》,《우리들 꽃의 버블조オレたち花のバブル組》,《잃어버린 세대의 역습ロスジェネの逆襲》,《은빛 날개의 이카루스銀翼のイカロス》를 기반으로 했습니다. 그 외에도 자기 경험을 살려 경제 미스터리란 장르를 꾸준히 일궈나가고 있고, 대부분 작품이 드라마나 영화로 제작되어 많은 인기를 끌고 있습니다.

영화 〈대부〉의 원작 소설가로 유명한 마리오 푸조는 초창기에 《어두운 투기장》 같은 소설로 비평가들에게 좋은 평가를 받았으나 판매는 신통치 않았습니다. 어느 날 길거리에서 복통으로 쓰러져 신음하면서 자신이 한심하게 느껴졌다고 합니다. 그러다가 푸트넘 출판사의 편집국장이었던 윌리엄 타그의 제안을 떠올립니다. 그는 이탈리아 이민자 출신인 마리오 푸조에게 어렸을 때부터 늘 듣고 자란 마피아 이야기를 써보라고 권하곤 했었죠. 마음을 다잡은 마리오 푸조는 동명의 소설을 써내고 말 그대로 공전의 히트를 기록합니다.

현재 어떤 직업에 종사하고 있든, 어떤 환경에서 성장했든, 우리가 잘 아는 것에 놀라운 기회의 씨앗이 숨겨져 있을지도 모릅니다.

작품의 리얼리티를 확보하는 두 번째 방법은 자료를 조사하고 취재하는 것입니다.

이 방면에서 탁월한 미스터리 작가는 아서 헤일리입니다. 아서 헤일리는 특정한 직업이나 장소를 선택하고 그것에 관한 집요한 취재와 인터뷰를 통해 작품을 완성하는 것으로 널리 알려져 있습니다. 보통 3년에 한 권 정도 작품을 발표했는데, 그중 1년이 취재와 자료 조사, 6개월이 노트 검토, 나머지 1년 반이 실제 집필 기간이었습니다. 그렇게 해서 탄생한 작품이 그랜드 호텔을 배경으로 다양한 인간 군상이 등장하는《호텔》, 거대 공항에서 벌어지는 항공기 테러와 긴박한 대응을 그린《에어포트》, 제약업계를 둘러싼 내밀한 거래를 폭로한《스트롱 메디신》, 텔레비전 저널리즘을 다룬《이브닝 뉴스》와 같은 작품들입니다. 《이브닝 뉴스》를 쓰기 위해서 67세의 나이로 페루 정글에서 반군 게릴라들과 함께 시간을 보내기도 했다니 작품의 리얼리티를 위해 얼마나 노력했는지 알 수 있습니다.

소설은 아닙니다만, 테드 코너버Ted Conover는 미국 교도소에 관한 논픽션을 쓰기 위해 취재 요청을 했지만 한 번밖에 할 수 없었고 그나마도 피상적인 수준에 그치자, 아예 교정국에 취직해서 교도관이 됩니다. 교도관으로 일한 지 9개월째에 승진 시험 공고가 나자 무의식중에 시험을 보려고까지 했다고 합니다. 그렇게 완성한《뉴잭Newjack》은 미국 교정국의 생생한 현실을 파헤친 작품으로 높은 평가를 받았습니다.

작년에《계간 미스터리》에 발표된 박소해의〈해녀의 아들〉은 제주 4·3 사건이 배경입니다. 작가는 작품 속 배경이 되는 서귀동과 정방폭포를 실제로 방문하고, 어머니가 해녀인 김신숙 시인을 취재하면서 실제 어머니의 말씀을 녹음하기도 했고, 제주 4·3 사건과 관련된 장소를 제주 토박이 작가들과 찾아가는 다크투어에도 여러 번 참가했다고 합니다. 200매 남짓한 단편을 위해서 2년 이상 취재와 자료 조사에 공을 들인 결과 2023년 한국추리문학상 황금펜상을 받게 되었고, 여러 언론 매체에 소개되기도 했습니다.

귀찮고 어렵기는 해도 취재와 자료 조사에 충분한 시간을 들인다면 현실감 넘치는 작품을 써낼 수 있을 것입니다.

그렇다면 어떻게 취재할 수 있을까요? 우리가 취재를 전문으로 하는 기자가 아닌 다음에야 두려운 마음부터 드는 건 어쩔 수 없는 일이고, 과거에는 흔쾌히 응해주지 않았던 것도 사실입니다. 특히 수사 관련 기관에서는 모방 범죄가 우려된다며 거절하기 일쑤였습니다. 하지만 최근에는 기관 홍보가 필요하다는 점을 잘 알기 때문에 적극적으로 협조해줍니다. 그러니 두려워하지 말고 전화하십시오. 기관 홍보부에 우리가 취재하고자 하는 것을 명확하게 제시한다면 필요한 도움을 받을 수 있습니다.

스티븐 제이 슈워츠Stephen Jay Schwartz가 첫 미스터리 장편《불러바드Boulevard》를 집필할 때의 일화입니다. 리얼리티를 위해서 LA 검시관 사무실을 취재하고 싶었지만, 뾰족한 방도를 찾을 수 없었습니다. 그는 무작정 검시관 사무소장에게 이메일을 보냈습니다. 놀랍게도 소장으로부터 답장이 왔고, 검시관 사무소를 견학할 수 있었습니다. 그곳에서 200여 구의 시체와 여섯 곳에서 동시에 진행되는 검시 장면을 목격했습니다. 결과적으로 취재를 하기 전에 썼던 관련 장면을 전부 다시 썼다고 합니다. 책으로는 절대 알 수 없는 그곳의 분위기와 디테일을 경험했기 때문이죠. 주저하지 말고 두드리면 의외의 해결책이 나타납니다.

또 다른 방법은 인맥을 활용하는 것입니다. 찾아보면 우리 네트워크의 어딘가에, 친구의 친구, 사돈의 팔촌 중에 형사, 검사, 변호사, 의사, 건축가 등 특정 직업의 전문가가 있습니다. 처음 한 명이 어렵지, 이후로는 인맥을 이용해서 폭넓게 취재 약속을 잡을 수 있습니다.

예전에 청소년 범죄에 관해 취재할 일이 있었는데, 여름추리소설학교를 통해 알게 된 한국범죄학연구소의 염건령 교수에게 부탁을 드렸습니다. 결과적으로 여성청소년범죄수사과에서 오랫동안 근무하고 현재는 경찰대학교 교수로 있는 분을 소개받아 유익한 인터뷰를 진행할 수 있었고, 현직에서만 알 수 있는 다양한 디테일을 배울 수 있었습니다.

우리가 취재할 때 조심해야 할 사항도 있습니다. 제대로 알고 취재하는 것이 중요합니다. 홍보부에 전화해서 두루뭉술하게 사건 수사가 어떻게 진행되는지 알고 싶다고 말한다면 서로가 난감한 상황에 놓이게 될 것입니다. 지문 감식, 필적 감정, 유전자 감식 등 필요한 부분을 미리 연구 조사한 다음, 전문가만이 알 수 있는 사실에 대해 취재해야 합니다. 현직에 있는 분들은 굉장히 바쁘기 때문에 사전 지식을 갖고 나에게 꼭 필요한 것을 물어봐야 합니다.

예를 들면 우리는 국립과학수사연구원만 알고 있는 경우가 많습니다. 하지만 경찰청에도 과학수사대가 있고, 대검찰청에도 과학수사부가 있습니다. 경찰청 과학수사대는 감식 위주로 사건 현장의 지문이나 족적 등을 채취하고 분석합니다. 대검찰청 과학수사부는 검찰에서 신속하게 처리하고자 하는 사안들을 다루며, 마약 사건, 거짓말 탐지기, 도장이나 필적, 사인 등의 사문서 위조 등을 주로 처리합니다. 사전 조사를 통해 기본적인 사실을 인지하고 도움을 줄 수 있는 기관에 문의해야 합니다.

미스터리 소설을 쓸 때 어떻게 조사와 취재를 활용할 수 있을까요? 흔히 미스터리 형식을 구분하는 세 가지 유형을 통해 생각해보겠습니다.

먼저 후더닛whodunit 형은 "누가 범죄를 저질렀는가?"에 집중합니다. 대부분의 클래식 미스터리, 퍼즐 미스터리, 본격 미스터리가 이 범주에 들어갑니다. 이 유형에 리얼리티를 부여하기 위해서 어떤 취재가 필요할까요? 공통적이긴 하지만, 수사를 진행하는 방식과 수사 과정에 대한 세부 사항, 관련인의 진술 등은 실제처럼 보여야 하며 엉터리로 속여 넘겨서는 안 됩니다.

또한 이 유형은 독특하거나 특이한 사실을 이용한 트릭을 많이 사용합니다. 예를 들면, 어떤 형사가 겨울에 시체로 발견됐는데 아무것도 적혀 있지 않은 종이가 냉장고에서 발견되었습니다. 그런데 그것을 발견한 어떤 인물이 남들의 눈을 피해 종이를 가습기 가까이에 가져 갑니다. 이유가 무엇일까요? 냉장고에서 발견된 종이는 필압으로 눌린 자국이 있었는데, 결정적인 단서가 적혀 있었습니다. 종이는 주변 환경이 차가우면 차가울수록 눌린 자국이 남아 있을 가능성이 큽니다. 주변이 덥고 습하면 종이의 섬유질이 늘어나게 되고 눌린 자국이 없어져버립니다. 이 사실, '덥고 습하면 종이의 눌린 자국이 없어진다'는 것에 바탕을 두고 위와 같은 트릭을 만들어낼 수도 있죠. 자료 조사나 취재 과정에서 얻은 사소한 것이 좋은 아이디어가 되기도 합니다.

다음으로 하우더닛howdunit 형은 "어떻게 범죄를 저질렀는가?"를 중점적으로 그립니다. 흔히 도치서술형倒置敍述型 추리소설로 불립니다. 앞과 뒤의 순서가 바뀌었다는 뜻으로 범인을 미리 앞에서 소개하고, 독자들은 범인의 치밀한 범죄 계획이 명민한 탐정에 의해서 하나둘 깨지는 것에 쾌감을 느끼게 됩니다. 전설적인 드라마 〈형사 콜롬보〉 시리즈가 대표적인 예죠.

이 장르에 현실감을 불어넣기 위해서 어떤 취재가 필요할까요? 이 유형에서 흔히 사용되는 것이 알리바이 트릭 깨기입니다. 일본의 니시무라 교타로는《종착역 살인사건》에서처럼 기차 운행 노선과 시간표를 치밀하게 조사한 다음 정교한 알리바이 트릭을 만들어내면서 트래블 미스터리의 개척자가 되었습니다. 본격 미스터리의 거장 시마다 소지도《침대특급 하야부사 1/60초의 벽》에서 피해자가 시체가 되었을 시간에 침대특급열차 하야부사에 타고 있었음을 증명하는 사진이 있다는 설정에서 출발하는 독창적인 작품을 썼습니다. 철저한 자료 조사를 통해 일본의 트래블 미스터리, 열차 미스터리를 능가하는 작품이 나오기를 기대해봅니다.

마지막으로 와이더닛whydunit 형은 "누가 어떻게 범죄를 저질렀는가"가 아니라 "왜 범죄를 저질렀는가?"에 천착합니다. 범행과 관련된 실마리를 조금씩 풀어내는 것이 아니라, 범인 혹은 용의자의 심리적 특이성을 풀어내야 하므로 범죄 심리와 이상 심리에 관한 연구 조사가 선행되어야 합니다. 범인의 심리만이 아니라 피해자의 심리 또한 철저하게 그려낼 수 있다는 장점이 있고, 미야베 미유키의《모방범》, 텐도 아라타의《영원의 아이》, 히가시노 게이고의《백야행》등이 대표적인 작품입니다. 윌 라벤더의 "범죄에 대해 생각하지 마라. 범죄가 일으킨 결과에 대해 생각하라"는 조언을 유념한다면 이 유형의 좋은 작품을 쓸 수 있으리라 생각합니다.

미스터리를 쓰는 우리 자신이 탐정이 되어야 합니다. 철저한 자료 조사와 취재를 통해서 독자가 모르는 사실을 추적 발견해서 깜짝 선물로 던져야 합니다. 현실의 디테일로 정교하게 창조한 세계에 독자를 가두고, 페이지가 끝날 때까지 나가지 못하도록 만들어야 합니다. 그렇게 할 때, "영어에서 가장 아름다운 세 단어는 'I love you(당신을 사랑한다)'가 아니라, 'To be continued(계속)'"라는 토머스 프렌치의 말처럼, 독자는 게걸스럽게 "그래서 다음은 어떻게 됐어?"라고 갈구할 것입니다.

한이 만여 권의 책을 읽고서야 아는 것이 없다는 것을 깨달은 둔재(鈍才). 많은 직업을 거치고 작가가 되었고, 여러 부캐로 다양한 글을 쓰고 있다. 2017년과 2020년에 '한국추리문학상' 황금펜상을 받았고, 2019년부터 한국추리작가협회 회장으로 활동하고 있다.

"추리소설은 살인 사건을 다룬다.
살인이란 인간의 극단적인 행위에 속한다.
철학이나 사유 또한 극단적 사색으로 점철돼 있다.
추리소설과 사유에서 '극단'을 보았기에
나는 평생 철학하는 추리소설가가 되었는지 모른다."

추리소설로 철학하기

에드거 앨런 포에서 정유정까지

백휴 지음

나비클럽

"솔직한 창작자, 문학계의 테일러 스위프트를 꿈꾼다"

— 미스터리 오컬트 장편소설 《수호신》 청예 작가

인터뷰 진행★김소망

청예

점을 보러 가면 겉보다 안이 강하다는 소리를 종종 듣는 사람. 눈이 말똥말똥하여 귀신이 들어올 자리가 없다고 한다.
늘 작가의 말로 변명할 때가 가장 곤욕스럽다. 2023년 한국과학문학상 장편 부문 대상을 수상했다.

오컬트 장르 최초로 천만 관객을 돌파한 영화 〈파묘〉의 장재현 감독은 소설 《수호신》을 가리켜 이렇게 이야기했다. "일상적인 현실감으로 시작해 해가 지는 것처럼 서서히 어둠으로 빨려 들어간다. 오컬트 마니아로서 반가운 마음을 감출 수 없다."

지난봄에 출간된 청예의 장편소설 《수호신》은 대학생 이원이 가입한 대학교 철학 동아리의 부원이 사고사로 사망한 뒤 한 달 만에 모임을 재개하는 것으로 시작한다. 이원은 부원들의 장난인 듯 진지한 철학 이야기를 들으며 자신의 불안과 고독을 철학적 사고로 잠재우는 것이 익숙한 이성적인 사람이다. 한편으로는 불안을 간파한 새 동아리 부원 '설'이 이끄는 대로 점집에서 신점을 보고 무당이 조언하는 대로 행동하기도 한다. 소설은 끊임없이 이원의 행동이 옳은 선택, 선한 행동인지 물으며 선과 악을 어떻게 정의할 것인지 고민하게 만든다. 이 소설이 영화화된다면 어떻게 연출될지 궁금해지는 몇몇 기이한 장면들과 초자연적인 현상, 옳고 그름을 분별하기 힘든 모호한 상황이 이끄는 강도 높은 긴장감은 오컬트 마니아들이 기대하는 필연적인 재미로 가득하다. 동아리 방에서 주고받는 칸트의 '선한 의지'에 대한 대화나 AI 우바리의 조언만큼 폭넓은 소재들과 십이지신, 우교牛敎라는 독특한 종교는 이 소설의 신선한 매력이기도 하다.

제6회 한국과학문학상 대상, 제1회 K-스토리 공모전 최우수상을 받은 청예 작가는 2021년 컴투스 창작 스토리 공모전에서 최우수상을 수상한 이래로 꾸준히 집필 활동을 이어오고 있다. 《수호신》으로 첫 번째 미스터리 소설을 출간한 청예 작가에게 궁금한 점들을 물었다.

작가님의 열 번째 종이책 단행본 출간을 축하드립니다. 벌써 올해 두 번째 출간 도서이기도 하네요. 《수호신》은 어떻게 쓰시게 된 책인가요?

《수호신》은 부산과 서울, 두 도시가 주는 다양한 영감을 통해 탄생했어요. 제가 좋아하는 부산의 장소 중 하나가 '범어사'라는 사찰입니다. 그곳에서 '십이지신'이라는 소재를 떠올렸어요. 수호신과 악신, 선과 악의 선명한 대립 구도는 공항철도를 타고 마곡나루역을 지나며 떠올렸습니다. 창 너머로 도심과 자연이 번갈아 가면서 나타나는데요. 그 상반된 교차가 재미있었어요. 그래서 이야기의 배경에도 부산과 서울이 번갈아 등장합니다.

사건 서술에 관한 정보는 한국콘텐츠진흥원(이하 '콘진원')의 '이야기창작발전소' 강의에서 많은 도움을 얻었습니다. 이 책에 추천사를 써주신 장재현 영화감독님도 콘진원의 멘터 출신이라고 들었는데 저 역시 콘진원의 도움을 받았네요.

이 책은 작가님의 첫 미스터리 장르 소설이기도 합니다. 이원에게 일어나는 일들을 불가해한 영적인 영역으로 볼 것이냐, 단순히 수많은 운의 교차로 볼 것이냐를 놓고 궁리하는 재미가 큰 소설이었습니다. 지금껏 주로 청소년 소설과 SF 소설을 집필하셨는데 미스터리 장르를 쓰신 경험은 어떠셨나요?

박이원과 오빠 박일한의 이름에 힌트가 있습니다. 끝 글자를 합치면 '원한'이 되는데요. 이 소설에서도 원한이 사건의 시초가 되잖아요? 원한이란 '푸는 방법이 존재하는 매듭'이기도 합니다. 모든 것을 운에 기대는 것은 아니라는 걸 암시하죠. 이 점은 《수호신》 속 미스터리한 사건들을 푸는 열쇠이자 핵심이기도 합니다.

저는 글을 쓸 때 장르를 고집하진 않아요. 일반 소설과 청소년 소설을 구분하는 것만이, 제가 하는 유일한 분류입니다. 장르의 정통 문법보다는 살면서 다양한 창작자들의 작품을 통해 배운 '경험적 문법'을 따르고자 합니다. 《수호신》을 쓰기 전에 제가 좋아했던 미스터리 작품과 그 작품에서 차용하고 싶었던 장점들을 한 번 더 톺아봤어요. 영화 〈화차〉처럼 단정할 수 없는 인물에 대한 어둠과 불안감, 소설 《살인자의 기억법》처럼 끝까지 읽어야만 갈피가 잡히는 구조, 영화 〈유주얼 서스펙트〉의 반전 요소, 영화 〈나이브스 아웃〉처럼 인물에 대한 따뜻한 시선 같은 거요. 미스터리 작품은 아니지만 《수호신》에서 인용한 영화 〈친절한 금자씨〉처럼 미학이 있는 작품을 쓰고 싶기도 했습니다. 미스터리 집필! 정말 즐거웠고 뇌에서 군침이 나왔던 작업이었네요.

십이지신이라는 소재와 그중에서도 특히 우교를 중요한 소재로 선택하신 이유는 무엇인가요?

"과거에 열두 개의 종파가 있었다." 이 문장만으로도 흥미가 샘솟지 않나요? 십이지신은 애니미즘적 상징성과 다양성을 부여하기 위해 선택했어요. 그중에서도 '소'인 이유는 소의 눈동자가 주는 신비함 때문인데요. 깊이를 헤아리기 어려운 검은 눈을 바라보면 인간은 자연스레 죄책감을 느낍니다. 소는 유제류有蹄類(발굽이 있는 포유류 동물)에 속하는 초식동물로, 다른 동물을 발굽으로 짓밟기보단 함께 살길을 선택하는 개체죠. 우리는 그런 소를 오직 식용으로 소비합니다. 고통을 느끼고 눈물을 흘린다는 사실을 알고 있음에도 소를 죽이는 일에 스스럼이 없습니다. 반면 소가 인간을 해친 적이 있을까요? 우교를 통해서 어떤 존재의 헌신과 인간의 죄악을 보여주고 싶었습니다. 《수호신》에는 소를 탐욕적으로 소비하는 인간처럼 '죄'를 저지른 인물이 나오니까요.

우교와 더불어 AI 승려라는 캐릭터가 《수호신》만의 유니크한 분위기를 만들지 않았나 싶습니다. 현실에도 종교에 대해 궁금한 모든 것을 물어볼 수 있는 AI 종교 앱들이 출시되어 있는데요. 소설 속 AI 우바리처럼 어떤 질문에도 대답할 수 있지만 가치 판단에 관한 질문에는 함구하는 로봇을 만난다면 작가님은 어떤 질문을 하고 싶으신가요?

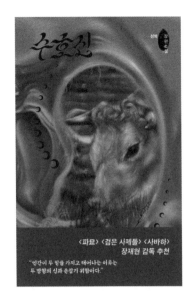

<파묘> <검은 사제들> <사바하>
장재현 감독 추천

"인간이 두 발을 가지고 태어나는 이유는
두 방향의 신과 손잡기 위함이다."

챗 GPT에게 가치 판단을 부탁했던 적이 있어요. "인간은 선한 존재니? 악한 존재니?" 물었더니 "인간은 선악을 선택할 수 있는 존재로, 그 선택에 따라 행동합니다"라고 대답하더군요. 선악을 '선택'한다는 발상이 마음에 들긴 하는데 다소 모호한 답변이었습니다.

그럼에도 고집스럽게 물을 수 있다면 저에 관해 묻고 싶어요. 지금까지 행한 모든 말과 행동을 바탕으로 "나는 착하게 살았니? 악했니?" 묻고 싶어요. 가장 가치 판단을 하고 싶은 대상은 저입니다. 하지만 영원히 답을 듣지 못할 물음이겠죠. 어쩌면 AI가 맞을지도 모릅니다. 《수호신》에도 언급되고 작가 무라카미 하루키도 말했듯이 선악이란 '균형'일 뿐이니까요. 이 통찰을 굉장히 좋아해서 다른 작품에도 녹인 적이 있답니다.

소설의 마지막 페이지는 마치 이 이야기의 발화점을 읽는 느낌이었습니다. 소설 속 이야기의 시작이 아닌, 창작의 시작점이요. 작가님은 평소에 이야기를 어떤 순서로 지으시는지 궁금합니다.

얼마 전에 한 독자님이 그러더군요. 소설을 읽을 때 두 가지 두려운 상황이 있는데 하나는 '모든 문제가 해결됐는데 아직 페이지가 잔뜩 남았을 때'이고 다른 하나는 '해결된 문제가 없는데 페이지가 거의 남지 않았을 때'라네요. 그 독자님에게는 《수호신》이 딱 후자의 소설이었다고 합니다. 마지막 몇 페이지 안에 모든 진실이 담겨 있습니다. 저는 그런 이야기를 참 좋아합니다.

보통 결말을 가장 먼저 떠올립니다. 때때로 결말을 이루는 '하나의 사건'을 보여주기 위해 이야기를 부차적으로 창작하기도 합니다. 저에게 이야기란 반드시 최소 하나 이상의 '장면'으로 남아야 합니다. 전작 《라스트 젤리 샷》에는 데우스가 무당에게 반기를 드는 장면, 《폭우 속의 우주》에는 하리가 보랏빛 폭우 속에서 구원받는 장면이 그것이죠. 《수호신》을 읽을 때 이 소설은 어떤 장면을 위한 이야기였는지 맞혀보시길 바랍니다.

평소 스토리 게임에 관심이 많다고 들었습니다. 수호신과 악신을 구분하기 어려운 상황에서 악신만 골라 떨쳐내야 하는 주인공의 상황 역시 게임 속 미션처럼 느껴졌어요. 게임 중에서도 스토리 게임에 끌리는 이유는 어떤 점 때문인가요?

스토리 게임 정말로 사랑해요! 스토리 게임의 가장 큰 매력이라면 가상 인물의 삶을 짧게나마 공유한다는 점이지요. 매력적이지 않나요? 주인공을 망치는 것도 나, 구하는 것도 나.
좋아하는 스토리 게임으로는 〈둠 시리즈〉("rip and tear until it is done!"), 〈역전 재판〉("이의 있음!"), 〈칠라스 아트〉(B급 단편 J-공포의 향연) 작품들이 떠오르네요. 모든 게임이 나름의 스토리를 갖추고 있습니다. 비주얼 노벨 개발에 도전한 적도 있는데요. 파이썬 코드로 힘겹게 오프닝만 만들고 멈췄습니다. 언젠간 꼭 개발에 성공하고 싶습니다.

전업 작가로 사는 삶에 대해 여쭙고자 합니다. 첫 장편소설을 출간하고 직장인에서 전업 작가가 되셨다는 글을 읽었어요. 2022년 4월부터 2024년 4월까지 열두 권을 출간하셨는데(공저자 포함) 그중에는 '한국과학문학상 장편 대상 작'도 있어요. 전업 작가로서 정말 성실하게 살고 계시는 것 같아요. 작가님의 일상은 어떤 모습인가요?

평범합니다. 오전 10시쯤 일어나 제 것을 쓰고 남의 것을 읽는 걸 반복합니다. 새벽 1시쯤 침대에 누워 온갖 SNS를 섭렵한 뒤 3시쯤 잠들어요. 정말 별 거 없죠? 하하하.

작가님에 대한 표현 중 '각종 공모전을 휩쓴 라이징 스타'라는 표현이 있었습니다. 위에서 언급한 한국과학문학상 장편 대상을 제외하더라도 K-스토리 공모전, 교보문고 스토리 공모전, 컴투스 글로벌 콘텐츠 문학상 등 짧은 시간 동안 다양한 문학 공모전에서 수상하셨어요. 지금도 수많은 밤을 고민하며 공모전에 도전하는 분들께 공모전 당선 팁을 드린다면 무엇이 있을까요?

공모전 당선뿐 아니라 재미있는 글을 쓰는 방법은 간단합니다. 이미 나와 있는 이야기들을 많이 읽으세요.

다작多作과 다상多想은 절대 다독多讀을 따라잡지 못한다고 생각해요. 인풋이 문장 하나라면 거기에서 어떻게 100개의 문장을 뽑겠어요? 우리는 읽는 만큼 쓸 수 있고 경험한 만큼 상상할 수 있습니다. 타인의 창작물을 사랑하세요. 동시대에 함께 교류하며 기민하게 소통할 한국 창작자들을 아껴주세요. 그 모든 애정과 소비는 당신의 창작물에서도 티가 납니다. 장담하는데요, "나는 다른 사람들 작품은 시시해서 싫어"라고 말한 닭 중에 학이 된 존재는 하나도 없을 겁니다.

마지막 질문입니다. 작가님이 꿈꾸는 작가, 언젠가 쓰고 싶은 책이 있다면 어떤 책일까요.

제 이름의 자리를 빼앗을 작품을 쓰고 싶습니다. 제 필명이 청예인지 홍예인지 몰라도 됩니다. 저희 할머니는 지금도 모르십니다. 다만, 모두의 기억에 꾸역꾸역 살아갈 거머리 같은 작품을 써보고 싶어요. 설령 그 이야기가 제 이름을 집어삼킬지라도. 우스갯소리로 "문학계의 테일러 스위프트가 되고 싶어요"라고 말합니다. 테일러의 가사를 사랑하는데, 내면을 보여줄 때도 굳이 자존심을 지키려 하지 않는 솔직한 태도가 참 좋기 때문입니다. 저도 이름에 얽매이지 않는 솔직한 창작자가 되고 싶어요.

그러려면 독자들의 애정이 필요해요. 제 작품이 부족해도 많이 읽어주세요. 제가 솔직한 이야기를 써도 미움받지 않을 거라는 믿음을 주세요. 독자들이 저에게 손님이고 친구고 가족이고 선생님이고 가끔 수호신이기도 합니다(악신 아님). 제 작품에 주시는 관심에 언제나 감사합니다. 첫 미스터리 《수호신》도 잘 부탁드려요. 고맙습니다.

김소망 평생 영화와 책 사이를 오가고 있다. 대학에서 영화 연출을 전공했고 현재 직업은 출판 마케터. 마케터란 한 우물을 깊게 파는 것보다 100개의 물웅덩이를 돌아다니며 노는 사람과 비슷하다는 생각을 한다. 운 좋게 코로나 전에 다녀온 세계 여행 그 후의 삶을 기록한 여행 에세이 외전, 《세계 여행은 끝났다》를 썼다.

최초의 추리 소설가에게 바치는 성덕의 만찬, 드라마 〈어셔가의 몰락〉

✱쥬한량(https://in.naver.com/netflix)

네이버 영화 인플루언서. 장르를 가리지 않고 영화/드라마를 리뷰하지만 범죄, 미스터리, 스릴러를 특히 좋아합니다. 2022년 버프툰 '선을 넘는 공모전'에 당선되었으며, 최근 카카오페이지에 회빙환 미스터리 웹소설 〈얼굴 천재 조상님으로 살아남기〉를 공개했습니다.

이번 추천작은, 제가 믿고 보는 연출자이자 감독인 마이크 플래너건의 넷플릭스 시리즈 〈어셔가의 몰락〉입니다. 제목이 익숙하다고요? 네, 〈검은 고양이〉로 유명한 에드거 앨런 포의 동명 소설이 있습니다. 하지만 이 드라마는 단순히 그 소설을 원작으로 만든 작품이 아닙니다. 포의 대표작들을 현대에 맞게 오마주하여 사회파 미스터리에 버금가게 만들어냈습니다.

마이크 플래너건 감독 특유의 고딕 호러는 포에서 영향을 받았을 게 분명하니, 이 작품은 그가 자신의 우상에게 바치는 헌정일 겁니다(각본까지 썼으니 더욱!).

플래너건 감독은 포의 대표 단편들로부터 소재와 이야기, 구성을 가져와 전혀 새로운 이야기로 재탄생시켰습니다. 이런 작업을 기획하긴 쉽지만(다들 하고 싶어 하죠), 완성도 높게 만들어내기는 상당히 힘들 겁니다. 여러 작품 중 하나의 주제로 관통할 작품을 골라내는 것부터가 쉽지 않고, 선별하더라도 그 작품들을 하나하나 파헤친 후 씨줄과 날줄 엮듯 연결해내야 자연스러운 하나의 이야기가 완성되기 때문이죠. 도전할 생각도 쉽지 않을 이러한 작업을, 세상에, 플래너건은 해내고야 말았습니다! 그것도 꽤나 성공적으로요(IMDB 평점 7.9, 로튼토마토 신선도 90퍼센트).

감독을 향한 찬사는 이 정도로 정리하고, 드라마에 대한 간략한 설명 및 줄거리 소개는 물론, 마지막 화를 보면서 제가 의구심을 가졌던 고민과 해석까지 덧붙여보겠습니다.

액자식 구성으로 전개되는 이야기, 대화 속에 숨은 진실을 좇아라

드라마는 '로더릭 어셔'(브루스 그린우드)가 자신의 제약회사를 고소한 검사, '오귀스트 뒤팽'(칼 럼블리)에게 죄를 자백하겠다며 고향 저택에 불러들여 이야기하는 것으로 시작합니다. '리고돈'이라는 진통제로 부를 거머쥔 이야기에서부터 그 돈 때문에 자녀들이 어떻게 망가졌는지, 끝내는 어떻게 죽었는지를 풀어놓습니다. 진실을 얘기한다지만, 어딘지 자신의 죄를 회피하려는 듯한 교묘한 표현이 섞여 있습니다. 게다가 로더릭의 휴대폰으로 누군가 끊임없이 전화를 걸어옵니다. 이런

혼란한 상황에서 뒤팽이 그러하듯, 시청자도 로더릭의 말에 깔린 진의를 의심하며 지켜보게 됩니다.

로더릭의 이야기로 좀 더 들어가 보겠습니다. 어셔 가문의 제약회사 '포추나토'가 마약성 진통제인 리고돈으로 소송당하자, 회장인 로더릭은 가족 중에 내부 고발자가 있다고 판단하고 그를 찾아내는 사람에게 5천만 달러의 포상을 약속합니다. 이전에도 화목할 일 없던 복잡한 혈육의 다툼과 죽음은 그렇게 촉발됩니다.

그리고 모든 사건의 중심에는 한 여자, '베르나'(칼라 구지노)가 있습니다(드라마에서는 언급된 적 없지만 크레디트에 표기된 이름). 그런데 그녀는 로더릭과 그의 여동생 매들린이

젊은 시절에 어떤 일을 꾸미다가 바에서 우연히 만난 바텐더로, 실제 정체는 인간의 욕망을 들어주는 대신 소중한 것을 빼앗는 악마였습니다. 로더릭과 매들린이 베르나와 어떤 거래를 했는지는 마지막 에피소드에 가서야 밝혀지지만, 시청자는 로더릭의 자녀가 하나둘 죽어가는 에피소드를 보며 그 약속이 무엇인지 대략 짐작할 수 있습니다.

포의 팬이라면 단연 흥미로운 각색

각 에피소드는 요즘 제작된 미국 드라마에 비해 조금 깁니다(거의 한 시간. 그러나 지루하다는 생각은 들지 않습니다). 첫 화가 앞으로 어떤 이야기가 전개될지를 소개하는 에피소드라면, 두 번째부터는 매 화마다 로더릭의 자녀가 한 명씩 죽음을 맞는 이야기입니다. 그래서 2화부터 7화까지는 여섯 명의 자녀가 죽는 이야기이고, 마지막 8화에서 모든 상황을 설명하고 정리합니다.
그리고 매 에피소드의 제목은 에드거 앨런 포의 장, 단편소설(혹은 시) 제목을 차용하면서, 캐릭터들의 이름도 그대로 따오거나 애너그램으로 뒤섞은 덕에 포의 팬이라면 단연 흥미가 생기도록 만들었습니다.
저는 4화 〈검은 고양이〉도 재미있었고, 8화를 〈갈까마귀〉로 마무리하는 것도 좋았습니다. 그러나 가장 인상적인 에피소드는 5화 〈고자질하는 심장〉이었습니다. 포의 소설에서는 환청 혹은 조현병 증상처럼 표현된 설정을 현대 상황에 맞추어 상당히 영리하게 변환시켰습니다. 거기에 더해,

해당 에피소드를 다른 자녀의 죽음과 연관된 동물실험으로 확장하고, 서술자인 로더릭이 죽음을 피할 목적으로 준비한 기술로까지 연결하면서 이야기 전체를 더욱 풍부하게 만들었습니다. 더불어 이 에피소드에는 미스터리물에서 간혹 쓰곤 하는 귀여운(?) 연출 트릭도 사용되었는데, 저는 넋 놓고 보다가 당해서 즐거웠습니다(납득할 만한 트릭은 당할 때 행복하지 않습니까?).

현대 상황에 접목해 사회파 미스터리의 면모까지

이 작품에서 또 하나 인상적인 것은, 어셔 가문의 악행을 현대 사회의 문제 중 하나인 마약성 진통제의 폐해로 다룬 점입니다. 드라마에서 '리고돈'으로 명명된 진통제는, 사실 다른 드라마 〈돕식: 약물의 늪〉(디즈니 플러스)에서도 다룬 '옥시콘틴'을 모델로 한 것으로 보입니다. 제약회사에서 중독성을 속인 채 환자들에게 다량 복용을 종용했다는 점에서 그 유사성을 확인할 수 있습니다. 건강에 치명적인 영향을 끼칠 수 있는 마약성 진통제를 오로지 돈을 벌기 위해 판매한 제약회사의 만행을 고발했습니다.

악마의 예언이 빗나갔다? 왜일까?

결말에서 저를 고민에 빠지게 한 장면이 있습니다. 마지막 화에서 베르나가 로더릭의 손녀인 레노어(유일하게 정상적이고 착한 캐릭터랄까요)에게 어쩔 수 없이 죽음을

선사하면서 예언처럼 말합니다. 레노어가
죽으면 그녀의 엄마(로더릭의 며느리)가
어셔가의 모든 유산을 상속받아 레노어의
이름으로 재단을 만들어 세상에 좋은 일을 할
테니 이 죽음을 너무 억울해하지 말라고요.
그런데 막상 모든 일이 끝나자(어셔가의 혈족은
모두 사망), 로더릭의 유산은 주노(로더릭의
마지막 부인)가 상속받습니다. 리고돈
중독자이기도 했던 주노는 그 돈으로
'피닉스'라는 재단을 만들어 리고돈으로
고통받은 피해자들의 재활을 돕습니다.
베르나의 예언과는 조금 다른 양상으로
마무리된 것이죠.
저는 감독이 왜 저렇게 틀어버린 걸까, 그
의중을 헤아리느라 고민했습니다. 처음엔
'베르나는 어쨌든 악마니까, 레노어에게
듣기 좋은 위로나 건넬 생각으로 거짓말을
지껄인 거다'라고 판단했습니다만, 며칠 더
고민해보니 생각이 바뀌더군요. '인간의
삶과 미래에 악마든 뭐든 끼어들어 방해할
순 있어도, 결국 선택과 결정을 하는 것도
그 결과를 만들어내는 것도 인간이다'라고
말하고 싶었던 게 아닐까 하고요. 어쨌든
로더릭과 매들린도 그 선택에 따른
결과로 말로를 맞은 게 이 드라마의 중심
이야기니까요.

마무리하며

마이크 플래너건 감독은 이전에 캐스팅한
배우들을 다시 쓰곤 합니다. 그래서 그의
연출작을 찾아보면 익숙한 얼굴이 많습니다.
이 드라마에도 〈제럴드의 게임〉에서 주연을
맡았던 브루스 그린우드와 칼라 구지노가
주요 배역으로 나왔고(특히 칼라 구지노는 감독을
넷플릭스의 호러 아들(?)로 각인시킨 〈힐하우스의
유령〉에서도 주요 캐릭터를 연기), 이번 드라마에서
카리스마 넘치는 카밀 역의 배우 케이트
시겔은 영화 〈허쉬〉 이후로 거의 모든 작품에
나오며(감독의 배우자라서 더욱), 태미 역의
사만다 슬로얀도 〈허쉬〉와 〈어둠 속의 미사〉에
나왔던 배우입니다.
아마 작업하는 장르가 크게 다르지 않다 보니,
장르 특성상 캐릭터 성격이 강하게 드러나는
배우를 쓰게 되어서가 아닐까 생각합니다. 이
드라마에서도 칼라 구지노가 아닌 다른 배우가
베르나를 연기하는 건, 상상이 되지 않습니다.

드라마 이미지를 검색하다가 캐릭터
포스터들도 발견했는데요, 거기엔 캐릭터
각자가 어떤 죽음을 맞게 되는지 상징적으로
표현되어 있습니다. 드라마를 보기 전에는
어떤 의미인지 잘 모를 수 있지만, 보고 나면
'아!' 하는 감탄사가 나올 겁니다. 그 재미도
챙겨보는 거, 잊지 마세요.

신간 리뷰 ＊《계간 미스터리》 편집위원들의 한줄평

《마담 흑조는 곤란한 이야기를 청한다 - 1928, 부산》

무경 지음 · 나비클럽

윤자영   부산 작가의 부산 이야기.

조동신   독자는 빨리 다음 이야기를 청한다.

이영은   이야기꾼의 재능을 타고난 작가다.

《듄의 세계》

톰 허들스턴 지음 · 강경아 옮김 · 황금가지

한이   작가를 둘러싼 현실 세계가 창조의 영역으로 들어가 어떻게 새로운 우주를 만드는
지 보여준다.

《누굴 죽였을까》

정해연 지음 · 북다

김소망   복수극이라기엔 다소 헐거운 올가미.

《옐로우 레이디》

이아람 지음 · 안전가옥

조동신   일제강점기의 조선인 여성 곤충학자의 활약, 그녀가 사건에 뛰어든 이유는?

김소망   같은 설정의 남성 탐정이었다면 재미가 반으로 줄었을 것 같다. 더 다양한 여성 탐
정물을 원하는 이유.

《드라마: 공모전에 당선되는 글쓰기》

오기환 지음 · 북다

한이　　　최근에 본 가장 실전적인 드라마 작법. 작가의 전작 《스토리: 흥행하는 글쓰기》가
　　　　역근경이라면, 이 책은 무예도보통지다.

《게임 체인저》

닐 서스터먼 지음 · 이민희 옮김 · 열린책들

한이　　　《수확자》 시리즈의 작가라는 사실만으로 이 소설을 집어들 이유는 차고 넘친다.

《마라의 요람》

고태라 지음 · 아프로스미디어

조동신　　한국의 요코미조 세이시를 기대한다.
이영은　　펼쳐놓은 모든 이야기를 끝까지 책임지는 근성.

《백만 유튜버 죽이기》

박힘찬 지음 · 오러

김소망　　남을 죽여야만 인정받는 지옥 체험 AR 같은 생생함.

《크리에이티브 웨이》

리처드 홀먼 지음 · 알 머피 그림/만화 · 박세연 옮김 · 현대지성

한이   '미루기의 악마를 무찌르는 방법', '백지의 악마를 무찌르는 방법'. 제목만 봐도 딱
            감이 오지 않는가. '함께 읽으면 좋은 책' 목록도 꼭 확인할 것.

《영상 글쓰기의 본질》

짐 머큐리오 지음 · 이은주 옮김 · 도레미

한이   신(Scene)은 신(神)이다. 다양한 의미를 갖는 신을 창조하는 온갖 비결이 담겨있
            다.

《I의 비극》

요네자와 호노부 지음 · 문승준 옮김 · 내친구의서재

윤자영   우리나라의 비극이 될 수도….
조동신   과연 복지란 무엇인가.
한이   요네자와 호노부의 최고 장기는 일상 미스터리다.
이영은   사회파 미스터리를 기대하고 읽었는데 끝이 싱겁다.

《법정유희》

이가라시 리쓰토 지음 · 김은모 옮김 · 리드비

김소망   법정물의 외피를 두르고 인간에 대해 통찰하다. 인상 깊은 데뷔작.

《인계철선》

리 차일드 지음 · 다니엘 J. 옮김 · 오픈하우스

한이   잭 리처가 돌아왔다. 수영장 파기 삽질로 최상의 근육 컨디션을 만든 상태로.

《음모론이란 무엇인가》

마이클 셔머 지음 · 이병철 옮김 · 바다출판사

한이   모든 사건에서 패턴을 찾고자 하는 인간의 본성이 어떻게 음모론을 창조하는지 흥미로운 분석을 내놓고 있다.

《이상한 그림》

우케쓰 지음 · 김은모 옮김 · 북다

윤자영   그림으로 보는 본격 미스터리.
한이   끊임없이 하이브리드를 내놓는 일본 미스터리의 저력이 보인다.

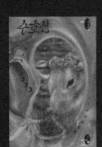

《수호신》

청예 지음 · 네오픽션

김소망   작가 인터뷰 할 때 오컬트물 열 편만 더 써달라고 말한다는 걸 깜빡했다.
이영은   발랄한 오컬트 미스터리? 짧은 문장이 감각적이다.

《작가를 위한 싸움 사전》

카를라 호치 지음 · 조윤진 옮김 · 다른

한이   싸움을 글로 배우기도 어렵지만, 쓰기는 더 어렵다. 방구석 고수를 위한 친절한 안
         내서.

《아홉 꼬리의 전설》

배상민 지음 · 북다

이영은   배상민이라는 작가의 발견.

위작 명화

황세연

"아직 술 안 시켰지?"

술집 안으로 뛰어 들어온 홍장기가 메뉴판을 살피고 있는 은요일 탐정의 손을 밖으로 이끌었다.

"왜 그래? 무슨 급한 일이라도 있어?"

"아니, 갑자기 장이 열려서 그래. 술집에서 혼자 술 마시고 있느니, 나랑 잠깐 가서 눈요기나 하고 오자고."

홍장기가 은요일 탐정을 데리고 간 곳은 술집 인근의 작은 개인 미술관이었다.

미술관 안으로 들어서니 열 명 정도의 남녀가 서성거리고 있었다. 몇 사람은 낯이 익었다.

"저기 양복 입은 사람, 어디서 많이 봤는데? 누구더라?"

은 탐정이 청동상 앞에 서 있는 50대 남자를 보며 홍장기에게 물었다.

"아, 윤상렬 씨잖아. 지난 정권에서 검찰총장 했던 분. 그 옆에 있는 사람은 3선 국회의원을 한 왕미애 씨고, 저쪽 저 사람은 삼송그룹 최재용 씨."

"아, 나 빼고 다 유명인이네. 그런데 왜 이곳에 모인 거지?"

홍장기가 무슨 말을 하려고 하는데 정장을 입은 40대의 늘씬한 여자가 사람들 앞으로 나섰다.

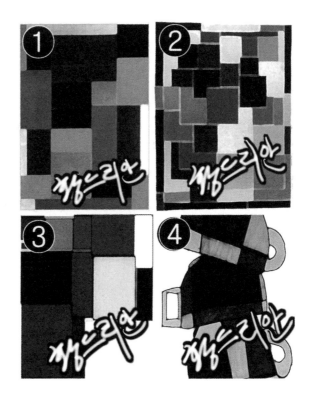

"안녕하세요, 추리미술관 관장 박선주입니다. 오늘 이렇게 사회 지도 층 귀빈들을 모시게 되어 영광입니다. 자, 저를 따라오시죠."

박 관장이 사람들을 데리고 간 곳은 미술관 구석의 수장고였다.

수장고 한가운데의 테이블 위에 20인치 모니터 크기의 그림 네 개가 놓여 있었다. 첫 번째 그림은 그림을 사진 찍어 인쇄한 복제품이었다. 나머지는 손으로 그린 유화였다.

"이게 바로 얼마 전에 새로 발견했다는 황드리안의 유작…?"

"그렇습니다. 혹시, 황드리안이 누구인지 모르는 분 있습니까?"

박 관장이 사람들을 둘러보며 물었다. 하지만 누구도 대답하지 않았다.

은 탐정은 '황드리안'이라는 이름은 많이 들어보았지만, 그가 화가라는 사실 외에는 아는 게 없었다. 하지만 역시 가만히 있었다. 이런 자리에서 무식을 드러낼 필요는 없었다.

"황드리안을 알려면 먼저 피터르 몬드리안을 이해해야 합니다. 몬드리안은 네덜란드의 화가로, 추상회화의 선구자죠. 몬드리안은 처음엔 자연주의적 기법으로 풍경, 정물 등을 그렸지만 1908년 마티스의 작품에서 순수색에 감명받아 1910년 〈나무〉 연작 등 추상화를 그리기 시작했습니다. 이후 구상성具象性을 완전히 버리고 원색의 사각형만으로 차가운 추상화를 그렸습니다. 도시와 건조물에도 관심이 많았고요. 대표작으로 〈브로드웨이 부기우기〉가 있습니다."

박 관장이 사람들의 표정을 살피고 나서 다시 말을 이었다.

"황드리안은 몬드리안의 이름에서 딴 예명입니다. 황드리안은 몬드리안의 그림을 보고 크게 감명받아 추상화를 그리기 시작했죠. 하지만 아류는 아닙니다. 처음에는 모방으로 시작했지만, 말년의 작품들은 몬드리안을 뛰어넘었다는 찬사를 받고 있죠. 여기 네 점의 그림 중 첫 번째 작품은 진품이 아닌 프린트물로, 중학교 미술 교과서에 실려 있는 '서울 아파트 부기우기'입니다. 나머지 세 점도 '부기우기' 연작으로 불립니다. '부기우기boogie-woogie'는 블루스에서 파생한 재즈의 한 형식으로 끊임없이 저음의 리듬이 계속되며 간단한 멜로디가 몇 번이고 화려하게 변주되는 곡이죠. 1920년대 후반에 시카고의 흑인 피아니스트들 사이에서 유행했습니다."

박 관장이 잠깐 말을 멈추고 다시 사람들의 표정을 살폈다.

"이 두 번째 작품은 황드리안의 '강북 아파트 부기우기'입니다. 세 번째 작품은 '강남 아파트 부기우기', 네 번째 작품은 '3층 이글루 부기우기'입니다. 이 네 번째 작품은 논란이 좀 있었습니다. 처음 발견했을 때는 쌓여 있는 커피 잔으로 생각하고 그림을 거꾸로 걸었었죠. 하지만 그러면 사인이 뒤집히죠. 황드리안의 그림은 커다란 사인이 특징인데, 지금까지 사인을 거꾸로 한 그림은 없었습니다. 연구 결과, 이건 커피 잔이 아니고 집의 한 형태인 이글루로 밝혀졌죠. 이글루처럼 보이시나요?"

"관장님 설명을 듣고 보니 그런 거 같군요."

"황드리안의 작품은 그의 생전에는 막걸리 한 잔 값도 되지 않았습니다. 황드리안은 막걸리를 무척 좋아했는데, 술 마실 돈이 없으니 고흐처럼 그림을 술집에 맡기고 술을 마시곤 했죠. 하지만 술집 주인들은 황드리안의 그림을 술 한 잔 값도 쳐주려 하지 않았습니다. 그래서 술집에 맡겨진 그림 대부분이 사라졌습니다. 쓰레기로 생각해서 버린 거죠. 그렇게 술집 주인에게 맡겨졌던 그림 한 점이 얼마 전에 경매에 나와 40억 원에 팔렸죠. 사실 쓰레기 취급받던 황드리안의 그림 값이 치솟기 시작한 건 엉뚱한 소문 때문이었습니다. 백운희라는, 암에 걸려 1년도 못 살 거라던 유명 연극배우가 있었는데 이 사람이 10년 넘게 살다가 인생이 지겹다며 자살했습니다. 그 연극배우가 죽기 전 어느 날 라디오 방송에서 "벽에 걸어둔 황드리안의 그림을 매일 30분씩 들여다봤더니 암 증상이 사라지더라"라고 말했습니다. 그러자 황드리안의 그림이 정력에 좋다, 회춘에 좋다, 치매에 좋다, 하루 10분씩 들여다보면 복권에 당첨된다는 소문이 나기 시작했고, 부르는 게 값이 된 거죠. 그림 값이 치솟으며 관심을 받기 시작하자 드디어 예술성도 인정받게 된 거고요."

버릇처럼 다시 말을 멈춘 박 관장이 사람들의 표정을 살폈다.

"오늘 여러분을 이렇게 모신 것은 특별한 혜택을 드리는 위해서입니다. 여기 이 그림 세 점을 오늘 여러분만을 대상으로 경매에 부칠까 합니다."

"예? 왜 우리에게만요?"

"사실, 이 그림들은 약점이 좀 있습니다. 이 그림들은 얼마 전에 어느 술집 창고에서 발견되었다고 알려졌지만, 출처와 소유권이 명확하지 않습니다. 지금 공개 경매에 부치면 언론에 오르내릴 테고, 그럼 유족이 밑져야 본전이라는 생각으로 반환 소송을 걸어올 수도 있습니다. 유족이라야 치매에 걸린 아흔다섯 살의 아내뿐이지만 그래도 이분이 돌아가신 뒤 세상에 내놓는 것이 안전하지 않을까 싶습니다. 소유주가 급전이 필요한데 공개 경매로는 팔 수 없는 물건이어서 이렇게 특별한 분들만 모시고 경매

행사를 열게 된 것입니다. 이 자리에 오신 분들 정도라면 설령 법적인 문제가 발생하더라도 얼마든지 해결하실 수 있을 것입니다."

"이거 진품 확실한 거죠?"

전 검찰총장이 끼어들었다.

"당연하죠! 여기 모인 분들이 누굽니까? 제가 어떻게 감히 전직 검찰총장님, 장관님, 국회의원님 등 사회 지도층에게 가짜를 팔겠습니까? 가짜라면 땅 투기로 돈 번 졸부들이나 모아놓고 팔았겠죠. 이게 가짜면 언젠가는 가짜라는 게 밝혀질 텐데, 권력자들에게 팔았다가 무슨 경을 치려고요."

"하하, 그렇긴 하네요."

"얼마가 되었든 유찰 없이 오늘 가장 높은 값을 부르는 분에게 이 그림을 판매하겠습니다. 자, 그림을 꼼꼼히 살펴보실 수 있는 시간을 드리죠. 10분 뒤에 경매를 시작하겠습니다."

박 관장이 물러나자, 사람들이 웅성거리며 그림 앞으로 모여들었다.

은 탐정도 홍장기를 따라 그림 앞으로 가서 꼼꼼히 들여다봤다.

"위험 부담을 안아야 해서 싸게 파는 명작이라고?"

은요일 탐정이 중얼거렸다.

"위험 부담은 있다지만 일단 사두면 몇 년 뒤 몇 배의 돈을 만질 수 있는 건 분명해."

"너도 경매에 참여하려고?"

"마음은 그런데 여윳돈이 있어야 말이지. 1~2억이면 얼른 살 텐데 내 차례가 오겠어? 저 대기업 부회장 같은 사람은 수십억을 부르지 않겠어? 눈치 보다가 한 5억 불러볼까?"

"5억? 그런 여윳돈이 있어?"

"집 잡히고 은행에서 빌려야지."

"가만! 이거 가짜잖아!"

은요일 탐정이 홍장기에게만 들릴 정도로 낮게 외쳤다.

"뭐, 가짜? 위조품?"

"그래! 진품이라는 이 세 그림 중에 최소한 한 점은 위조품이야. 한 점이 위조품이면 다른 그림도 위조품일 가능성이 높아!"

"위조품이라니? 자네는 그림에 완전 문외한이잖아? 황드리안이 누군지도 모르면서?"

"그림에는 문외한이어도, 이 그림 중 최소 한 작품이 가짜라는 건 쉽게 알 수 있어. 이 사기꾼들! 역시 사기꾼은 머리가 좋아. 위작을 비공개로 유명인들에게 팔면 몇 년 뒤 위작으로 밝혀지더라도 체면과 사회적 지위 때문에, 신고도 하지 못할 것으로 생각하고 이 짓을 벌이는 거야. 네가 만약 유명인이라면 암시장에서 예술작품 밀거래했다가 사기당했다고 떠벌리거나 경찰에 신고할 수 있겠어?"

"그거야 그렇지. 그런데 난 아무리 봐도 뭐가 위작인지 모르겠는데?"

"진품을 카메라로 찍어 프린트한 첫 번째 그림과 다른 그림들을 꼼꼼히 비교해봐. 뭐 보이는 거 없어?"

문제: 은요일 탐정은 세 점의 그림 중 하나가 가짜라는 것을 어떻게 알았을까?

정답은 QR코드를 스캔하거나 나비클럽 홈페이지(www.nabiclub.net)의 〈계간 미스터리〉 카테고리에서 확인할 수 있습니다.

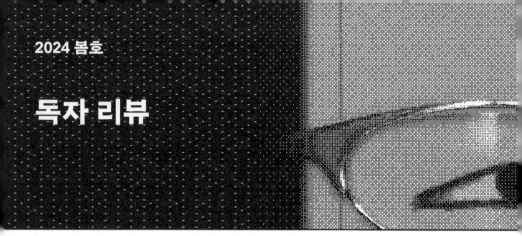

독자 리뷰

★우주별

이번 《계간 미스터리》에서 가장 재미있게 읽은
건 〈한국 미스터리를 읽는 4가지 키워드: ①
로컬리티와 미스터리〉다. 도시-시골이 미스터리
공간으로서 어떤 의미를 품고 작용해왔는지, 특정
지역을 중심으로 한 역사 미스터리에서 시간축과
공간축이 어떻게 교차하는지, 어렴풋하게
호기심을 느끼던 주제들에 대해 여러 미스터리
작품 예시들과 함께 배울 수 있었다. 많은 것을
알 수 있었던 재밌는 글이었다. 앞으로 1년 동안
소개될 다른 국내 미스터리 작품들과 흥미로운
주제들에도 관심이 간다.

★당근맨

이번 봄호에서 가장 재미있게 읽은 단편소설은
무경 작가의 〈낭패불감, 이러지도 저러지도
못하고〉다. 악마와의 대화로 시작하는 이야기인데,
마지막에 반전이 있다. 수사관들의 대화가
나와서인지, 그 시절 고문과 자백에 대한 수치심
때문인지 무게감을 느끼며 읽었다. 트롤리의
딜레마에서 누군가는 이득을 얻었다는 것은
충격이었다. 이 악마…
황세연 작가의 '트릭의 재구성'은 독자에게 말을
거는 추리 퀴즈 코너다. 나는 문제가 어려워서
블로그에서 정답을 봐버렸지만 와, 재밌다!!!ㅋㅋ
블로그에서 과월호 〈트릭의 재구성〉들도
찾아봐야지.

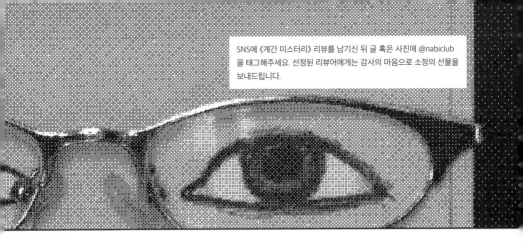

★yy*****

나는 잡지를 구독한 경험이 많지 않고《계간
미스터리》를 이번에 처음 접했다. 매번 가장
두근거리는 순간은 도입부에 실린 편집장의 글을
읽을 때다. 이번 호의 기획은 어떤 점에 초점을
맞추었으며 어떤 글들이 수록되어 있는지 소개하는
글을 읽다 보면 독자로서 이후의 텍스트들을
어떻게 받아들여야 할지 마음의 준비를 할 수 있다.
이번 호에서 편집장은 잡지에 실을 글을 선정하는
행위에는 가치 판단이 들어갈 수밖에 없음을
이야기하며 《계간 미스터리》는 편집진이
생각하는 한국 추리소설의 방향성과 미래에 대한
고민의 결과물"이라고 말했다. 내가 주목한 점은
"미스터리 장르의 확장을 꾀하며 다양한 작품을
실었다"고 말한 부분이었다. 장르의 외연을
확장한다는 의지를 알고 읽으니 좀 더 호기심과
포용심을 가지고 작품들을 대할 수 있었다.
간만에 정말 재미있고 유익한 독서였다. 편집진이
생각하는 한국 추리소설의 방향성과 미래에 대한
고민의 결과물에 고개를 끄덕였다.

★뚱람

나연만 작가의 단편소설 〈가을의 불안〉을 인상
깊게 읽었다. 병원에서 조직검사를 받아보라는
말에 주인공 가을은 검사를 받기 위해 바쁜
일상에서 뜻밖의 쉼을 겪게 된다. 결과를 듣기도
전에 그녀는 죽음을 마주한 사람처럼 평소에 하지
않았던 일들도 해보고 남에게 관심을 갖고 심지어
누군가의 일상에 침범하기도 한다. 누군가의
건조한 일기 같기도 한 서술 방식은 오히려 가을의
불안을 더 잘 드러내는 듯했다. 애써 죽음을 모른
척하려는 것인지 아니면 바쁜 일상이 그녀의
감정을 죽인 것인지. 그런데 이 또한 사실적이라
어딘가에서 다른 이름의 가을이 살고 있을 것만
같다(*폭력, 학대 장면이 있으므로 주의).
다 읽고 나니 벌써 다음 호가 기다려진다.
기다리면서 미스터리 소설을 읽어야지.
미스터리 장르가 어렵게 느껴지거나, 가볍게
읽고 싶은데 어떤 책으로 시작해야 할지 모르는
사람에게 추천하고 싶다.

계간 미스터리 신인상 공모

**전통의 추리문학 전문지 《계간 미스터리》에서
새로운 시대를 함께 열어갈 신인상 작품을 공모합니다.**

★모집 부문
단편 추리소설, 중편 추리소설, 추리소설 평론

★작품 분량(200자 원고지 기준)
단편 추리소설: 80매 안팎 / 중편 추리소설: 250~300매 안팎 / 추리소설 평론: 80매 안팎

※ 분량 기준을 준수하지 않은 응모작은 심사 대상에서 제외됩니다.

※ 평론은 우리나라 추리소설을 텍스트로 삼아야 합니다.

★응모 방법
- 이메일을 통해 수시로 접수합니다. mysteryhouse@hanmail.net
- 우편 접수는 받지 않습니다.
- 파일명은 '신인상 공모_제목_작가명'을 순서대로 기입해야 합니다.
- 이름(필명일 경우 본명도 함께 기입), 주소, 연락 가능한 전화번호, 이메일을 원고 맨 앞장에 별도 기입
  해야 합니다. 부실하게 기입하거나 틀린 정보를 기재했을 경우 당선 취소 등 불이익을 받을 수 있습
  니다.

★유의 사항
- 어떤 매체에도 발표되지 않은 작품이어야 합니다.
- 당선된 작품이라도 표절 등의 이유로 타인의 지식재산권을 침해한 사실이 밝혀지거나, 동일 작품이
  다른 매체 등에 중복 투고되어 동시 당선된 경우 당선을 취소합니다. 이 경우 원고료를 환수 조치합
  니다.
- 미성년자의 출품은 가능하나 수상 시 법정대리인의 동의서, 가족관계증명서 등을 제출해야 합니다.

★작품 심사 및 발표
- 《계간 미스터리》 편집위원들이 매호 심사합니다.
- 당선자는 개별 통보하고, 《계간 미스터리》 지면을 통해 발표합니다.

★고료 및 저작권
- 당선된 작품은 《계간 미스터리》에 게재합니다. 작가에게는 상패와 소정의 고료를 드립니다.
- 원고료에 대한 제세공과금을 공제합니다.
- 신인상에 당선된 작가는 기성 작가로서 대우하며, 한국추리작가협회 정회원으로서 작품 활동을 지
  원합니다.

■문의
한국추리작가협회 02-3142-3221 / 이메일: mysteryhouse@hanmail.net

아메리카노 기프티콘을 보내드려요!
《계간 미스터리》에 대한 의견을 보내주세요

"이런 코너가 생기면 좋겠어요."

"책 크기가 더 커지면 어떨까요?"

"이 잡지가 오래 가려면 이렇게 바뀌어야 한다고 생각해요."

"더 재미있는 한국 미스터리 소설을 읽고 싶어요"

유일한 한국 추리문학 전문 잡지인 《계간 미스터리》를
더 의미 있고 재미있는 계간지로 만들기 위해
독자분들의 솔직하고 애정 어린 자문을 구합니다.

QR코드를 통해 의견을 남겨주신 분들 중 30명에게
감사의 마음을 담아 스타벅스 아메리카노 기프티콘을 보내드립니다.

● 참여 일정

2024. 6. 15 ~ 2024. 7. 20

설문조사 하러 가기